如魔偶招致之物

MAGUU NO GOTOKI MOTARASUMONO

［日］三津田信三　著

张舟　译

南方传媒

中国·广州

花城出版社

图书在版编目（CIP）数据

如魔偶招致之物 / (日) 三津田信三著；张舟译. --
广州 : 花城出版社, 2024.5（2025.6 重印）
ISBN 978-7-5749-0027-1

Ⅰ. ①如… Ⅱ. ①三… ②张… Ⅲ. ①中篇小说—小
说集—日本—现代 Ⅳ. ① I313.45

中国国家版本馆 CIP 数据核字 (2023) 第 201638 号

合同版权登记号：图字 19-2022-147 号
原著名：《魔偶の如き齎すもの》，著者：三津田信三
《MAGUU NO GOTOKI MOTARASUMONO》
©Shinzou Mitsuda 2019
All rights reserved.
Original Japanese edition published by KODANSHALTD.
Publication rights for Simplified Chinese character edition arranged with KODANSHA LTD.
through KODANSHA BEIJING CULTURE LTD. Beijing,China.
本书由日本讲谈社正式授权，版权所有，未经书面同意，不得以任何方式作全面或局部翻印、仿制或转载。

如魔偶招致之物
RU MO'OU ZHAOZHI ZHI WU
［日］三津田信三 / 著　张舟 / 译

出 版 人　张　懿
责任编辑　欧阳佳子　刘玮婷
特约编辑　张录宁
责任校对　梁秋华
技术编辑　凌春梅
装帧设计　李宗男
护封插绘　村田修
内封插绘　李宗男
出版发行　花城出版社
经　　销　全国新华书店
印　　刷　北京盛通印刷股份有限公司
开　　本　880 毫米 × 1230 毫米　32 开
印　　张　9.5　1 插页
字　　数　230,000 字
版　　次　2024 年 5 月第 1 版　2025 年 6 月第 2 次印刷
定　　价　68.00 元

文库，原本是指收纳书物的仓库和书库，也指收纳书与记事簿，以及不常用物品的小箱子。以前者为例，京浜急行线的"金泽文库站"就是以前镰仓时代北条氏用来收藏汉书用的，"金泽文库"名字的由来便是如此。东京都的世田谷区也存在着收集着珍贵汉书的"静嘉堂文库"。后者则更多地被称为"手文库"。

江户时代以来，可以放入袖袂的小开本书籍逐渐流行起来，被称为"袖珍本"。明治三十六年（1903年），富山房发行了小开本的丛书，起名"袖珍名著文库"。随后，明治四十四年（1911年），讲述战国时代的猿飞佐助和雾隐才藏系列故事的讲谈社"立川文库"发行出版。讲谈是日本民间艺术，以口语化的方式讲述历史故事。而"立川文库"则是将讲谈收录成册集中出版的丛书，据统计，当时刊行量为200册左右。从那时起，文库就脱离了原本的释意，逐渐演变成了现在的类书集丛。

文库说法借鉴了日本出版业界的传统说法。而千本樱源自日本奈良县吉野山樱花盛开的奇景，世人皆称"一目千本樱"，形容樱花美景。千本樱文库的纳入作品皆为日系作品，题材包括推理、悬疑、幻想、青春、文化等类型，正如千本樱满山盛开的绝景。

现代日本，以"文库"命名刊行的丛书系列有200种以上，所谓"文库本"只不过是统称而已。日本传统的"文库本"常用的是 A6 尺寸的 148mm×105mm，也叫"A6 判"。千本樱文库的所有书籍将在"文库本"的基础上提升，达到 148mm×210mm 的开本标准。在追求还原的前提下，力图带给读者更清晰的阅读体验。

从 20 世纪 70 年代以来，日系推理小说逐步进入中国读者的视野。随着时代更替，涌现出了各种不同风格的作家。日系推理能够长久不衰的原因之一在于设立的各种新人奖，这些新人奖能为日本文坛输送新鲜血液，不断地发现优秀作品。但是，新人出道的条件并非只有获奖这一条途径。多样的文学新人奖具备相当完善的审查机制，即便是没能获奖的作家，也有机会出道。比如，东京创元社的"鲇川哲也奖"，有不少作家在当届没能获得大奖，只是止步候选阶段，后来却都成了人气作家。另外，不急于出道的作家也是有的。1994 年，东京创元社创立了"创元推理短篇奖"，第一届的赛事中收到了 123 篇投稿作品，其中名为《子喰鬼缘起》的作品晋级到了最终候选阶段。同年，由光文社公募投稿作品进行出版，鲇川哲也主编的《本格推理 3 迷宫的杀人者们》中也收录了一篇名为《雾之馆》的作品。而这两部投稿作品都出自一人之手——三津田信三。

早在 20 世纪 90 年代，三津田信三的投稿作品就已经被刊登在出版物上，也可以被视为出道作品。但被普遍认为是其出道的标志作品，还要等上七年。2001 年，讲谈社出版了三津田信三的第一本书，他的作家人生正式起步。他的出道作即为"作家三部曲"的第一作《恐怖小说作家栖息的家》，该系列被归为怪奇小说，作者的独特风格已经初见端倪。"作家系列"完结之后，三津田信三便打破常规，创作出了怪异谭式的推理小说"刀城言耶系列"。该作是以作家刀城言耶为主角，解决各种不可思议的犯罪事件的故事。作者巧妙地将乡土民俗学，本格推理写作技巧，以及惊悚恐怖氛围相乘组合，辅以二战前后的独特时代背景加以呈现，创造出了前所未有、无与伦比的文学魅力。"刀城言耶系列"在日本是由原书房和讲谈社两家出版社出版发行，因此引进整个系列的过程也并非一帆风顺。今后，千本樱文库将陆续出版整个系列的全部作品，还请各位读者尽情感受"刀城言耶"的怪异之谜。

千本樱文库编辑部

◇三津田信三

刀城言耶系列

◇《如厌魅附体之物》

◇《如凶鸟忌讳之物》

◇《如首无作祟之物》

◇《如山魔嗤笑之物》

◇《如密室自闭之物》

◇《如水魃沉没之物》

◇《如生灵双身之物》

◇《如幽女怨怼之物》

◇《如碆灵供祭之物》

◇《如魔偶招致之物》

作家系列

◇《忌馆·恐怖作家的居所》

◇《作者不详·推理小说家的读本》

◇《蛇棺葬》

◇《百蛇堂》

SA 行系列

◇《避难所·杀人告终》

◇《废园杀人事件》

非系列

◇《赫眼》

家系列

◇《祸家》

◇《灾园》

物理波矢多系列

◇《黑面之狐》

◇《白魔之塔》

幽灵屋敷系列

◇《家中是否有可怕的事情》

◇《特意在忌讳之家居住》

◇《被邀请到不存在之家》

其他长篇

◇《七人捉迷藏》

◇《窥视之眼》

魔偶の如き齎すもの

『刀城言耶』系列 10

目　　　录
CONTENTS

如妖服切割之物 ………… 1

如巫死复活之物 ………… 53

如兽家吮吸之物 ………… 105

如魔偶招致之物 ………… 159

如椅人躺坐之物 ………… 251

如
妖服切割之物

一

志津子右手提着购物篮，左手拿起放在门口横框[1]上的传阅板报，匆忙走出了砂村家的玄关。

"喂，快送到隔壁去。"

这固然是因为挨了昭一的训斥。志津子只得低头说了声"对不起"，心里却极为不满，暗道："我不正要去吗！"接着，她又咽回了每次被昭一找碴儿时都想说的话：明明就是一个寄人篱下的。

志津子的父亲被拉去战场后，至今还未复员。由于并没有战死的通知传来，母亲和她都抱着希望，但其实心里却怀有程度更甚于此的不安。总之，在父亲归来之前，身为长女的她必须拼命努力。为了年幼的弟弟和妹妹，她需要稳定的收入。

然而，尚未成年的志津子没有一技之长，要挣出支撑全家人生活的薪水绝非易事。这时，父亲的俳句圈好友小佐野给她介绍了在砂村家做寄宿用人的工作。砂村家是当地的名门，位于小佐野担任居委会主任的神代町白砂坂。小佐野的年纪与志津子的祖父相当，却似乎和她的父亲颇为投缘。不过，借用母亲的话来说，这二位的俳句水平都

---

1 门口横框：日式住宅里，屋内地板通常高于玄关，其与玄关相交处的横条地板被称为门口横框（上がり框）。——译者注

相当蹩脚。

神代町与未在东京大空袭中被烧毁的神保町毗连，或许是拜其所赐，此地也有许多奇迹般地免于战火的家宅。其中尤以这白砂坂最为突出。从坡顶到坡脚的单侧土地原本都归砂村家所有。只是，砂村家从昭一的曾祖父一代开始没落，此后当真好似从白砂坂上滚落一般，完全衰败了。结果，祖上传下的土地也不得不转卖他人，如今只剩下两栋宅子。

话虽如此，眼前的景象又是怎么回事？

志津子在小佐野的带领下第一次见到砂村家时，突然产生了奇异之感。因为砂村家的两栋宅子之间竟夹着另两户人家。

砂村家，服部家，岛豆家，砂村家。

白砂坂自上而下，如此这般排列着四栋宅子。听小佐野说，服部家和岛豆家的宅基地原本是砂村家的大院——利用陡峭的坡面铺开的美丽庭园。隔着那庭园，坡上的是正房，坡下的是别栋。说是别栋，构造却不逊色于正房，比普通的民宅还大。然而，砂村家顶不住家道中落，将大院分割出售，结果便有了服部家和岛豆家。

由此，当地人称砂村家在坡上的宅子为"上砂村"或"砂上府"，称坡脚的宅子为"下砂村"或"砂下府"，以示区别。

……真奇怪。

即便了解了这一内情，志津子对砂村家抱有的不良印象也绝没有改观。以至于她从小佐野处听说砂村家奇妙的人员构成后，反倒印象更坏了。

两府的当家人，上砂村是长子刚义，下砂村是次子刚毅。问题出在与他俩同居的下一辈人身上。刚义的三子昭一住在下砂村家，刚毅的三子和一住在上砂村家。换言之，并非父亲和儿子住在一起，而是以伯父和侄子、叔叔和侄子的组合各自生活。

乱七八糟。

单纯地认为只是互换儿子的话，倒也不复杂，但志津子不这么想。生父就住在隔着两户人家的地方，为何要特地寄居在叔伯家呢？个中缘由小佐野也告诉了志津子，于是她对砂村家的印象进一步恶化了。

刚义和刚毅兄弟相差一岁，从孩提时代起便关系不睦。凡事都能形成竞争态势，总之就是要胜过对方。二人皆体弱多病，也使得这一状况进一步加剧。他俩成年后，仍然延续着这种令人厌恶的关系。父母很清楚两人的问题，所以相亲也安排在同一时间。因此，两人举办婚礼的时间也几乎一样，然而……

让人觉得瘆得慌的是后面的事。月份虽然不同，但他俩的长子出生在同一年。次子亦然。到了三子，终于变成了同年同月生。而且，他俩的妻子皆因产后恢复不良，生下三子后便去世了。岂止如此，在过去的那场战争中，二人的长子和次子共计四人，全部战死。所以，如今两家都只剩下了父亲和三子。

从那时起——恰与日本战败在同一时间——不光是身体，刚义和刚毅的内心也渐渐开始病变。而且病变方式非比寻常。或许该说果不其然吧，二人的状况之"阴森可怖"，也如出一辙。

侄子比自己的三子优秀。

不知为何，二人都对此深信不疑。似乎是因为认识到妻子去世、长子和次子追随母亲于地下后，家中只剩下了游手好闲的浪荡子。相比我家不成器的三子，侄子多有前途啊。据说二人就这样互相产生了误会。

"想一想两人过去的你争我夺，还真是讽刺啊。"小佐野以感慨似的口吻说道。不过，接着居委会主任又啐道："两个有问题的三子都只是好吃懒做的货色。"

刚义的三子昭一是旧书收藏家。他孜孜不倦地往神保町跑，主要是为了收集战前侦探小说的初版。而且，但凡是自己想要的书，无论价格多贵都要买。对旧书店来说，昭一就是所谓的冤大头。

至于刚毅的三子和一，则完全是投机家眼里的冤大头。一听人说"有一门赚钱的好生意"就立马上当受骗，从家里往外掏钱。然后对方就把按理该用作事业资金的钱卷走。如此这般往复循环。

虽说家道衰微，但砂村家还是有些资产的。但面对不挣钱却只知道耗尽家财的儿子，刚义和刚毅终于忍无可忍了："你是打算在你这一代把家产败光吗？"

然而诡异的是，在二人病变的心中，侄子远比自己的儿子看着讨喜。观二人过去，从妻子到长子、次子，都争着说自家的更好，根本无法想象竟会出现如此景况。莫非到了这一步，他俩也终于产生了"花是别家香"的心境吗？

刚义觉得侄子和一是一个独立心旺盛的男人。也许他确实是接二连三地失败了，但试图独自创业的姿态比什么都强。相比小打小闹收集旧书、令人烦躁的昭一，简直是天壤之别。

刚毅认为侄子昭一是一个喜好读书、有教养的年轻人。虽说是为了收藏书籍而花钱，但如果是初版书，就有充分的资产价值。这跟经常被骗走钱的和一不一样。而且和一没上过一天正经班，昭一则在邮局短期工作过。光是这一点就很了不起。

父亲们抱着如此想法，终于将三子赶出了各自的家门。也就是说，刚义把昭一从上砂村家，刚毅把和一从下砂村家毅然决然地撵了出去。

此前在无忧无虑的环境中长大的二人，生活瞬间没了着落。从小他俩就受父亲的灌输：绝不能输给你的堂兄弟；是你比较优秀。如今却横遭突变，被赶出家门。尽管两个都是浪荡子，但小佐野说自己毕竟还是有点同情他们。

不过，这时发生了一件令人啼笑皆非的事。被撵出上砂村家的昭一出于习惯，下意识地走下白砂坂准备去旧书店；被撵出下砂村家的和一走上白砂坂与之前借过钱的男人会面。结果两人在服部家和岛豆家之间撞了个正着。起初两人还互相瞪眼，但没多久就从对方的无精打采中意外地发现，他们竟然处于相同的境地。于是便如"同病相怜"一般，两人虽是堂兄弟，此前却没好好说过话，如今却亲热地一起坐上了服部家门前的长板凳，滔滔不绝地互相讲述从父亲那里受到的恶劣对待。

一边嫌弃自家的儿子，一边却不知为何对侄子赞赏有加。

得知这古怪的事实时，二人的心中究竟转过了怎样的念头呢？遗憾的是，小佐野也不清楚。居委会主任只知他俩从服部家的长板凳上起身后，奔向了各自的叔伯家。换言之，昭一傍上了叔父，和一靠上了伯父。

此后，和一住进了刚义的上砂村家，昭一住进了刚毅的下砂村家。当真与侄子开始共同生活后，想必刚义和刚毅都发现了他们身上有许多毛病。然而，也许是为了气自家儿子，抑或是出于兄弟之间的纠葛，这种奇妙的共同生活一直得以延续下来。

按小佐野的说法，上砂村家和下砂村家之间的两户人家，既从物理层面也从心理层面把刚义、刚毅两兄弟完全隔开了。唯有竖在白砂坂两头的两家宅基地一隅的电线杆，以及从两根电线杆上穿过的电话线，勉强维系着他们。这些是过去在正房与别栋之间为通话所设置的专用电话线路的遗迹。由此，服部家和岛豆家后院的上空至今仍有电话线通过。不过，那电话似乎早已不再使用。人们说，刚义和刚毅都绝无可能拿起电话听筒。

志津子来到下砂村家时，两家的这种奇异关系已完全成形。正是因此，她受到了小佐野的提醒："你可听好了，绝不能在刚毅先生的面前提他儿子和一君的事。"

同样的话也能用在刚义身上，不过多半是小佐野认为志津子压根儿不可能去上砂村家办事，关于刚义和昭一父子，志津子并未得到忠告。话虽如此，万一有机会去上砂村家，她当然也会留神。只是，目前她还没在白砂坂上走到比服部家更高的地方。要购物的话，下坡即可，所以完全没有翻越白砂坂的必要。像今天这样去比下砂村家高一阶的岛豆家，也是因为要把传阅板报送至邻居家。

"我去了。"

志津子语声清晰地朝门内打了声招呼。不过，自然是不会有任何回应的。昭一的回应原本就不必指望，而最近刚毅也耳背了。即便在他身边，如果不放大声量，有时他也完全听不见。

"叔父，我要进来啦。"

于是，现在昭一也在刚毅的房门前大声说道。刚毅向志津子抱怨过，如果是和一的话，会一声招呼都不打就进来。看那样子多半是想说，相比之下侄子很懂礼貌。

不过，他俩找刚毅的目的完美地一致。那就是要钱。然而刚毅却赞赏侄子，在志津子看来这实在是滑稽。

进入刚毅的房间后，昭一的含混语声传到了玄关。虽然听不清内容，但巧言如簧、试图说服叔父拿出钱让他买高价旧书的一幕，已跃然在目。

所以才要赶紧把我支走！

昭一索要金钱的话，此前志津子已听过不下数十次。至今他还会害臊也是奇了，不过她总觉得自己明白其中的缘由。

相比过去，老爷的脸色已经不太好看了。

以前能轻而易举地捞到买旧书的资金，现在不行了，得费尽心思说服叔父。自己那拼着老命、没羞没臊的声音可不想被用人志津子听到，想必这就是昭一的心境。

志津子关上玄关的门，一边踩着踏脚石向院门走去，一边想：这人根本不懂赚钱的辛苦，却只知道要面子。

刚毅可称半个病号，照顾他确实有种种辛苦。不过，由于他过着一天里有半天平躺的生活，在被窝里的时候，志津子倒不怎么受累。这可真是谢天谢地了。尽管病人常有的、不好侍候的情况略有显现，但并未严重到难以忍受的地步。其他的也就是在侍候刚毅用晚餐时，他会问一些当天发生的事。在基本不出门的刚毅看来，附近发生的无聊小事似乎也足够有趣了。所以，他总是热心地询问。

另一边的昭一则基本不用费心。他完全不挑食，志津子做的饭菜每次都吃个精光。打扫房间也是自己来，大概是不想让别人的手摸到他宝贵的旧书吧。特别是高价的初版书，还会用油纸包起来，所以即使被人碰到也不打紧，然而昭一还是极端讨厌别人进他的屋子。一天到晚炫耀自己的藏书固然惹人心烦，但只要当它是耳旁风就行，没什么负担。

能让志津子操心的也就是修缮旧衣服了。而且尽是制服。大概是苦于生计而卖衣服的人很多吧，旧衣店里摆满了各种制服。昭一偶尔会去买上几件。他好像不买高价货，没准是有某种隐秘的嗜好——或曰"制服癖"。当然，这完全不干志津子的事。

综上所述，最初志津子还很开心，觉得自己交上了工作运，但不久她就被昭一偷窥似的视线吓坏了。

从暗处，不为志津子所知地偷偷窥探她。有一次志津子发现了他的这一丑恶行径。通常在这种时候，昭一望着她的眼睛就像在舔她的臀部。有时志津子背对着某个地方，也能感觉到一种猥琐得令人不寒而栗的目光，致使她好几次都不由得回头。每次她都会看到昭一消失在房柱或纸拉门的背后。明明面对面时连个正脸都不让瞧，可一旦自己看向别处，他就开始盯着自己的胸口看。志津子开始明白，昭一有着这样阴暗的一面。

"上砂村家不雇年轻女子，是因为和一会勾引人家。"在岛豆家闲居的梅曾这样对志津子说。

刚义本来没当回事，觉得"年轻人嘛，正常"，但或许是每次都闹出风波被惹烦了，不知从何时起，他便只雇用年老的女人了。

"相比之下，昭一可能还强点。"梅单纯地为志津子不必担心自身安全而感到高兴。

可是，真的能这样乐观吗？其实昭一也是一路货色吧。其实危机正在迫近吧。近来，志津子心中萌生了这样的念头。这不光是因为昭一那原本就有的、一度被闭锁在暗处的癖好。数日前，志津子亲眼看见的那一幕着实令人毛骨悚然，在她脑中怎么也挥之不去。

出了院门，走下数级石阶，走过架设在细沟之上的短桥，就见白砂坂以相当大的坡度向左右延伸开去。右边向上，左边向下。志津子通常是向左拐，只有在递送传阅板报时才往相反的方向迈步。或许是这个缘故，尽管她已数次前往岛豆家，但至今都保有新鲜感。与梅闲聊的短短一刻，对志津子来说是一星期里唯一能歇口气的时候，没准这其实也是一大原因。

沐浴着晚春午后的温暖阳光，志津子沿白砂坂向上走，登上岛豆家的石阶，进入院门，随后通过铺着石板的露天地面，打开玄关的门。

"我是下砂村的志津子，来送传阅板报。"梅应该在屋子里，志津子精神抖擞地打了声招呼。

"来啦。"

果然很快就有了回应。片刻后，梅端着放有茶水和点心的盘子，兴冲冲地出现了。

志津子的祖父母和外祖父母均已过世，不知从何时起，在志津子看来梅就像她的亲祖母。刚才登门时以及离开下砂村家时的问候语，都是梅教的。此外，梅还教她各种在下砂村家工作所必需的知识和智慧。

"今天有什么联络事项啊？"

梅说出了和往常一样的话，不过这只是一种类似于礼仪的东西。表面上是志津子给视力不佳的梅朗读传阅板报上的内容，实则只是两个女人在聊天罢了。

志津子以此方式陪伴梅，当然是得到了刚毅的允许。志津子开始在下砂村家工作，最初造访岛豆家后，梅就向刚毅提出了请求。

"我视力衰退得厉害，能不能每次都让那个新来的帮佣为我代读传阅板报上的内容呢？白天只有我一个人在家，总不能一直留着板报，等家人回来后再往邻居家送吧，还请您帮个忙。"

梅眼睛不好确是事实，但代读云云就是所谓的权宜之计。真相是梅一眼就喜欢上了志津子，为了排遣白天独自在家的寂寞，加之同情第一次做住家用人的她，这才向刚毅提出了请求。对这项事实梅毫不掩饰，明明白白地告诉了志津子。因此，志津子在下砂村家做家务遇到烦恼，也全都找梅讨教。两人的关系正可谓是相互扶持。

况且，说是代读，其实在绝大多数情况下都完全不占用时间。因为一两个月才会有一次值得一读的内容。说起来，一周传一次板报本身就很奇怪吧。内容再多，也只需一个月一次不是吗？起先志津子也颇为困惑，听了梅的话才明白个中缘由。

含有真正重要的联络事项的，确实也就是一两个月一次。其他时候传阅的，则是居委会主任小佐野誊写制作的所谓的个人报纸。里面尽是一些鸡毛蒜皮的报道，比如"谁谁谁家的围墙因为前些日子的大雨破损了""不要把狗屎弄得到处都是"，等等。报道本街区内的事还算好的，听说也有一些居民乐在其中。然而，不久小佐野开始登载他的兴趣爱好俳句了。而且，就算说句恭维话，那些俳句也谈不上好。大家都为此而困扰，但毕竟谁也说不出"打住"这两个字。

从梅那里听说此事时，志津子想起了父亲，心中五味杂陈。

父亲要是平安地复员归来，没准还会登载他的俳句。

因此，相比其他居民，她对页数日益增加的誊写版"俳句报"始终怀有善意，但并不想读。会正正经经地读一遍的，恐怕也就只有闲居在菰田家的由次郎了。顺带一提，菰田家位于上砂村家的上方，与之相邻。

今天的传阅板报也是俳句报，所以相当厚实。但重要的只有最上面的两页，志津子的代读两分钟就结束了。

随后她便早早地与往常一样，和梅闲聊起来。不过，没聊几句，梅突然敏锐地问道："你是不是有什么烦心事？"

被问了个正着，于是志津子立刻毫不隐瞒地吐露了实情。但是，就某种意义而言，她很后悔这么做。因为听她诉说经历后，梅所讲述的与"妖服"相关的传闻实在是不祥至极。

"……我该怎么办呢？"

抚慰完心惊胆战的志津子，梅一度回屋，拿来了一枚护身符。

"把这个放进衣服的胸口处，一刻也别离身。然后有什么事就大声喊，我会马上赶过来的。"

虽说就住在隔壁，可是能指望梅这样一个老人帮上多大的忙呢？

说实话志津子很不安。不过，她的心情还是有所好转，虽然只是一点点。说出了那些瘆人的经历，又有人理解自己——对志津子来说，能这么想是非常重要的。

例行的闲聊结束后，志津子和梅一起出了岛豆家，就见登米已经坐在服部家前的长板凳上。她在服部家闲居，除去盛夏和隆冬的一段时间，基本每天都和梅在长板凳上唠家常，已然成了习惯。偶尔过后还会有菰田家的由次郎加入其中，只是他多半只谈俳句的话题，常令两位老妇发怵。但即便如此，三人之间的关系基本可称良好。

当然，志津子只亲近梅一人，对其余二位则比较拘谨。第一次为梅读完板报上的内容，与她一起来到服部家的长板凳前时，登米突然对志津子说："顺便就这么送去砂上府好了。"

登米只扫了一眼重要的联络事项，理所当然似的忽然把板报递给志津子。对方嘴里的"砂上府"自然是指上砂村家。正因为如此，志津子一时之间畏缩起来。未经许可就去上砂村家，这无论如何心里也得掂量掂量，想一想自己的雇主刚毅。

不料，登米似乎误解了志津子的反应，觉得"这孩子真傲慢"。从此以后，志津子在路上朝她打招呼，她也基本视若无睹。

"您好。这是板报。"

这次也是，志津子说着鞠了一躬，登米却做作地朝她抽抽鼻子，问梅："哎呀，你没闻到臭味吗？"

"有吗……"

梅歪了歪头，志津子的双颊腾地火热起来。

昨晚她没洗澡。平常她总是干完家务，确认刚毅和昭一已沐浴过后，再用剩下的热水洗澡。但是，昨晚她犹豫再三后，打消了念头。最近她总觉得昭一在偷偷窥探自己。洗澡时她会从里面锁上脱衣间的门，紧紧关上澡室的窗。尽管采取了这些措施，但毕竟是老宅，会有一些缝隙。志津子总觉得有人正透过这些细缝，目不转睛地盯视自己。

因此，昨晚志津子最终打消了洗澡的念头。她觉得天气还不热没关系，但是干了一天的活，看来还是出了点汗。

志津子朝二人鞠了一躬，慌忙离去。此后她走下白砂坂，购买晚餐所必需的东西。一般她总要过些时间，到了黄昏再去，但在前往岛豆家的日子里，大抵是直接就走。也只有在这一天，她可以花上比平时更长的时间歇口气。

相比从前，现在不用去黑市也能凑合着买到货品。志津子没有什么不自由的感觉，这恐怕是因为刚毅预支给她的伙食费并不少。每次购物时她都深切地感到：东西真的就在它应该在的地方。

"我回来了。"

志津子回到下砂村家，在玄关处打了声招呼，但宅内寂静无声。刚毅应该在里屋睡觉，耳背的他听不见。昭一在读书时，即便有客人来访也毫不介意，装作不在家的样子。总之，在这家里没有一个人会回应她。

志津子打一开始就清楚这个情况，然而不知为何，宅内没有任何回应使她不禁感到异常恐惧。莫非现在下砂村家空无一人？

不对，老爷肯定在。

就算昭一去了旧书店，也难以想象刚毅会出门。如果有须要出门去办的事，肯定会事先通知自己。刚毅肯定是和往常一样，在里屋躺着。

这么一想，心下也就释然了。然而，志津子依旧伫立在玄关的三合土上，怎么也无法踏上横框，只想即刻转身，冲出门外。她尽被这念头所支配了。

果然这宅内空无一人……

所以，不想进去……

猛然醒过神来时，志津子已彻底陷入恐慌。她完全不明就里，企盼着逃离此地。

……我在想什么呀。

在父亲平安复员归来之前，就算是为了帮助母亲，就算是为了不让弟妹挨饿，她也不能丢掉下砂村家的这份工作。

前胸的衣内放着从梅那里得到的护身符，志津子用右手抵住胸口，踏上横框，一边故意踩出脚步声，一边向走廊行进。虽说有违梅所教授的礼法，但如今哪还顾得上这些。倘若不尽量闹出些动静，自己真有可能打退堂鼓。

志津子把购物篮搁进厨房，再次扬声道："我回来了……"

她自觉语声有力，却无疾而终地忽然消逝了，只在晦暗的走廊里残留下虚弱的余响。于是，她感到宅内那阴森的寂静更深了一层，一股寒气从背脊窜过。

"……昭一先生？"

志津子在昭一的房门前迟疑地呼叫他的名字。原本她绝不愿意找昭一壮胆，但如今也顾不上那些了。然而，屋内没有传出任何回音。

"失礼了。"

志津子打过招呼后拉开隔扇，却不见昭一的人影。看来昭一果然是去了旧书店。搁在平时，她也许还放心了，但现在不同。即便是这样的男人，也希望宅内有一个。志津子发现自己竟然打心眼里这么想，震惊的同时又战栗起来。

还是快点逃走的好……

志津子的心奔到了玄关，但身子反倒向里屋走去。不可思议的是，她竟怀有"必须确认刚毅是否平安无事"的想法。这或许是因为，那些令人不快的经历其实已让她下意识地感到：会有什么怪事发生。

"老爷，是我，志津子。我从岛豆家出来，买了东西后回来了。"志津子在里屋门前说道。往常里面会传出一声"进来"，如今却毫无反应。

"我……我可以进来吗？"

志津子又问了一次，依然没有反应。一瞬间她想逃走，但完全无法挪动双腿。志津子很后悔，既然如此刚才就该马上跑回玄关的，现在已经迟了。她想，都到了这里，若不和刚毅打个照面，自己反倒会害怕到极点。

"失、失礼了……"她咔嗒咔嗒地晃动着隔扇将它打开，走进屋内，"啊……"

首先映入眼帘的是睡在被子里的刚毅，志津子大为安心，嘴里不由漏出了一声轻呼。她不禁觉得胆战心惊的自己着实滑稽，忍不住想笑，就在这时，她终于发觉了两处异变。

其一，枕边的和式屉柜的所有抽屉都被随意地拉开了。

其二，刚毅不知为何将头也蒙在被子里。

看到屉柜的状况，志津子条件反射式地想，莫非昭一在刚毅睡觉的时候来偷过钱？可是，这么做过后一定会暴露。昭一再怎么讨叔父喜欢，也会被撵出下砂村家。

如此想着，志津子望向把头蒙在被中的刚毅，上臂顿时起了鸡皮疙瘩。

老爷为什么会那样睡觉？

过去他从不蒙头睡觉，总是把脸露出来。再寒冷的天也是如此。

然而，这次为什么……

志津子总觉得自己已知道答案。但是，必须好好地做个确认。她无比讨厌这样的任务，可人却一步步地向被褥靠近。坐到枕边时，她闻到了一股刺鼻的臭味。

……可怕，可怕，可怕。

与想立刻逃离的心境相反，志津子的右手不断向被子伸去。不一会儿，指尖就触到了被子的边缘。

"老爷？"

她一边呼叫，一边缓缓掀开被子。与此同时，含着铁腥味的空气扑面而来。

"呕……"

志津子发出了近乎呕吐声的惊叫。

被中的刚毅被割裂喉咙，已然气绝身亡。被子掀开后，就见涌出的鲜血将里侧染得赤红一片。

志津子不由得向后仰身，接着便四脚着地，拼命向隔扇爬去。爬着进入走廊后，她站起身，如脱兔一般冲向玄关。

"啊啊啊啊啊啊啊！"

奔至走廊中途，志津子发出了凄厉无比的尖叫，这是她打出生以来不曾有过的。因为玄关那里有一个不明物体裹着不合时令的军大衣，赫然站在晦暗的三合土上。

二

刀城言耶在神保町的咖啡馆"希尔豪斯"品尝着真正的咖啡。

"嗯，不管是香气还是味道，正宗货就是不一样啊。"

如果还能一手拿着志怪小说或侦探小说悠然读书，那就更没得说啦。只是，如今言耶所处的奇异境地使他不得其所。

日本战败后，咖啡馆遍地开花，但遗憾的是，许多店依然只拿得出代用咖啡。战时，咖啡被打上"敌国饮品"的烙印，更被视为奢侈品。因此，咖啡豆被限制进口，并课以物品税，最终变成了给军方的特供。由此而登场的便是代用咖啡——翻炒大豆或麦子，使之成为名副其实的"咖啡豆代用品"。

代用咖啡看起来不比咖啡逊色，但那只是颜色，至于关键的香气和味道，遗憾的是，很不一样。即便如此，咖啡爱好者也只能满足于这种模拟咖啡。这种战争时期的烦恼战后仍在延续。不过，到了今年，情况开始慢慢改善。

拜其所赐，言耶也能如此这般喝上美味的咖啡了。但问题在于，眼前坐着的这个男人取代了他所喜欢的书籍。

"恕我失礼，你是刀城言耶君吧？"

在言耶常去的神保町的旧书店里，这个三十岁上下的男人突然向他搭话。

"呃，是的……"

对方身上套着一件破旧的西装，外表看来甚是寒酸。不过，皮肤白皙、一副聪明相的面容里倒是透着一股高贵之气。因此，虽然觉得他身体纤细，却意外地让人感到其内心似乎颇为坚韧。这个男人拥有极不协调的气质。

……有点可怕啊。

言耶突然变得有些畏缩，莫非也是因为对方给予他的这种矛盾印象吗？说起来，这人到底是谁啊？言耶对此人毫无印象，可对方好像认识他。

"你还记得曲矢刑警吗？"

对方嘴里突然冒出一个出人意料的名字。一瞬间，言耶陷入了不好的预感。

去年正月，尚是大学生的刀城言耶被卷入了本官家别邸——四舍院——发生的一桩诡异的密室杀人案。当时曲矢刑警正是查案人员之一。曲矢视言耶为嫌疑人，让他吃了不少苦头。随后是二月下旬，这次言耶遭遇了土渊家弥勒岛上发生的无足迹杀人案，结果又一次遇上了曲矢。

我可是有点怵那位刑警先生啊。

如今有人问他记不记得这样一个人，言耶警觉起来也是情有可原的。

"我呢，从曲矢刑警那里听说你漂亮地解决了两桩案子。"

"事情不是这样的……"

言耶试图否认，男人却一副充耳不闻的样子："而且两个都是不可能犯罪，所以我问曲矢刑警要了你的住址。我去过你租的地方，你人不在。问了房东，说你肯定在神保町的旧书店。然后我问明了你常去的店，终于在第三家店里找到你了。"

"也就是说……"

"和曲矢一样，我也是刑警。我就直说了吧，现在有一个案子让我们很头痛。"

"啊？不不，那个……"

不好的预感应验了，言耶只想尽可能逃走。然而，这位自称"小间井"的刑警硬是把他拉进了"希尔豪斯"。当然，小间井的那句"请你喝真正的咖啡"也确实对他产生了些许诱惑。

待言耶品尝过咖啡后，小间井自说自话地讲述起了案情。言耶心道这下要糟，但既然人家请了一顿咖啡，也不好就这么回去。无奈之下，他只得有一搭没一搭地听刑警讲述。

小间井先说明了砂村家的特殊内情。上砂村家住着哥哥刚义和他弟弟的第三个儿子和一，下砂村家住着弟弟刚毅和他哥哥的第三个儿子昭一。刑警根据住家女佣谷志津子的证词，详细说明了这四人的奇妙关系，进而又淡然描述了一周前发生的、可怕的二重杀人案。

言耶回过神时，发现自己已在随身携带的大学笔记本上，对案发当日各相关人员的行动和时间序列做了如下整理：

下午三点稍过，蓣田家的由次郎来到前院，开始创作俳句。

下午三点零五分左右，谷志津子离开下砂村家。几乎在同时，昭一进了刚毅的房间。

下午三点零五分稍过，志津子来到隔壁的岛豆家，与这家的梅聊得兴起。

下午三点十分左右，服部登米在家门口的长板凳上坐下。

下午三点十分稍过，昭一离开下砂村家，走下白砂坂前往旧书店。

下午三点二十三分左右，昭一在他常去的神保町的旧书店里现身。

下午三点三十五分左右，志津子与梅走出岛豆家，来到服部家的长板凳前。梅留在登米处，志津子前去购物。

下午三点三十五分稍过，登米把板报送至上砂村家，被上砂村家的用人渡边清子收下。当时登米见到了刚义，没有看到和一。

下午四点左右，清子离开上砂村家，走下白砂坂前去购物。

下午四点十分左右，和一离开上砂村家，沿白砂坂往上走，去见熟人。

下午四点半左右，志津子回到下砂村家，发现了被杀害的刚毅。被害者放在屉柜里的现金不见了。

下午四点半稍过，清子回到上砂村家，发现了被杀害的刚义。被害者放在金库里的现金不见了。

见言耶整理得井井有条，小间井赞叹道："哇！不愧是作家老师啊。"

"请别叫我老师。"

尽管如此抵触，但言耶在大学时代出道却是不争的事实。他以东城雅弥的名义写出短篇《百目鬼家的百怪》，参加侦探小说专刊《宝石》的有奖征文，成功地拿到了一等奖。此后，他又发表了《蜉蝣庵》《梦寐的夕照》《洞宅之穴》等志怪和幻想小说，大学毕业后靠一支笔过活。事实上，后来他改笔名为东城雅哉，以《九岩塔杀人事件》——应该说这也是刀城言耶的第一案——完成了长篇小说的出道。当然这是后话，此处按下不表。

"我们已经知道这桩二重杀人案的凶手。"然而，小间井完全不在乎言耶的反应，继续讲述案情。

"你说二重杀人，罪犯是同一个人吗？"

"这倒不是。不过，从上上个月到上个月，东神代町和神代新町这两个互相毗连的区域发生了强盗杀人案。当初我们也认为，莫非是这凶手又在隔壁的神代町犯下了第三桩案子。"

"哦，是那个案子啊。"

"我老家就在东神代町——当然这跟案子毫无关系——所以，比起其他案子来，我对那个案子的关心程度更高。"

"这个肯定是会担心的。可以理解。"

"但是，直到现在我们还没有抓到凶手。"

"最终，那两个案子和这次的砂村家杀人案没有关系？"

"在那两个案子里，凶手用日本剃刀割开被害者的脖子，抢走了现金，但我们找不到罪犯出入现场的痕迹。这一点和这次的案子很像。"

"但警方断定两者无关。"

"因为幸运的是，我们竟有两个像极了嫌疑人的嫌疑人，他们有着非常容易理解的动机，而且在审讯过程中举止过于可疑。"

"啊，所以虽说是二重杀人，但罪犯各不相同，是吧？"

"对两人进行讯问后，我们确信是他们合谋制造了此案。他们模仿那两个町发生的案子，企图把自己的罪行安在连环强盗杀人犯的头上。从现场抢走现金，便是为了这个目的而使用的碍眼法。他们的真正动机是继承遗产。"

"具体情况是？"

"住在下砂村家的昭一替和一杀死他的父亲刚毅；在上砂村家生活的和一则替昭一杀掉他的父亲刚义……"

"交换杀人吗？"

言耶正自吃惊时，小间井脸上却浮出不合时宜的笑容："到底是作家啊，这说法真是有趣。"

"话说……交换杀人这种设定……"

然而，言耶正欲展示才学，就被刑警强行阻拦了。

"但是，我们没弄明白做法。"

"什么意思？"

此时，言耶也对这桩案子产生了浓厚的兴趣。

"在刚义的遇害现场上砂村家，我们发现了染血的日本剃刀。刀上附有被害者的O型血迹，但还检测出了A型血。"

"下砂村家的刚毅先生正是A型血吧？"

"你领悟得很快啊。顺便说一句，凶器上一个指纹也检不出来，现场也没有凶手被血溅到的形迹。在这一点上凶手干得很漂亮。刚毅的死亡推定时间是当天的下午三点到四点。刚义那边是下午四点到四点半。"

言耶将目光落向笔记本，说道："换言之，昭一先生是在谷志津子小姐离开下砂村家的三点零五分左右，到他自己离家的三点十几分之间，杀害刚毅先生并抢走了现金。而和一先生则是在渡边清子女士离开上砂村家的四点左右，到他自己离家的四点十分左右之间，杀害刚义先生并抢走了现金。"

"鉴于两名被害者的死亡推定时间和两名嫌疑人的外出时间，与其认为他们特地选择志津子和清子在家中的时候犯罪，还不如想成是在她俩离家后马上杀害了各自的叔父，这样更自然一些。"小间井如此回应道，却又显得非常困惑，"但是，问题在于凶器——日本剃刀。要实施交换被害者——各自的父亲——的二重杀人，这把日本剃刀就必须由昭一转交给和一。然而，昭一离开下砂村家后，在常去的旧书店现身，六点过后才回家，他在这段时间内的行踪我们全都掌握。"

"原来是有不在场证明啊。"

"话虽如此，从两家的位置来看，他完全可以在去旧书店之前，火速上坡来到上砂村家，用破布包好染血的凶器，把它偷偷投入邮箱。"

言耶立刻点头，而小间井嘴上这么说着，却又大摇其头："但是，服部家的登米从三点十分左右开始就已坐在家门口的长板凳上，没多久她就看到昭一出门了。而且登米还明确地作证说，当时昭一下坡去了，绝对没有上坡。"

"拿着东西吗？"

"什么也没拿。当然，日本剃刀怎么着都能藏起来吧。"

"姑且下坡、在町内转一圈、绕到坡顶，不也完全有可能吗？"

"我们实际走了一遍最短路径，正常行走要花五分钟。昭一是在三点十分稍过时离开下砂村家的。而他在常去的旧书店现身，则是在三点二十三分左右。从下砂村家到那家旧书店，正常行走需要十二分钟左右。"

"如果这两段路都是跑着去的呢？"

"或许能勉强做到。不过，听旧书店的店主说，昭一丝毫没有气喘吁吁的样子。"

"就算只有其中一段是跑着去的，也还是会喘气的。"

"更何况三点过后菰田家的由次郎进了前院，一直在创作俳句。他作证说，'昭一确实不曾在坡顶出现，从我家门前走过。我也没看到其他形迹可疑的人'。"

"这么一来，就只剩下……"

"就只剩下一个办法，就是昭一离开下砂村家之前，悄悄穿过邻居岛豆家和服部家的后院，去了上砂村家。"

"可是，这样就有被两家人发现的危险，而且还挺费时间的。"

"杀害刚毅，拿走现金——当然可以过后再偷——穿过曾经的砂村家的大院，递送凶器，然后返回下砂村家，从门口走出去。昭一基本不可能在三点零五分左右到十分稍过的这段时间内，完成那么多事。而且，服部家和岛豆家的院子里哪儿都找不到那样的痕迹。"

"当天上砂村家的出入情况呢？"

"登米坐上长板凳后，从上砂村家出来的有和一和清子，进去的只有清子一人。和一两手空空，清子提着购物篮。关于这些情况，岛豆家的梅也提供了和登米一样的证词。"

"下砂村家的刚毅是被你们在上砂村家发现的日本剃刀杀害的，这一点绝对没错吧？"

"确凿无疑。"

"特地用同一件凶器，是因为他们可以就此主张'既然二人之间无法传递凶器，自己就不可能是凶手'？"

"在审讯中，我们没说日本剃刀上沾有两名被害者的血迹，试图让他们说漏嘴。只要有一个说了你刚才提到的主张，我们就打算质问他为什么知道血迹的事。"

"结果没成吗？"

"两人都只说了同一句话，'东神代町案和神代新町案的罪犯连续侵袭了下砂村家和上砂村家'。"

"可是，登米女士和梅女士都没看到陌生人。"

"我向他们亮出了这一事实。但说到底，在东神代町和神代新町的案子里，凶手是怎么出入现场的，也是一个巨大的谜。而且由于报纸对那两桩案子大肆报道，亮出事实对他俩也毫无作用。结果他们反倒说什么'登米和梅没有目击到可疑人物，恰恰证明凶手与犯下东神代町和神代新町强盗杀人案的是同一个人'。"

"也就是说，只有揭穿凶器传递的方法，让那两人举手投降这一招了？"

言耶确认之下，小间井面露难以言喻的表情，略显犹豫地说道："如果杀人顺序相反，即刚义先在上砂村家遇害，刚毅后在下砂村家被杀的话，我想还是有办法的。"

"还请指教。"

"刚才我也说过了，上砂村家和下砂村家之间，经由服部家和岛豆家的后院连着一根电话线。据说是过去正房和别栋之间为通话而设置的专用电话留下的遗迹。白砂坂很陡，所以电话线也是斜的。和普通电线杆一样，那电柱上也有落脚的地方，所以能一直爬到电话线那里。比如，用破布什么的包好日本剃刀，然后爬上电柱，把破布结成一个环挂在电话线上。这样环就能在线上滑行，从上砂村家移动到下砂村家。凶器自然也就从和一这边传送到了昭一那边。"

"这思路很有趣啊。"

"事前商量可以通过专用电话悄悄进行。刚毅耳背，所以只要和一趁志津子购物的当口，从上砂村家给下砂村家的昭一打电话，就不用怕被人听到铃声。"

"充分利用电话，这一招非常厉害。"

言耶单纯地感到愉悦，小间井则露出愁眉苦脸的样子："因为昭一经常读侦探小说嘛，能想出这种狡猾的奸计也不奇怪。然而，事实是下砂村家的昭一作案在先。而且他还有此后的不在场证明。在这种情况下，他是怎么把日本剃刀传送给和一的呢？"

"考虑到凶器上沾满了血，好像更不容易做到啊。"

27

"就是啊。昭一必须在剃刀沾着血迹的情况下，把它传给和一。凶器的传送方法之谜一日不破解，就算再有动机，再怎么可疑，也终究不能逮捕他们。如果是战前的警察，应该会不由分说就这么干，但我们不行。"

"从坡上往下移动凶器，似乎还有其他各种方法可想，但反过来好像就很难了。"

"就算靠人力投掷，从下往上的话也够呛吧。"

"而且，两个砂村家之间还隔着服部家和岛豆家。"

"靠手扔，就算扔准了也只能到达服部家的院子吧。"

"就以刑警先生的说明来看，我也有同感。"此处言耶沉思片刻后，"情况我已经了解清楚。这案子非常不可思议，说实话，我也产生了兴趣……"

"啊，非常感谢。"

见小间井显出松了口气的样子，言耶慌忙摆着手说："我不是那个意思。"

"嗯？"

"对案子感兴趣确是事实，可我不懂，我为什么要参与破案呢？"

"哦，这个呀。"小间井摆出一副"这有什么"的样子，"明明听曲矢刑警提起过，结果我只顾着讲案情，完全忘了那一茬。"

"什么茬？"

言耶问道，他既觉好奇，又有一种不好的预感。而对方的回答则让他险些不由自主地蹦起来。

"当然是跟本案有关的怪异事件啦。"

三

在上下砂村家发生二重杀人案的两个多月前，某日傍晚，刚毅差遣志津子去东神代町办事。

任务非常简单，把包在布巾里的东西送到刚毅的老熟人——大泷家即可。事情很快就办完了。倘若对方是个话痨，她自然也会在门口横框上坐下，在茶水的款待下和对方热情聊天，但这次不是。

志津子按梅所教的做了一番寒暄后，这个似乎比刚毅年纪更大的老人笑也不笑，反倒愁眉苦脸地收下布包，一声不吭就这么扭头回屋里去了。

搞、搞什么呀。

志津子大为恼火。这么冷的天送东西过来，连句慰劳的话也没有，这人也太冷酷了吧！一般都会给一杯热茶的吧！

刚才的老人以前是军人吗？

年纪虽大，腰杆倒是挺得笔直。锐利的眼神也好，傲慢的态度也罢，都让人觉得他像是以前军队里的大人物。

那盒子里到底放着什么呢？

根据透过布巾摸下来的触感，那似乎是一只木盒。不过盒子相当重，两手抱着走路时还发出咣当、咣当的声音，总觉得里面是陶壶之类的东西。

壶里到底是……

想到这里，志津子突然身子一颤，也许这不光是空气寒冷的缘故。

老爷把布包交给自己时，那脸色就像是从肩上卸下了重担。

相反，那个叫大泷的老人接过布包时，看模样好似被硬塞了一个烫手的山芋。

刚毅和老人的关系志津子无从猜测，唯有一点看来是确凿无疑的，那就是某样都不愿意搁在身边的东西在两人之间完成了流转。

……总觉得阴森森的。

这样想着，志津子踏上了归途。路上所有人都行色匆匆，欲尽早逃离寒气。在行人的带动下，志津子也开始加快脚步。

突然，她的视线停留在一件军大衣上。那东西似乎正默默地伫立在数米远的电线杆背后。

和食物一样，衣服也供给不足，因此穿军大衣的人并不罕见。要么是穿自己曾在战场上用过的，要么是老军人苦于生计卖给旧衣店后，像昭一这样买来穿着的，无论是哪种情况，大家都珍而重之。所以，这军大衣能引起她的关注也真是怪了……

志津子再次凝神注视那大衣，心里一惊。

没有头……

如此可怕的无头人悄然潜伏在电线杆背后。志津子看清后，差点惊叫起来。

……咦？

之所以能勉强压下惊叫，是因为她意识到自己看错了。

不过是大衣挂在了电线杆上……

志津子犹犹豫豫、战战兢兢地走到近前，仔细观看。不是没有头，里面本来就是空的。

搞什么嘛！

不知不觉中，灌注于全身的气力轰然溃散。她正要径直从电线杆旁通过，却又条件反射式地站住了。

那大衣为什么会挂在电线杆上？

是有人掉了，被好心人捡起来挂上去的？可是，在这么寒冷的日子里，谁会脱下外套，还把它遗忘在道路中央呢？

最主要的是，这么挺括的大衣没一早被偷走，也是奇怪。就这么一直吊挂在电线杆上，很反常不是吗？

志津子暗中观察从电线杆旁通过的行人，然而没有一个人把目光投向大衣。有的人没有像样的防寒服，一身装束看着就觉得冷，却也都淡然地过而不停。仿佛那里根本就不存在大衣似的。

……讨厌。

志津子当即转身，准备就算绕远路也要从别的途径回去。就在这时——

吧嚓。

一个商人模样的男人刚好从电线杆旁通过，大衣竟然动了，向那人罩去。这难以置信的一幕映入了志津子的眼帘。

一刹那，先前还能看到的大衣倏然消失了。那男人也突然站住，接着身子猛烈地颤抖起来。随后他频频打量电线杆，又像是猛然回过了神，再次迈步。

刚才究竟是……

志津子发呆之际，商人模样的男人已从她身边走过。擦肩而过的一刹那，男人瞥了她一眼。那目光和嘴角貌似歪斜着，如嗤笑一般，莫非这只是志津子的一时迷糊？又或者是……

三周后，又是一个傍晚，志津子出门前往神代新町的御津医院。她总是按一个月一次的频率去该院领取刚毅的药，因此这天她也和往常一样赶赴医院，回来时又看到了那东西。

吊挂在五金店檐前的大衣……

然而，店里的人和从旁走过的行人都没有发现，均是一副不知有其物的样子。

再观望下去，又会看到那东西附身于人体的瞬间。

这样想着，志津子惶恐起来，当即快步离去。同时她又开始担忧，外出办事原本可以转换心情，如此一来可就成了讨厌的工作了。

这忧虑不幸成真，而且还是以最坏的形式。因为两周后那大衣就在神代町出现了。

那天黄昏，志津子出门购物，这是每日的例行工作。她和平日一样在常去的店里买好晚饭的食材，赶回下砂村家。在半路上……

"嘶……"志津子不由自主地发出了短暂的惊呼。

前方不远处，那大衣垂挂在民宅篱笆墙的一头，宛如不经意间被钩住了似的。

这糟心的光景与志津子最初在电线杆那里看到的一样。前些日子五金店檐前的只是例外，挂在电线杆、民宅篱笆墙或树枝上，也许才是这大衣本来的样子——眼前的一幕显得太过自然，以至于她产生了这样的感觉。

不从那民宅前过，就得绕好长一段路，所以她几乎是背贴着道路另一侧的围墙，从大衣前通过的。尽管行人都用奇异的眼神看她，可现在哪还顾得上旁人的目光。

一个不留神，就会被那东西附体……

此时志津子只顾得上担心这件事。充分保持距离，从那篱笆墙跟前通过的时候，她也极为忐忑，总觉得大衣就要向自己飞扑过来了。

从东神代町到神代新町，再到神代町，那大衣似乎正在向西移动。志津子暗中祈祷：如果此事为真，只希望它能尽快离开这里。

第二天傍晚，志津子从下砂村家前的石阶下来，想着"还在的话可就太讨厌了"……就见那东西正挂在白砂坂最底下的电线杆上。

跑这里来了！

没多久就会从下砂村家的门前通过。那东西应该不至于进门里来，只是如果正好在它移到家门口的时候出去购物，可就……这么一想象，志津子不由颤抖起来。

就在这当口，昭一从坡脚出现了，像是刚从旧书店回来。

"啊！不能走……"

但是，志津子的声音还没传递过去，昭一已走到电线杆旁。

……吧嚓。

志津子目睹了大衣突然罩下的骇人景象。一瞬间，脖颈上唰唰地起了一层鸡皮疙瘩。

在电线杆的正侧方，昭一的身子剧烈地颤抖了一下。他呆立片刻后，突然加快脚步，向志津子走来。

一定要在他过来之前赶紧逃跑。志津子这样想着，心下焦急，两腿却完全不听使唤。昭一不断逼近，然而自己就像脚下生了根，被牢牢地钉在那里。不知不觉中，昭一已来到她的眼前。

……要被袭击了。

志津子猛地一缩身，但昭一什么也没干，只是从正面凝视她，然后轻浮地发出"嗒"的一声嗤笑，进了下砂村家。

听见他嗤笑的一瞬间，志津子全身都起了鸡皮疙瘩。向来只敢偷窥的昭一，竟然堂而皇之地——这么表述也许有些奇怪——从正面看她了。而且还向她发出满是猥琐的嗤笑。志津子深感不快，仿佛全身被他的双掌死缠着抚摸了一遍。

此后的好几天，志津子都胆战心惊，在可怕的二重杀人案的案发当日，她把一切都告诉了岛豆家的梅。原以为这样心情能稍微舒畅一些，哪知默默听她说完后，梅却讲述了一件骇人的事。

"在我年轻时居住过的地方，有一次发生了小火灾。说是火灾，也就是木板壁和门柱烧焦了而已。虽说没受什么损失，但保不准将来就会发生大火灾，对吧？所以大家组织自卫团，搞了个夜间巡逻，结果抓到了某家大商铺的夫人。"

"是这种身份的人放的火？"

梅点点头："不过，据说她本人精神恍惚，似乎一点也不知道自己干了什么……她在点火的时候被抓了现行，按理说肯定是没法抵赖的，可是，她好像真的很困惑……"

"……总觉得有点瘆人。"

"对方是大商铺的夫人，所以自卫团的人也犯愁，不知该不该把她送交警察局。最后他们和她老公商量，决定先看看情况。但纵火者是她的消息一下子就传开了。然后啊，就有人开始说奇怪的话了……"梅换上了讲悄悄话似的口吻继续说道，"要问是什么呀，就是有人说在当初发生小火灾的前一天，那位大商铺的夫人走路时，一条原来好像是挂在电线杆上的蓝色连衣裙，如同活物一般，轻飘飘地罩住了她……"

"……和、和、和我看到的一样。"

志津子过于亢奋，说不出一句整话来。梅以劝慰式的目光看了她一眼："不过，好像毕竟没有人真信这个话。"

"那夫人后来怎么样了？"

"趁她老公不注意，又去纵火了……而且那次酿成了大火灾，死了好几个人。所以她被警察抓了，听说判了死刑。"

志津子无言以对。

"发生纵火案的几个月后，隔壁街区又传来了一模一样的关于蓝色连衣裙的流言蜚语。当时啊，这个差不多已经成了像怪谈一样的东西。然后，邻区的邻区接连发生了几起儿童绑架未遂案……"

"都是因为那条蓝色连衣裙吗？"

"不少人都这么认为。据说那东西被叫成妖服——妖怪的妖、衣服的服，就是在那个时候，也不知道是谁起的头。"

"妖服"这两个诡异的字浮现在志津子的脑中。她认为自己看到的那件大衣肯定也是妖服。

此后梅向志津子道谢，而当时砂村家的二重杀人案已经发生了一半。

四

"妖、妖、妖怪的衣服，写成妖服！"

刀城言耶的大叫声响彻了"希尔豪斯"的店内。

"啊？等、等一下……"店员和所有顾客都盯视着他俩，集中的视线炮火似乎完全击垮了小间井，"你、你的声音太大了。"

慌乱之下，他试图制止言耶，而言耶本人却滔滔不绝地打开了话匣，仿佛一点也不清楚现在所处的状况。

"衣服的妖怪有一反木绵、襟立衣、窄袖之手；仅限于布制品的话，则有茶袋等。但这个被称为妖服的怪物，恕我孤陋寡闻，我一点也不知道。不过看那些现象，我又觉得像窄袖之手。"

"喂喂……"

"啊，窄袖之手呢，是江户时代的故事。"

"不，我不是要你……"

"有个商人从旧衣店给女儿买了一件漂亮的衣服。女儿高兴地穿上后，却病倒了。几天后，商人回家见到了一个脸色苍白的陌生女人。仔细一看，这女人不知为何竟穿着女儿的衣服。随后，她在吃惊的商人面前嗖的一下消失了。商人急忙检视橱柜，女儿的衣服好好地收在里面。但他总觉得有点可怕，便从橱柜里拿出来挂上衣架，准备处理掉。这时，就见两只窄袖里忽地伸出女人白色的手。家人害怕起来，解开衣服，发现了从肩头斜砍下去的痕迹……"

"我都说了，我不是要你……"

"这么一来，大家自然就明白了，那衣服的原主人是被人用刀斩杀的……既然如此，与其说是妖怪，倒不如说这东西充斥着死者的怨念——对啊，按'应当忌讳之物'的意思来看，可以称之为'忌物'吧。"

"这种事我不……"

"啊啊！"言耶再度大声嚷道，二人又一次受到了众人的注目。不过，这次看向他们的人只有先前的一半。

"喂，轻点声！"

"还有暮露暮露团，我把这个完全忘了。人们日常使用的……"

"曲矢怎么没告诉我他还有这么棘手的毛病啊。"小间井小声嘀咕道。曲矢本人幸运地一次也没撞上言耶的坏毛病——一听到自己不知道的怪物就浑然忘我，所以也无法事先提醒小间井。

"衣服或被子破了、旧了，人的意念就会淤积其中，变成暮露暮露团。不过，鸟山石燕……"没多久小间井貌似放弃了抵抗，开始默默聆听，"啊，这个叫石燕的人呢……"

但言耶每次跑题，刑警的眉间便多了几道皱纹。于是他好像终于忍无可忍了。

啪！小间井突然一拍桌子，响声在店内久久回荡。只是如今朝他俩瞥上一眼的人都没有了。

"嗯？"言耶一愣。

"说够了吧？"刑警问道，语气还算缓和，眼神却有些可怕。

"啊？"言耶进而露出吃惊的表情，"啊啊啊，对不起！"他好像终于意识到了什么，正了正坐姿，低下了头，"不知不觉地就说入了迷。"

"不不，很有意思啊。"小间井虽然如此回应，但眼神依然锐利，"同样的军大衣我也穿过，所以听她讲述时，我不由自主地颤抖了一下……"小间井说到一半，大概是觉得如此一来难免又要激起言耶的坏毛病，便话锋一转，"只要你不介意，我想把话题扯回到案件上去。"

"关于从上砂村家拉到下砂村家的电话线，还是有方法可以利用的。"

见言耶立刻极为自然地开始就案件提出看法，刑警似乎有些不知所措："真……真有办法吗？"

"在连着电话线的两根电线杆上各装一个滑轮，滑轮上事先穿好钓鱼线、扎好包有凶器的破布。只要在下砂村家那边滚滑轮带动钓鱼线，日本剃刀就能被送到上砂村家。这样就可以做到让凶器从坡下往坡上移动。"

"原来是这样。"小间井理解了，但又遗憾似的摇摇头，"正如我刚才也说过的那样，连接两家的怎么看都只有那根电话线。从电线杆到电话线，我们都仔细调查过，没能发现任何痕迹。"

"是吗。"不过，言耶本人并未显出意气消沉的样子，"假如使用了滑轮，那么电线杆上绝对会留下痕迹。但是，不用滑轮的话，要顺着电话线搬运凶器，可就有点难了。"

"果然是不行啊。"

"如果现在是夏季，嗯……倒也不是没办法。"

"什么办法？"

　　小间井不由得探出身子，言耶用半开玩笑式的语气说："就是像刑警先生一开始说的，把日本剃刀包进破布，结一个环上去，然后挂在电话线上。"

　　"在这种状态下能把凶器从下砂村家送到上砂村家？"

　　"光是这样当然不行。电话线是斜着往上去的，无论如何都需要动力。"

　　"像滑轮那样的……"

　　"对。如果案子发生在夏季，也许可以利用夏季特有的风景线——烟花。"

　　"你说什么？"

　　"在结着凶器的环上装一枚小型的升空焰火，让它从下砂村家一口气蹿到上砂村家。只有这两家之间连着电话线，所以不必担心会越过上砂村家飞走。只要瞅准附近的人放烟花的时机，还能借那声音掩盖自己的行为。"

　　"这构想还真是匪夷所思啊。"仅看小间井的神情，也不知他是在钦佩还是在惊愕，"这个案子里没有使用烟火，这一点还是很清楚的。不过，你应该还有别的方法吧？"

　　看小间井如此追问，没准是在表示钦佩，这倒是出人意料。

　　"怎么说呢，还有就是强风了吧。如果下砂村家命案发生后，从白砂坂的坡下向坡上吹起了强风，我想肯定可以用气球或小型风筝，依然是沿着电话线转移凶器。"

　　"可是当天没有那样的风。"

　　"就算早上刮起了强风，没准什么时候就停了，凶手是否真能下定决心在这一天作案呢？"

"其他办法呢？"小间井催促道，他的双眸闪烁着异样的光彩。

"无法如您所愿，真是对不起。利用了电线杆和电话线却又不留任何痕迹，这种诡计我好像再也想不出来了。"

"是吗？我们原先很有自信，觉得盯上了一个不错的突破口。"

刑警似乎有些沮丧，但接下来言耶指出的一点让他再次探出了身子。

"倒是应该远离这个思路吧。"

"你的意思是，还有别的手段？"

"亲手转交，这个才是最单纯的方法。"

这次小间井眼中流露出颇为怀疑的目光："就因为这个不可能，所以你才像刚才那样，推理出了几种侦探小说式的机械诡计，不是吗？"

"是的，正如你所言。不过，既然结不出成果，学会放弃也是很重要的。"

呃……刑警一时无言以对，随后又问："假设可以亲手转交，那用的会是什么方法？"

"原本就是反过来的吧。"

"什么意思？"

"并非昭一先生把日本剃刀交给和一先生，而是和一先生去昭一先生那里接收凶器，如果是这样的话呢？"

"……反过来啊。"

"服部家的登米女士去上砂村家送板报，当时她见到了收下板报的渡边清子女士和家中的刚义先生二人，没有看到和一先生。只要事先商量好杀害刚毅先生的时间，和一先生就可以配合作案后离开下砂村家的昭一先生，按时从上砂村家里出来。然后，他不下坡，而是越过坡顶，绕远路追上前往旧书店的昭一先生，接收凶器后回到砂村家，这应该是完全有可能做到的。"

小间井仔细听完言耶的推理，说道："根据清子的证词，她出门购物前，刚义与和一都在家，不过她也不是一直在旁边看着就是了。"

"昭一先生训斥谷志津子小姐，叫她快点送板报，也是因为与和一商定的杀害刚毅先生的时刻就快到了。一旦推迟作案，他离开下砂村家的时间也要推迟。这会打乱他和按时从上砂村家出来的和一先生相会的计划。"

"有道理啊！"刑警似乎要被说服了，但立刻又大摇其头，仿佛想起了什么关键的事，"不，这个行不通。菰田家的由次郎从三点起就已经在前院了。他作证说没有一个可疑人物从他家门前走过。我们当然是在案发后向他打听情况的，所以可疑人物自然也包括和一在内。"

"这么说，凶器终究还是由昭一先生传递给和一先生的吗……"

"你还能想出什么方法吗？"

言耶低头沉思片刻后，猛然抬起头："有一个方法，就是昭一先生装作从白砂坂下来，然后立刻用某种手段上坡，前往上砂村家。"

"还不是一样吗。好吧，所谓的手段是？"

"自行车。"

"什么呀，就算骑着那玩意儿，也会被登米和梅注意到的。"

"不，正因为骑着自行车，那二人才会看漏。"

"为什么？"

"因为昭一扮成了邮递员的模样。"

啊……小间井微微张着嘴，一句话也说不出来。

"昭一先生在邮局短暂地工作过一段时间，此外又有买旧制服的癖好。所以有邮递员的制服一点也不奇怪。"

"原来是利用这个啊……"一时之间刑警若有所悟，但马上又换上了慌乱的神情，"但是，昭一从下砂村家出来时，可是两手空空的。"

"在那天上午或别的时候，他预先把制服和自行车藏在了坡下某个不起眼的地方。"

"……原来如此。"

"案发当天昭一先生的行动是这样的。下午三点零五分左右，趁谷志津子小姐离开下砂村家，进入刚毅先生的房间用日本剃刀杀害了他。其间志津子小姐前往邻居岛豆家，与梅女士闲聊。昭一先生杀掉叔父后，拿用来包珍贵旧书的油纸包好沾有被害人鲜血的凶器，放进信封。为保险起见，可能还在信封上写了上砂村家的地址和和一先生的名字，甚至贴了邮票。下午三点十分左右，服部登米女士在自家门前的长板凳坐下，昭一先生从下砂村家的宅区内窥探并确认了这一点后，离开家，装出要去旧书店的样子走下白砂坂。从志津子小姐到梅女士、登米女士，每个人的活动基本都是固定的，所以昭一先生应当能充分地预测到。"

"是这样。"

"昭一先生下了白砂坂，来到隐藏邮递员制服和自行车的地方，在那里换好装，骑上自行车，一脸若无其事地上坡，把装有凶器的信箱投入上砂村家的邮箱。然后再下坡，回到同一地点，再次换装后，前往常去的旧书店。如此这般，他制造了上砂村家杀人案的不在场证明。"

"非常合乎逻辑啊。"

"这个诡计的问题在于，制服好办，但自行车和包是否也使用了邮局专用的那种。"

"这些东西要准备齐全，毕竟很难吧？"

"不过，想来光是穿制服就足以把人骗过。因为一旦把对方认知为'邮递员'，人就会习惯自身的判断。其实，倒不如说问题是在于，有没有能事先隐藏制服和自行车的地方。因为昭一先生需要在那里两次换装。"

"关于这个问题……"小间井顿时显出为难的表情，"我不是说过吗，我们曾怀疑昭一是姑且下坡，在町内绕了一圈后来到坡顶的。所以白砂坂上上下下的每个角落，我都走过了。我认为那一带没有可以隐藏制服和自行车而且还能换装的地方。"

"……是吗？"

"就算有，你看如今这世道，马上就会有人发现，然后自以为交了好运，把东西顺走。"

"正如您所言。而且，设想一下昭一先生扮成邮递员后的行动，还是会处处透着不自然。看着人从坡脚上来，结果只给上砂村家送了邮件，立刻又下坡去了。登米女士和梅女士毕竟会觉得可疑吧。"

"不过，你的这个方法非常好，我很佩服。"

"……对不起。"

言耶垂下头，目光自然而然地落向了大学笔记本。与此同时，他反复咀嚼谷志津子的证词，再次对案件展开了思考。

其间，小间井始终保持沉默，貌似在等待言耶再度开口。

"……对啊。"

不久言耶嘀咕了一句，小间井立刻回应道："怎么了？"

"志津子小姐在玄关的三合土上时，昭一先生已经进了刚毅先生的房间。"

"因为她听到了昭一对耳背的刚毅说话时惯有的响亮语声。"

"昭一先生为什么不等到她完全离开家的时候呢？"

"那是为了尽早杀害刚毅……"

"并没有这个必要，不是吗？连志津子小姐从玄关出去的短短十几秒都等不了，这个完全没道理吧？"

"那……到底是为什么呢？"

"为了制造志津子小姐离开下砂村家时刚毅先生还活着的假象……"

"什……什么？"

"他想让警察以为，刚毅先生是在志津子小姐离家后被杀害的，因此凶器的转移也是在那之后进行的。"

"那么实际上……"

"实际上，在志津子小姐出门前，刚毅先生已经遇害。从死亡推定时间来看，应该就在之前不久。然后，从她出门的那一刻起，凶器的转移就已经开始了。"

"什……什么意思？"

见小间井一脸惊愕，言耶答道："包在油纸里的日本剃刀被藏在板报的最下面。"

"啊？"

"板报的实际情况是，本该是重点的重要通知只有最初的两三页，其下都被居委会主任小佐野先生的俳句报所占据。因此，会把板报翻看到最后一页的，只有闲居菰田家的由次郎先生。"

"而这个菰田家在上砂村家的上面。"

"在下砂村家的隔壁岛豆家，志津子小姐为梅女士代读板报上的内容，只浏览了俳句报之前的那些通知。志津子小姐说过，相邻的服部家的登米女士也只看重要的联络事项。"

"登米把板报送至上砂村家，由渡边清子收下，是在下午三点三十五分过后。而她恐怕也不会认真地翻看到最后一页。"

"和一先生等清子女士出门购物后，杀害了刚义先生。当然，昭一先生和和一先生都小心翼翼地没在凶器上留下指纹。和一先生将日本剃刀留在现场，只带着包过刀的油纸离开家，在某处——可能是扔进了河——把油纸处理掉了。"

"不对啊……"此时刑警像是猛然回过了神，"板报里夹着那样的东西，能不被志津子或登米发现吗？"

"小佐野先生的俳句报越来越厚了。相比之下，日本剃刀很薄不是吗？我觉得完全藏得住。"

"这倒是真的。"

"不过，有一个场面很惊险。"

"什么场面？"

"就是志津子小姐把板报递给登米女士的时候。当时登米女士险些敏感地察觉到了血腥气。"

"啊！是那个呀……"

"志津子小姐很难为情，觉得是因为自己没洗澡，但那其实是沾在凶器上的刚毅先生的血导致的。"

"嗯……"小间井沉吟了一声，"那么志津子和梅为什么没注意到气味呢？"

"倒不如说是登米女士的嗅觉太灵敏了吧。两人之所以没注意到，硬要列出原因的话，大概是志津子小姐想到能喘口气了，心里早就扑向了岛豆家，而梅女士也很期待她的来访，后来她们又互相沉湎于闲聊。"

"原来如此。"

刑警接受了这样的解释，言耶则以略带焦虑的口吻说："案发是在一周前吧？"

"嗯，对啊。"

"那下一次的板报可能还没有被到处传阅。也就是说，案发当天用的那块板的表面或俳句报最后一页的背后，没准还残留着微量的血迹……"

没等言耶说完，小间井就起身离席了。

"多谢，承蒙照顾了。"

结完账后，他回头说了一句"改日再来答谢"，便立刻匆匆地走出了"希尔豪斯"。

<h2 style="text-align:center">五</h2>

"抓到了呀……"

刀城言耶和小间井刑警在"希尔豪斯"见面的两天后，砂村家二重杀人案的凶手——砂村昭一与和一这对堂兄弟被逮捕归案的消息见报了。

令人震惊的交换杀人！

所有报纸都刊登了这煽情式的报道。报道对觊觎各自父亲的遗产这一动机一笔带过，通过凶器转移实施谋杀的部分倒说得相当详细。其中更有像战前的报纸那样高呼侦探小说之弊害的评述，令言耶打心眼里感到厌倦。

翌日，小间井把言耶约了出来。言耶抵达"希尔豪斯"时，刑警已然就席，优雅地抽着洋烟，喝着正宗的咖啡。

"托你的福，案子破啦。"

见刑警礼貌地起身道谢，言耶惶恐不安地说："刚逮捕罪犯，你应该还很忙吧。"

"哪里，稍微出来一会儿也不会有什么问题。不管怎么说，你都是有功之人嘛。光是请你喝杯咖啡根本不够。过几天我打算自掏腰包，好好设宴……"

"不不，不用费心。"言耶慌忙谢绝后，说自己想听听逮捕罪犯的始末。

"很遗憾，我们没有从传阅板和俳句报上找到血迹。"小间井即刻开始了讲述。

"没能找到啊。"

"不过呢，我们设了个套，说是检出了微量的血迹。进而又转述了你的推理。他俩当然是单独审讯的。我们拿'赶在另一位供述前坦白，也许可以减刑'的话来动摇他们。尤其是对和一，我们威胁说'想出那诡计的是昭一吧，再这么下去，你也会被认定为共同策划人'。"

"然后呢？"

"在当时的情况下，我们以为最先坦白的会是和一，哪知竟然是昭一。"

"为什么呢？"

"好像是因为那诡计被看破了，让他很沮丧。"

"啊？"

小间井对惊讶的言耶回以苦笑："于是接下来就轻松了，因为他痛痛快快地供述了。"

此后二人继续交谈，对案件做了回顾，当这个话题也告一段落时，言耶略有些拘礼地开口道："光顾着破案了，没得到空隙问……"

"什么都行，问吧。"刑警立刻回应道。

"谷志津子小姐受刚毅先生的差遣，把装在木箱里像壶一样的东西送交给东神代町一个貌似是退伍军人、名叫大泷的人，那东西到底是什么呢？"

然而，一听到这个问题，小间井便露出了一脸迷惘的表情。

"不好意思，这个我也完全不清楚。"

"也是啊。"言耶姑且表示了理解，又问道，"还有一个。志津子小姐发现刚毅先生的遗体后，正要逃离下砂村家，看到玄关的三合土上有个东西裹着那大衣。那个是……"

"肯定是幻觉吧。"小间井当即答道，"她目睹雇主凄惨的尸体，心情过于激荡，会看到那种东西也不奇怪。包括案发前几次目击到的大衣，可见她确有这方面的体质。再加上岛豆家的梅讲述的怪谈——就是妖怪的衣服，写作'妖服'的那个吧，情况越发严重了。"

"果然是拿这个来解释啊。"

言耶淡然接受了，刑警却显得颇感意外。

"这话可别传出去啊。其实呢，我出于个人的兴趣，就志津子在白砂坂看到的那件大衣询问了昭一。"他以饱含着深意的神情和语气坦言道。

"他、他是……怎么说的？"

"说是完全不知道什么军大衣。不过听昭一的叙述，就在志津子所说的大衣罩上他的那一天，他就像得到了上天的启示一般，突然想到了与和一实施交换杀人的方案。"

"与梅女士的故事里出现的大商铺夫人的情况正相反呢。"

"嗯？"

"引发小火灾的那位夫人，没有自我意识，也没留下记忆。但昭一先生不同，反倒像是被妖服授予了恶魔般的智慧，并按所学到的东西实施了犯罪。"

"同是妖服，也有不同种类吗？"

"……也许吧。"

"别！这个不正说明世上并不存在妖服这种东西吗？"小间井断言道，他似乎改变了主意。对此言耶也不反驳。

"东神代町和神代新町的案子怎么样了？"

"那个还没解决。虽说和我这边的案子没什么关系，但正如你所指出的那样，据昭一说，他确实想把他们的犯罪伪装成是那个案子的凶手干的。"

二人自然而然地谈了会儿东神代町和神代新町的案子。这个话题也结束后，言耶表达了谢意："特地为我解说，非常感谢。"

"哪里，是我受了你很多照顾。"刑警低下头。

二人正要起身离席之际。

"还是得告诉你啊。"说着，小间井重新坐好。

言耶吃了一惊："什么事？"

"审讯期间，我们自然是把昭一和和一关进了不同的牢房。本想一人关一间的，可是如今治安那么差，哪还顾得了这个。"

"也就是说，牢房里还有别人是吗？"

"第一晚，昭一跟某个男人关一起。这个人叫安冈，有强盗伤害罪等多次前科，正在顽强地否认最新的指控。据负责他的刑警说，最初安冈很看不惯昭一，说他'狂妄自大''把我当空气'。"

"虽说同是罪犯，但毕竟没有任何交集啊。"

"然而不知为何，安冈没去纠缠昭一。通常像昭一这种新来的人，总会受点欺负。"

"难道不是因为对方是杀人犯吗？"

"安冈当然不知道昭一是因为什么罪名进牢房的。他说昭一无视他，所以也很难想象昭一会告诉他。就算告诉了，不管是外表还是言行，昭一都像个公子哥儿，安冈不可能怕他。"

"那到底是为什么呢？"

刑警没有回答言耶的疑问："第二天早上，安冈提出希望换牢房。"

"……为什么？"

"说是因为牢房里还有一个人……"

"……"

"他说他怕得要死，希望转去别的牢房，为此他可以供认自己的罪行……"

"昭……昭一怎么说？"

"他说屋里只有我们。"如此回答过后，小间井凝视着言耶说道，"可是如今再细想，我总觉得昭一口中的'我们'并非指他和安冈，而是他和别的什么东西吧。"

如

巫死复活之物

一

暖风飘香的季节到了，从早晨开始这便是一个清爽的大晴天。在这种时候前往野山，在惬意的阳光和微风下读书，刀城言耶强烈地感到，这才是正常人做的事。

只是，为此就需要一本值得阅读的书。要说还没看过的书，言耶租借的屋子里可是堆积如山的。但不知为何如今他却在神保町，而且还是在专卖外文书的旧书店里，瞪圆了眼睛浏览书架，看能不能发掘出几本志怪小说。换言之，他只是在履行每日功课，与季节无关。

"请问……"

这时，有人从背后拘谨地向他搭话。是一个微弱的女声，含着近乎求助式的颤音。

言耶条件反射地回头看去，那里站着一位身穿制服、满脸紧张的女学生。而且还是一个貌似刚从地方上来、尚分不清东南西北的少女。这样的女孩为什么……言耶心里嘀咕，但马上又想通了，大概是特地上京来找英语参考书的。这里是神保町，当然会有这种热心读书的学生了。

"啊，失礼了。"言耶姑且从眼前的书架中取出伊迪丝·华顿的 *Ghosts*（1937）后，迅速移向一旁。

还没把书架的边边角角都检视到，但可以过后再说。虽然言耶是从店门口开始一路往里看过去的，却也没偏执到极端厌恶被打乱次序的地步。其实在旧书店之类的地方经常会遇到这样的人。因此他还暗自高兴，少女遇到自己可算是找对人了……

不知为何少女不看书架，时不时地将目光投向言耶。这光景进入了言耶的视野一角，他有些介怀，没法再继续找书了。

"你是找我有事吗？"言耶一狠心，单刀直入地问道。只见少女一时垂首，脸色依然僵硬，随后又像是决心已定似的抬起了头。

"你是侦……侦探吧？"少女语出惊人，把言耶吓了一跳。

此时，瞬间浮现在言耶脑中的是刑警小间井的脸。那刑警朝他搭话也是在旧书店，虽然不是同一家。拜其所赐，言耶不容分说地被牵扯进神代町白砂坂的砂村家二重杀人案。这事过去才一个月。

"这个……不是的。"

言耶自然是矢口否认，可看到少女一刹那面露惊疑之色，不知为何他又觉得很过意不去。

"你不是作家刀城言耶老师吗？"

由于作家时的笔名是"东城雅弥"，对少女回答一句"不是"也算不得说谎，但终究是下不了决心。

"不，我是，不过……"此时言耶已大感不妙，但还是无奈地点了点头。

"太好了。"沮丧的脸顿时一变，少女露出满面笑容。这难以言喻的笑容，竟让言耶的心感到暖意洋洋。

"我叫巫子见藤子。"少女深施一礼后，脸色突然严肃起来，

“其实我是有事想找老师商量……”

“请等一下。”言耶立刻插话道，“首先，我配不上老师这样的称呼。然后，我当然也不是侦探。所以，如果有什么事……”

“啊，我忘了。”藤子吐了吐舌头，微微一笑。先前的紧张情绪消失了，仿佛从未存在过。“我从刑警先生那里清楚地知道，老师可能不会承认自己是侦探，也拒绝被称呼为老师。可是一见老师的面，我过于紧张，就全忘了。”

“刑警先生？”言耶战战兢兢地问。

“是从东京来我们村的一个叫小间井的刑警。刑警先生说老师帮他破了一桩难案。”

果然……言耶一边忧心于预感成真，一边琢磨该怎么消除巫子见藤子的误解。这时店主和其他顾客的视线如芒在背，已然开始向二人集中。

尽管担忧这么做无异于自掘坟墓，但言耶无奈之下，还是把藤子带进了“希尔豪斯”。在那里他再次声明自己并非侦探，对方则恳求道“只是听一一听也行”。

“我就是为了见老师，才从节织村出来的。”

被藤子这么一说，言耶也狠不下心肠了。

话虽如此……

从曲矢刑警到小间井刑警，再从小间井刑警到巫子见藤子，这一连串的接力介绍算是怎么回事？

如果能带来约稿倒是不错，可惜……

藤子哪知言耶正在心里发牢骚，不等咖啡上桌，就说起了要商量的事。

　　故事始于她哥哥复员归来，但很快就往出人意料的方向发展了。猛然回过神时，言耶已在热心倾听。

　　果然是自掘坟墓了吗？

　　言耶自嘲式地苦笑起来，却也没觉得多后悔。

　　因为藤子讲述的事与他喜爱的怪谈相似：有个男人从出入口受到监视的小小村落里突然消失了。

二

　　巫子见藤子的叙述整理如下：

　　从西东京的终下市翻过两座山后，便是藤子出生、长大的节织村。正如从名字可以联想到的那样，此地盛产由节丝织成的平纹绢织品。纺织使用采自玉茧、疙瘩较多的绢丝，这种丝叫玉丝，又名节丝，其纺织技术则被称为"节丝织"。

　　巫子见家代代皆为村中的头号地主，又是这纺织产业的领头人。如此说来，从藤子身上确实能感受到富裕世家子弟的文雅气质。

　　战时和战败后的数年间，村里的纺织业也如熄火一般，没了活力。如今则像是与村中参军男子的陆续复员互相配合似的，渐渐恢复了元气。当然，其中有丈夫或儿子战死的人家，也有人虽然捡回了一条命，但身负重伤，失去了肉体的一部分。不过，这里没有参军者全部战死的人家，总有一个能复员归来，应该说这也是一种幸运吧。总之，每个人都开始满怀希望，认为恢复往日的节织村已是指日可待。

战时，巫子见家收到了长子富一战死的消息，幸而次子不二生在战败的半年后平安归来，且四肢健全。他们的父亲——户主富太郎对长子的死悲痛欲绝，对次子的复员欣喜不已。

有一次住持和尚为富太郎长子的月忌日登门，藤子听父亲对他说："富一虽是继承人，但从孩提时代起就不太稳重。相比哥哥，不二生从小做任何事都很谨慎。如果他俩能齐心协力，我们家也就高枕无忧了吧。只是两兄弟关系不好，再怎么调和，唉，也不可能和和睦睦地一起操持家业。然后战争让兄弟俩走上了截然不同的两条路。不过，对我们巫子见家和村子来说，这结果也许还不错。"

当时藤子觉得富一很可怜。但话虽如此，倘若是大哥继承家业，一不留神似乎确有家道中落、节织村的纺织业也步入衰退的危险。连不懂事业为何物的藤子，多少也能觉察到这一点。

在身材短小精悍、容貌端正方面，兄弟俩倒是相似，但性格完全不同。长子善于交际、待人亲切，可有一样，就是做任何事都马马虎虎。次子稳静、畏畏缩缩，但为人诚实认真。

"要是既有富一的社交能力，又有不二生的忠厚耿直，这继承人可就太理想了，可惜……"

这是富太郎醉酒后必会出口的话，通常还有这样的后续："那两兄弟好的地方，富三都照单全收了。"

富三是巫子见家的三子，无奈还只是个孩子。富太郎希望在他成人之前，富一能先顶一顶。而战败后，期盼的对象自然从长子转向了次子。正因为有这样的背景，身为父亲的富太郎才会在悲叹富一战死的同时，欢迎不二生继承家业，成为巫子见家的户主。

不料，复员后的不二生情况有异，不久双亲和藤子便都注意到了。首先是饭量变得极小。母亲想，儿子在战场多半总是饥饿难忍，便精心整治饭菜，但他却不怎么吃。莫非是习惯了过于匮乏的饮食？最初藤子是这么理解的，但很快她就想到，也许是二哥对自己的生还抱有某种罪恶感……

因为藤子时不时地听见不二生说："很多战友在临死时托我……"至于所托何事，他坚决不说。

濒临死亡的士兵在弥留之际呢喃"想吃故乡的荞麦面""想吃奶奶做的豆馅儿饼"，战友听到这些祈愿，说着"你看，荞麦面来了""这饼里全是豆馅儿"，给他们喂下混浊的水。诸如此类的战场惨剧要多少有多少。藤子也知道一些。想必哥哥也有过这种痛苦的经历。她向父母诉说了自己的想法。

"要不先别去管他？等好好休养后，再让他参与纺织事业吧。"

如此这般富太郎也改变了主意，于是即便不二生开始整天往外跑，他也没说什么。当然，不二生频繁前往的地方并非终下市的繁华街。

不过，后来富太郎曾这样回顾往事："还不如把钱花在烟柳巷的女人身上呢，这可比现在不知要好多少呢。"

那么，不二生到底去哪里了呢？原来是村郊的一座极矮的小山，名曰"富士见山"。就那高度，连孩子也能轻松爬上，据说是因为晴天时能从山顶望见富士山，所以不知何时就有了这个名字。不过，山顶既无祠堂，也没有人认为这是为富士信仰而建造的富士冢。

所谓富士信仰，是一种将富士山本身视为神明加以崇拜的古老神道。富士冢相当于信仰对象之一。有时是把原本就存在的古坟或山丘视为富士山，有时是像筑山一样，人工堆出富士冢。假如富士见山确为富士冢，则属于前者。

当然，直接的信仰对象是富士山本身。只是远方的信徒不可能轻易前往攀登，过去又一度禁止女人登山。人们寻求替代品的结果，导致了富士冢的诞生。据说在富士信仰最盛的江户时代后期，光是在相当于现东京地区的范围内，就造了五十多处富士冢。

节织村的富士见山与这段历史毫无瓜葛。不过，此山属巫子见家所有，又因"巫子见"亦可读作"富士见"[1]，所以姑且由巫子见家管理。令人意外的是，巫子见家的户主并不重视富士见山，虽然他自己的名字是"富太郎"，又给儿子们和女儿分别取名为"富一""不二生""富三""藤子"[2]。因此，所谓的管理也不过是一年一次粗略地整修一下繁茂的草木，余下的时间全都放任自流。

不知为何不二生开始频繁登那小山。而且，总是在山顶上久久伫立。由于风雨无阻，可见他并非为了眺望富士山。那么，他究竟是在干什么呢？

此外，不二生购买了大量书籍，不登富士见山的时候，他就躲在屋里痴迷地看书——尽是一些汇总了世界各国神话或民间传说的书。据说其中他尤为热衷的是创世神话。

---

1 "巫子见"读作"ふしみ"，"富士见"读作"ふじみ"，读音相近，仅一音节之差。——译者注

2 富太郎、富一、富三均含一个"富"字；不二生读作"ふじお"，藤子读作"ふじこ"，读音的前两个假名"ふじ"与"富士"的发音相同。——译者注

富太郎曾请教过住持，住持猜测："莫非是不二生君产生了某种信仰？"

父亲总以为是战场上过于残酷和悲惨的经历，使儿子患上了精神疾病，听住持这么一解释，姑且安下了心。

"不管是什么宗派，我都由他去信奉，只要他能得到心灵的安宁。"

当时富太郎是这么想的，但事情没那么简单。因为不二生并非受到了某个特定宗教的感化，而是有自己从头创造独立信仰的迹象。

"不，事实上可能并非如此。不过是住持和父亲都这么看罢了。我总觉得，其实没有人知道哥哥的真正想法。"藤子讷讷地叙述往事，突然冒出了这么一句。

复员后过了大约半年，不二生以村民为对象开始街头讲道。其内容接近"今后的世界众生平等"之类的社会主义思想。只是，讲道者是公认的巫子见家继承人，所以反响不小。当然，大多数成年人的反应是"不二生先生因战争的缘故变得有点奇怪了"。但年轻人不一样，其中零零星星地出现了赞同其演说的村民。

于是不二生在富士见山前搭了一间房，与五个村民在那里开始了共同生活。那是一间名副其实的小屋，但面积足够十几个人一起生活。进而，他又在小山周围挖井、开荒，建牲口棚，准备自给自足。一年多以后，几乎可称作"小小村庄"的空间背靠着富士见山落成了。

所需资金均由巫子见家承担。虽然不二生和与他有思想共鸣的村民承担了多数劳动，但最初各方面都需要开支。这笔费用全由巫子见家支付。

"反正终有一天是要继承家业的，在这之前随便他怎么开心都行。"

藤子说她对富太郎的想法感到困惑。因为从任何角度都能看出，随着时间的推移，哥哥越来越迷恋他的"小小村庄"了。

而且，如果说这片被村民称作"富士见村"、以自给自足为目标的土地是所谓的社会主义思想的体现，那么节织村纺织业的龙头巫子见家不正是资本主义社会的象征吗？

"父亲始终相信，这种过家家游戏结束后，哥哥自会来继承家业。"

要问富士见村是否充分实现了自给自足，那也不是。从主粮的大米到味噌、酱油等，还是得向"外面"买。衣服也是如此。原本基础资金就是巫子见家出的，还有什么可说的呢？

基于以上事实，富太郎觉得富士见村的分崩离析指日可待。据说他认为能坚持个两三年都算是好的。话虽如此，父亲却不惜血本地拿钱给不二生用，可见当时他对二哥抱有莫大的期望。藤子说后来她重新意识到了这一事实。藤子老是在富士见村泡着不走父亲都不生气，无疑也是因为他坚信不二生终有一天会回到巫子见家。

然而，事与愿违，富士见村的"人口"逐渐增长。于是，最早的小屋周围又建了好几座新的小屋。小屋之间随意地用游廊相连，不知不觉中竟化为了结构极其复杂的集体住宅。从富士见山上俯瞰，那模样简直就像四通八达的蜘蛛网。

别看外观那样，富士见村的"村民"日子倒是过得相当不错。当然，这要感谢巫子见家以及节织村的干部和群众一直温情地守护着富士见村，提供了各种方便。

那么，节织村的人们为什么能如此给予理解呢？村里出现了另一个村，他们本该厌恶才是啊。通常情况下，别说支持了，也许还会大加阻挠。而节织村之所以如此，有两大理由。

其一，开辟村庄的是巫子见家的继承人，户主富太郎也姑且认可了。据说村民们因此而决定，既然是这样那就再观望观望吧。

其二，加入富士见村的多是对节织村无关紧要的人。倘若是一家之主或继承人、这家的媳妇或未出阁的年轻女子参与村庄建设，恐怕真会闹出什么风波来。但事实上几乎都是一些别有内情的人，比如复员归来找不到工作、整天被吃五喝六的家中次子；被视为错过最佳婚期的家中长女；一直靠父亲养活的三儿子；离婚从婆家回来的次女；丈夫平安复员归来却又因病去世的遗孀……倘若是在都市，这些人未必会被另眼相看，但在节织村就不一样了。无论是在村里还是家里，他们都无容身之所，不得不夹着尾巴做人。正是这样一群人加入了富士见村。

此外，正如富太郎所指出的那样，不二生等人无非是在玩所谓的"过家家游戏"，这也许可以成为第三个理由。

又过去了一年。这时，不光是节织村的人，听闻富士见村的事、从他县赶来的参加者也不断增加。以至于后来村里收获的蔬菜和肉蛋类都有了富余，可以向节织村的村民出售。这与富太郎的想法背道而驰，再这么下去，富士见村就快凑凑合合达到自给自足亦非梦想的境地了。

"以前宠过头了。"

富太郎和村里的干部都后悔了。遗憾的是，为时已晚。作为存在于节织村内的"另一个村"，富士见村即将拥有不可动摇的实体。

如果就这样一直风平浪静，"村中村"这个奇妙的集团也许会以自己的方式存续下去。或许就如富太郎当初所预测的"能坚持个两三年都算是好的"那样，终有一天会消亡，但也有可能兴盛个十年，甚至二十年。

村子建设后过了三年零几个月，某日不二生突然在富士见村四周建起了高高的围墙，令节织村的人们大吃一惊。村界什么的一开始就不可能有，然而不知为何他硬要划分界线。不，更应该看作是将村子闭锁在墙内吧。

如此这般，不二生把自己关在建造完毕的墙内，几乎不再出村。他也不宣传社会制度了，而是改为阐述自己的死生观。

"突然带上了宗教色彩吗？"言耶临时打断藤子的话，问道。

"是的。至少对我们来说，无异于晴天霹雳。以前住持确实说过'莫非是产生了某种信仰'，但大家都已经忘了……"

"你哥哥所做的是建设符合其理想的村庄，其中不带任何宗教色彩，是这样吧？"

"是的，我认为确实是这样。可是，突然就……而且，在这种情况下，通常哥哥就会成为教主一样的人，去教化众人不是吗？"

"也不存在这样的事？"

"从结果来看，可能还是做了那样的事……"藤子语焉不详，言耶不加催促，耐心地等待着。"这是后来才知道的事，其实开始用墙将村子围起来的时候，哥哥已经患上了不治之症。"

藤子突然吐露令人意外的内情，令言耶吃了一惊。藤子完全无法做出医学上的说明，只说不二生仅有半年可活了。

"这事肯定吗？"

"哥哥曾瞒着我们这些家人找终下市的医生看病，父亲向那医生打听情况，说是已无药可救……"

"所以你哥哥才突然涉足宗教了呀。"

言耶理解了，但藤子似乎不能接受："哥哥知道自己不久将死于绝症，从而产生了宗教信仰，这个我能理解。可是，老师，你觉得在这种时候人会产生怎样的心境呢？"

"我说，老师这个称呼……"

"多半会求助于宗教，不是吗？"

"啊……是的。是这样。"

在对方的奇妙气势下，言耶有些慌乱。

"可是，哥哥却开始一个劲儿地向世界各地收集象征死亡的东西。"藤子再次说出了令人难以置信的话。

"比如什么样的东西？"

"刻有尸骨的墓碑，用人骨制作的墙饰，描绘尸休逐渐腐烂的画，拿死囚的脂肪做成的蜡烛，中世纪的拷问刑具，等等。哥哥花高价买了一件又一件。"

一时之间言耶犹豫不决，不知该如何回应。

在墓碑上雕刻恐怖的死神或骸骨而非故人生前的样貌，此风俗欧洲古已有之，所以并不稀奇。意大利则有俗称"骸骨寺院"的场所，

即用大量人骨在墙上摆出装饰性的图纹，或做成枝形吊灯。至于冷静
透彻地描绘尸体腐烂的画，日本亦有"九相图"。以死囚的脂肪为原
料的尸体蜡烛，乃中世纪黑魔术用品之一，是真实存在的。不过，要
问如今能否在日本得到这种东西，则相当成疑。没准买来的是假货
吧。而拷问刑具无疑是复制品。这么一想，用人骨制成的墙饰其实也
可能是赝品。

　　言耶做了上述解释，但要说藤子因此得到了慰藉，却也不是。

　　"就算全是假货，但哥哥开始收集那种东西，显然是不正常的。
不光是身体，他的脑子肯定也病了。"

　　"知道自己身患绝症，因此反而被死亡所缠绕……这种心理也不
是不能理解。但问题在于，今后会往什么方向发展。"

　　听了言耶的话，藤子显得神色不安："你指的是什么？"

　　"不二生先生是富士见村的创始人，这样的人开始在村里讲述
自己的死生观。即使他本人无意当教主，可能周围的人也会把他捧上
台。其结果，我不敢说完全没有走向极端的危险。"

　　"极端？"

　　"集体自杀。"

　　藤子呼吸一滞，下一刻又显得松了口气："是啊，这方面也许确
实很令人担心。没变成那样，真是太好了。"

　　"不二生先生讲述自己的死生观，收集与死亡相关的物品，但没
有成为教主的迹象——在这样的情况下，他究竟做了什么？"

　　言耶抑制不住好奇心，如此问道。藤子面露犹豫之色，仿佛说出
了口会被怀疑精神是否正常似的。

"不，哥哥并没有做什么，他所做的只是我刚才说的那些。然而，不知为何哥哥产生了妄想，觉得自己是不死之身。"

三

"明明已得了不治之症？"

藤子点点头，无论怎么思考都无法理解——如此这般，她的脸上透出了深重的苦恼之色。

"而且哥哥一边说不会死，一边又声称自己会死而复生。"

"就像耶稣基督一样啊。"言耶直率地说出了自己的感想。

"可又完全没有那样的宗教色彩……"

藤子面带困惑的表情，继续讲述。

巫子见不二生将自己的不死取名为"巫死[1]"。至于这究竟是什么意思，藤子也没问得那么深，完全不明所以。

言耶想，虽说颇为牵强附会，但是从很久以前开始，不二生的周围不就充满了"ふし"吗？他的名字"巫子见"、出生成长之地"节织村[2]"、复员后整日攀登的"富士见山"、在其周围开拓的"富士见村"，里面都有可读作"ふし"的汉字。于是不二生就把"不死"重新表述为"巫死"了吧。

"巫"亦可读作"かんなぎ"，原是指为了接收神谕而被神灵附体的神职人员。不过，"巫"表女性，男性则被称为"觋"或

1　"不死"和"巫死"均读作"ふし"。——译者注

2　节织村的"节"读作"ふし"。——译者注

"祝"。当然，在这里性别可能是无关紧要的。

"富士见村的人对不二生先生的言行有何反应呢？"言耶问道，同时他已做出了一定程度的推测。

"不久就有人离村了……结果，一个接一个，溜走的越来越多，转眼间就回到了最初的人数。"藤子的回答不出言耶所料。

"减到了五个啊。"

"富士见村里的人留下了五个，但当时恰好有一个人听说村子的事，新加入进来了。所以是有六个人。不过，发生改变的不光是人数，还有性别，六个人都是女性。"

不二生死期将近，而没有抛弃他的人全是女性。这一事实让身为男性的言耶感到特别不舒服。

"我……看到了。"藤子唐突地说。

"嗯？看到什么了？"

然而，藤子脸色通红，不说关键的部分。她的表情里似乎混杂着强烈的愤怒和羞耻，以至于言耶也迟迟不敢催促。

两人沉默了一阵后，藤子冷不防地吐露了自己所看到的匪夷所思的一幕："哥哥不断地舔她们的脸、脖子、胳膊、手……"

这鲜活的表述一时间令言耶无言以对。

"哥哥一边做出这种动作，一边又让她们做莫名其妙的事。"藤子貌似已解开心里的疙瘩，讲述了不二生更令人吃惊的行为。

"……到、到底是什么事？"

"立毫无意义的誓。"藤子的语气里满是嫌恶感，"硬要她们分别苦修——不看，不听，不说，不现身，不用某只手，不走。"

从她的说明来看，这些做法确实蛮不讲理，唯有苦修二字可表。

不说之人不能开口；不看之人被布蒙住双眼；不听之人被塞上软木耳塞；不用某只手之人被禁止使用非惯用手——左手；不走之人必须靠轮椅移动；不现身之人要穿上带帽子的长袍，绝不能把脸露出来。不二生将这些癫狂至极的要求强加于六位女性。

"很像印度的修行者啊。"

言耶的感想令藤子睁大了眼睛："印度有人在做类似的事吗？"

"印度教的苦行者为了向湿婆神奉献人生，常常将自身置于令我们匪夷所思的修行中。"

"是什么样的……"

"比如，一直举着右手、永远往后退着行走、白天总是看着太阳、始终单腿站立、只拿着香蕉自闭于山中、一边在地上打滚一边移动等离奇的苦行。"藤子圆睁双目，张口结舌，"而且，这样的苦行他们竟能不间断地持续十年、二十年之久。"言耶接下来的话更是让她的脸色都为之一变了，"从不二生先生身上也能感受到与之相似的、激烈的精神性……"

"不不……"藤子慌忙摇头，但又立刻垂下头，"可能还真是如您所说的那样。不过，哥哥所立的誓，时间没那么长。根据我从她们那里听到的情况，还不到一年。据说在明年一月到二月之间，也就是春季到来之前就结束了。"

"她们所说的期限，是否含有某种意义呢？"

"哥哥说他会复活……"

"在那时？"言耶问道，此时他产生了一个根本性的疑问，"恕我失礼，不二生先生已经去世了吗？"

"这个嘛，其实我并不清楚……"

言耶吃惊于她的回答，但始终保持着冷静："这是怎么回事？"

"富士见村的三面被哥哥建造的高墙围住了，剩下的一面朝着富士见山和深邃的森林。节织村的人也极少进入那森林。因为一直以来大家都害怕会迷路，走不出来。不过，其实是因为就算进去了肯定也没法狩猎，也采摘不到野菜吧。围墙上有一扇对开式的大门，在右侧门板上又做了一个小门。只是人出入的话，自然是走那小门就行了。但自从哥哥变得古怪、与那六个女人一起闭门不出后，两个门都从里侧插上了门闩……他们好歹还能放我进去，但其他人就不行了。就在那当口，发生了一桩案子。"

"案子？"

言耶之所以对这句话起了反应，是因为他顿时感到小间井刑警必与此案有关联。

"刚才我说过，不断有人离开富士见村、只剩下五个女人时，反倒从外面来了一个女人——啊，这六个女人里，只有三个我知道名字。"

"这三位是节织村的人，其余三位是外来的？"

"对。顺便说一句，第六个人是穿着带帽子的长袍、不露脸的'不现身之人'。"

"要不都用'不什么什么之人'来称呼她们吧。这样也就不麻烦了，挺好的不是吗？"

言耶如此提议，是因为担心里面如果有藤子半生不熟的人，她恐怕不太好开口。

"明白了。'不现身之人'是上个月二十三日进村的。她是一个年轻女子，可能跟我只差两三岁，给人的感觉像是还没成年。"

"藤子小姐见过她的面容吗？"

面对言耶的问题，不知为何藤子显得有些懊恼。

"没见过。我遇到她时，她已经成了'不现身之人'了。"

言耶顺便又问了其余五人的大致年龄和滞留富士见村的时间。

滞留时间最长的是四十岁上下的"不说之人"，富士见村开拓伊始她就在那里了，是最早的五名成员之一。顺带一提，其余四人均为二十多岁，在不二生变得古怪后陆续离开了村子。村子成形之前的一年里，二十五六岁的"不看之人"和三十岁上下的"不听之人"加入了富士见村。

听着藤子的讲述，言耶想这三位应该是节织村的人。因为他猜测从村子的事流传出去到出现外来的入村者，还需要一些时间。

第二年来了二十岁上下的"不使用左手之人"，第三年来了三十五六岁的"不走之人"。而感觉尚未成年的"不现身之人"是刚刚加入的。

"哥哥和这六个女人一起在富士见村生活。虽然白给自足好像快维持不下去了，但这些女人既会种田又能照料牲畜。我去的时候，还拿猪肉来款待我。也就是说，七个人吃饭还是……啊，对了，还有一个人。"

言耶对藤子遗忘的第八个人颇感兴趣。而听完关于此人的说明后，他的好奇心进一步被激发起来了。

"上个月二十六日，那个男人来了……"

"是男性吗？"

"对。因为战争的缘故，脸上有严重的烧伤，所以严严实实地套了个布袋。来村子的时候头上就已经罩了布袋，所以谁都没见过他的脸。这个人简直浑身是谜，只知道好像跟哥哥一样也是三十岁不到。"

"不二生先生称他为'布袋之人'什么的，把他收留下来了？"

"来者不拒，去者不追。这是哥哥的方针。"

"所以村民一下子减少了。"

"我想，可以这么说。如果哥哥是在就巫死进行传教活动，那无论其内容如何，可能还是会有人留下来的。可是，哥哥除了说自己是巫死、不久会复活外，就没别的了。"

言耶续了一杯咖啡后，催促道："那么所谓的案子是？"

"上个月二十七日，派出所的警察到我们家来了。过了一会儿我被父亲叫去，警察问我关于'布袋之人'的事。刚才我也说过，我什么都不知道。但是，由于出入富士见村的人只有我一个，所以警察先生对我刨根问底。于是我就说了，你要是不解释一下到底发生了什么，我没法回答。"

通过之前的交谈也能看出，藤子年纪轻轻但很刚强，言耶对此也大为赞叹，藤子刚才的话即证实了这一点。

"警察先生征得父亲的许可后，告诉了我。原来是东京都内发生的连环强盗杀人案的凶嫌有可能逃进了富士见村。据说这个人在现场留下了纸鹤——大概是一种类似于求兆头的东西——所以被俗称为'折纸男'。换言之，'布袋之人'就是那凶嫌。因为警察先生说他

72

们已查明，上个月二十三日刚进村的'不现身之人'是凶嫌的年岁相差较大的妹妹……"

"也就是说，警方在调查嫌疑人的过程中，查出其家人——妹妹突然离家，加入了一个奇怪的村子。为慎重起见，他们询问了当地的派出所，得知又有一个非常可疑的人物在她来这里的三天后竟也进了那村子。"

"是的。把都内调查此案的刑警叫来之前，派出所警察似乎想先确认'布袋之人'是否真是连环强盗杀人案的凶嫌，所以上门来找父亲商议。"

"可是，毕竟连经常出入富士见村的藤子小姐也不知道。但贸然进村又颇多顾忌，派出所警察也确实很难决断啊。"

"听警察先生说，在得知这条消息的同时，他登上村里的瞭望台，窥探了一番富士见村内的土地。"

"原来如此。"

"结果看到了'布袋之人'和哥哥一起走路的场景。于是警察先生就托村里的青年团监视富士见村。村子唯一的出入口是开在高墙上的大门和小门，附近有存放农具的小仓房，是节织村的三四户人家共同建造的。这个地方正适合用来监控出入富士见村的人，可以将墙的这头到那头一览无余。"

"接下来就只需调查'布袋之人'的样貌衣着了。然而，连靠得住的藤子小姐也不知道，所以警察先生只好将负责此案的刑警……"

言耶说到一半，藤子对他点点头，讲述了令人意外的后续："当时警察先生确实联系了小间井刑警。不过就在那天夜里，轮班监视村

子的青年团成员之一，竟看到一个形迹可疑的男人用梯子翻进了富士
见村的围墙。"

"啊？难不成……"

"据说警察先生认为那正是连环强盗杀人案的凶嫌，便再次联
系小间井刑警，告知了此事。顺便说一句，梯子是偷自节织村某农家
的。这么一来，'布袋之人'就完全与此事无关了。"

"不管怎么说，都须要进入富士见村检查一番了。"

藤子再次点头，浅尝一口第二杯咖啡后说道："但是，小间井刑
警来节织村是在第三天的下午。而且，我本以为会来一大堆人，实际
却只有两个，所以还很惊讶。"

"头上罩着布袋的男人来到了嫌疑人的妹妹所在的村庄；有个男
人爬上了村子的围墙。只有这点信息的话，是有点薄弱吧。"

"小间井刑警来我家与派出所警察以及我父亲交谈过。据我所听
到的，凶嫌和他妹妹同父异母，原本关系就不大好。"

"所以就更觉希望渺茫了。但不怕一万就怕万一，还是派来了两
个刑警。"

言耶总结完情况后，藤子露出略含讥诮的表情："但最后还是请
村里的青年团帮忙，在富士见村的围墙前聚集了十来个人。就跟时代
剧里抓犯人一样……"

"藤子小姐也在现场？"

"他们要我在门前叫门。"

想必藤子很讨厌这个像是在背叛哥哥的任务。不过，她也许又改
变了想法，如果逃进去的真是连环强盗杀人案的凶手，那么自己反倒

是在拯救哥哥。

"我敲打那扇小门，和往常一样自报姓名后，'不说之人'给我开了门，但第一个进去的是小间井刑警。"

"稍微打个岔……"

言耶打过招呼后，问藤子小间井是否说过：那个被认为逃进富士见村的人，可能就是今年二月至三月间在都内的东神代町和神代新町这两个毗连地区犯下强盗杀人案的凶嫌。

言耶涉入神代町砂村家的二重杀人案时，小间井提起过强盗杀人案的话题。如果真是那样，想来小间井一定是干劲十足的。

"说起来他确实讲过，也不能舍弃就是那案子凶手的可能性。"

自己的猜测没错，言耶为此心情大好，接着他继续听藤子讲述富士见村"搜捕记"。

"门前和围墙左右各有数名青年团的监控人员。由于他们不让我进去，所以我只好在墙跟前一边来回走，一边竖耳细听墙内的情况。但是，只有好些人四处奔走的动静，完全不知道里面发生了什么。过了很长一段时间后，我才想起只要爬上村里的瞭望台，就能看得一清二楚了。就在这个时候，墙内到处回响起大声的叫喊，可知是发生了什么骚乱。"

"找到人了？"

"据我事后所听到的，那真是一场大搜捕。"

"愿闻其详。"

与早早兴奋起来的言耶不同，藤子反倒神态平静。

"从小间井刑警等人进入富士见村，到实际发现罪犯——对了，后来派出所警察告诉我，那个人真的是人称'折纸男'、犯下强盗杀人案的凶手——花了不少时间。因为正如我刚才说明的那样，村里的小屋增建复增建，已经变得相当错综复杂。只要利用这个构造，就可以一直逃下去。"

"一度检查过的房间也绝不可掉以轻心。"

"是的。所以刑警先生、派出所警察、青年团分成几组，一边监控村内，一边从派生出去的小屋的一头开始依次摸查罪犯，查得那叫彻底。然而却怎么也找不到罪犯。"

"莫非是人在富士见山上，偷偷窥探村里的情况？"

"没错，罪犯并没有躲在小屋里。不过，也不在富士见山上。"

"那剩下的就只有……"

"牲口棚。那里堆积着稻草，据说罪犯竟然就藏在稻草中。被一个青年团的人发现后，罪犯想往有门的围墙那边跑，但那里有好几个人，所以他又转身奔富士见山去了……"说到这里，藤子突然涨红了脸，"刚才我说我在墙外时，听到村里起了骚乱。骚乱规模扩大后，突然传出了砰的一声脆响。"

"是枪声吗？"

"据说是小间井刑警向准备逃往富士见山的罪犯开枪了。他肯定是想，一旦让罪犯逃进山后的森林可就糟了。但是，由于另一名刑警慌忙阻拦，所以没有击中罪犯。"

好可怕的刑警……言耶惊愕不已，但这话他当然不会说出口。

"可能是罪犯也没想到真会开枪，听说马上就乖乖就捕了。"

"都没勇气逃跑了吧。"

"罪犯被顺利逮捕，自然是可喜可贺的事，不料一个青年团的人提了一句'说起来怎么没见到不二生先生啊'，结果引发了始料未及的骚动。"

终于进入正题了，于是之前已微微向前探身的言耶进一步摆出了专心听讲的姿势。

"富士见村内部真的是被查了个底朝天，牲口棚其实是最后一个被搜索的地方。哥哥要是在村子里，早该被人发现了，可是谁也没见到他。"

"那六位女性和'布袋之人'呢？"

"一开始就从小屋里赶出来，让她们聚集在了门附近的墙边。关于罪犯闯入的事，她们都说不知道。罪犯的同父异母妹妹——'不现身之人'也一样。不过，听派出所警察的意思，罪犯应该接触过妹妹，可妹妹一点也不想掩护他，但话虽如此，她也不打算将哥哥送交警方，就这么放任不管了，总之就是拒绝与哥哥发生任何关联吧。"

"唯一的出入口——围墙上的门，一直有青年团的人把守。不二生先生没有从那里出去。然而，村里哪儿都没有他的人影。"言耶自言自语似的嘀咕过后，说道，"那就只能认为是翻过富士见山，进入了背后的森林……"

"可是五个女人否定了这个想法。"

"不是六个，而是五个……啊，是因为'不说之人'不能说话，'不听之人'塞着耳塞对吧？"

"不，'不说之人'虽然一声不吭，但据说点头同意了其他四个人的话。至于'不听之人'，是写在纸上告诉她的。只有'不现身之人'说她对哥哥的下落一无所知……"

"是因为刚来不久的缘故吗？"

"我想大概是的。"

"那五位女性究竟是怎么说的？"

"她们好像是这么说的，哥哥是巫死，所以一度从这个世界消失了，但不久他就会复活，届时将再度现身。"

"关于不二生先生的失踪，'布袋之人'是怎么说的？警方又是怎么说的？"

"两边都毫不关心。不过，'布袋之人'可能和'不现身之人'一样，真的什么也不知道。"

此时言耶为保险起见，确认了一件事："顺便问一下，强盗杀人犯'折纸男'逃进富士见村时，有没有看到不二生先生？"

藤子的回答把言耶吓了一跳。

"可能是为了照顾我的情绪，小间井刑警问过罪犯……罪犯说'那个男人疯了，没有比这个村子更可怕的地方了'，据说只有在说这句话的时候，他害怕了。"

四

听完巫子见藤子的故事后，刀城言耶落入了不得不与她一同前往富士见村的窘境。

"关于你哥哥下落不明的事，警方什么也做不了。就算你说明明在村子里却不见了，我们也只能认为他是避人耳目，悄悄地跑了。"

小间井预作声明后，忽然脸上有了光彩，"不过我认识一个当作家的侦探老师，很擅长破解这一类的谜，你要觉得行我就介绍给你吧。"

这后半句话把事情搞糟了。而藤子仔细考虑了一天后，便来见言耶了。起初言耶觉得麻烦，但听完故事后，如今已是大感兴趣。

不二生先生究竟消失去了哪里呢？

战败后的拥挤不堪至今未变，言耶乘着电车，一直在思考这不可思议的失踪案。

按一般思路，恐怕该视作他独自一人进入了富士见山背后的广袤森林。但是被女人们否定了，而且也不明白他这么做的理由。言耶曾想，他大概是为了明年能富有戏剧性地上演复活的一幕，将自己藏起来了，但如果是这样，说明他很在意观众。这里的观众自然是指宗教信徒。然而，他没有从事任何宗教性的活动，因此也不存在信徒。而那六个女人怎么说也算是内部人士吧，难以理解事到如今他有何必要搞这么一出戏。

莫非所谓的观众是指村里的警察或青年团成员？不二生发现了强盗杀人犯的入侵，还偷听到他和"不现身之人"的对话。于是他明白了两人的关系，推测警察迟早会进村。如此一来，节织村的人恐怕也会前来窥探。他打算趁这难得的时机，表演自我消失的戏码，向节织村的人们传播自己的"巫死"死生观——如果是这样，他早该在开拓富士见村、聚拢众人的时候就进行传教活动了。等村民陆陆续续地走了才来传教，这也太奇怪了吧。

难不成……

有没有可能是不二生被其中一个女人杀害，尸体被遗弃在森林里了？动机是嫉妒。在高墙围起的村中，他和六个女人一起生活。期间有了男女关系。而且并非特定的某个人，而是与数名女性发生了关系。不二生的不忠行为暴露后，其中一个愤怒之下杀死了他。原本是要向派出所报案的，但其余五人同情罪犯。毕竟这都是不二生的错。众人决定藏起他的尸体，比如埋进森林，利用巫死之说使他销声匿迹。不二生理应在明年复活，现在离那时还有八个月，在此期间六人可以悄悄逃离富士见村。莫非这就是她们的计划？

可是……

几个女人围绕一个男人发生纠纷时，杀意往往不指向男人，很多情况下是针对女人的。明明是脚踏两只船、三只船的男人最恶劣，争斗却倾向于发生在理应是受害者的女人之间。抑或不二生是例外？

啊！还是不对。

"折纸男"对小间井说"那个男人疯了"。换言之，他接触过不二生的某些言行，这使他不得不做出了那样的描述。假如不二生只是被其中一个女人杀了，他不会说那种话吧。

"折纸男"究竟知道了不二生的什么呢？

而这个"什么"是否与他的失踪有关呢？

没有比这个村子更可怕的地方了……这究竟是什么意思呢？

拜一心思考所赐，前往节织村的遥远路途也变得没那么辛苦了。藤子本想让言耶暂且在巫子见家休息，言耶谢绝后立刻赶往了富士见村。向藤子的父母问话可以过后再说，现在他只想尽早看到那"村子"，置身于其中，实际地体验"现场"。他是这么盼望的——

来到村郊，站在突如其来的高大、宽阔、崭新的围墙前，言耶产生了难以言喻的情绪。

……蛋壳。

这是瞬间浮现在他脑中的词。拒绝人世，自闭于墙的另一侧——言耶陷入了这样的感觉。

借巫死复活，不正是指打破这围墙的外壳入世吗？

果真如此的话，不二生的行为或许也是完全可以接受的。因为这未必不能说成是一种追求自我重生的积极行为。

只是，问题出在这壳中。如果关键的内容已经腐烂，哪还谈得上什么复活。只会就这样以死亡而告终吧。

……有腐烂的味道。

事实上并无臭气溢出墙外，是言耶的脑髓某处产生了强烈的反应，并不断地发出警告：充斥于其中的空气非比寻常。

藤子敲着小门呼叫，等了许久，里面才有了人的动静。但丝毫不见门开启的迹象，那人也是沉默不语。

"是我，巫子见家的藤子。"

藤子自报姓名后，门终于开了，一个女人露出脸来。

看到她，言耶立刻知道这是"不说之人"。倒不是因为对方一声不吭，言耶是从年龄卜做出推断的。

不过，来应门的是"不说之人"，怕是没什么用。言耶心里这么想，但他已听说小间井等人进村时，出来的也是她。简而言之，此举透出了这样一层意思：无论何人来访，在这个村都不受欢迎。

既已如此就不可能得到协助，看来此行会困难重重。言耶做好了心理准备。

然而，藤子丝毫不为所动，向对方介绍言耶："这位是我请来的侦探先生，负责调查哥哥的失踪案。"

若是换个场合，言耶会大唱反调，这次却忍下了。因为他判断在这次的事情上，如此这般给女人们施加重压是必要的。

果不其然，"不说之人"面容僵硬起来。讽刺的是，正因为她没有开口说话，所以表情的变化尤为醒目。

很好，这可是个好兆头。

言耶真心感到高兴，但这也只维持了短短一刻。因为对方的脸上迅速露出了微笑。这微笑着实目中无人，仿佛在说"看这侦探嫩的，能知道什么呀"。

两人被领进最初建造的面积较大的小屋。等六个女人聚齐后，因无法请"不说之人"代为传达，便由藤子再次介绍了言耶。虽说这完全属于重复劳动，但藤子丝毫不以为意，反倒以挑战式的目光怒视眼前的女人们。

这时，言耶注意到所有人都显示了与"不说之人"一样的反应。先是吃了一惊，警惕起来，很快又表现出从容不迫的态度。间隔时间有长有短，程度也有强弱之别，但每个人都完美地展示出了相同的变化。顺带一提，塞着耳塞的"不听之人"是由其他女人将话写在纸上告诉她的。

其中只有一人，完全看不出她有何反应，那就是"不现身之人"。她裹着意大利嘉布虔小兄弟会的修道士穿的那种衣服，用连衣帽盖住了头部，所以不光是脸，全身都无法看到。即便如此，言耶根据自己的感受，总觉得她的反应明显与其他五人不同。

是不知所措……

面对一个据称是侦探的人，她困惑不已，不知该如何是好——看起来像是这么一回事。

进村没几天，强盗杀人犯——同父异母的哥哥便闯入村子，造成了巨大风波，进而巫子见不二生又失踪了。想必"不现身之人"的脑中除了混乱还是混乱。

假如能得到线索，也许就是从她那里来的。

言耶对自己的推测满怀期待，但反过来说，如果无望得到"不现身之人"的协助，怕是要被迫陷入相当激烈的苦战了。此外，她进村时日尚浅，所以即便本人有心相助，也可能给不出什么重要信息。

言耶忧心忡忡，而身边的藤子正试图取得在村内自由搜索的许可。

"你是不二生疼爱的妹妹，当然可以自由地到处看。"

代表众人回应的是"不走之人"，或许是因为她的年纪仅次于"不说之人"吧。

"不现身之人"以外的五个女人，此时也显出了从容之态。言耶不禁感到她们抱有某种近乎自信的东西：尽管搜索便是，岂能让你知道不二生的下落。

也就是说，这五个女人知道不二生先生身在何处？

言耶突然起了疑心。光听藤子的叙述，怕是绝无可能觉察到这一点的。如此这般造访富士见村与她们对峙后，他才第一次萌生了这样的疑问。

"过后能否允许我和你们个别交谈呢？"

言耶的这项请求也轻易地得到了"不走之人"的批准。

此后，言耶和藤子先是攀登了富士见山。这是为了从山顶眺望增建复增建后所有小屋串联在一起的复杂而怪异的构造，并把它记入脑中。

"……这个真是很不容易啊。"

错综复杂的程度超过了预想，言耶不禁要说泄气话了。他想，只有两个人的话这事完全没把握。

不过，真的开始一间一间地查看村内的屋宅后，他才知道自己杞人忧天了。各间小屋的内部几乎没有家具，室内一览无余。小屋各有差异，但映入眼帘的基本只有小书桌、椅子、安在墙上的架子、床。所有小屋的地面都是木板，没有铺设草席。伙房小屋连着最初建造的那间较大的小屋，据说每日三餐是所有人聚齐后一起吃。澡堂和厕所也独立成间，是公用的。

"这么看来，你哥哥想藏也藏不住啊。"

说归说，言耶还是睁大了眼睛，细心查看屋内是否有阁楼，地板下是否另有空间，是否存在暗室。

检查得尤为仔细的是不二生专用的小屋。那里的构造与其他小屋相同，但更为宽敞。不过，正如藤子所言，室内满满当当地摆着刻有骸骨的墓碑、拿人骨制作的墙饰、描绘尸体逐渐腐烂的画、用死囚的脂肪做成的蜡烛以及中世纪的拷问刑具等，感觉相当局促。而且，不知为何屋子的角落里还有大量的芒草叶。

言耶颇为怀疑，其实这些奇形怪状的物品是用来掩人耳目的，屋内没准有可以藏身的空间。于是他检查了每一个角落，但没有任何收获。

最后他看了看书架，正如藤子说明的那样，关于各国神话和民间传说的书籍汇聚一堂。书桌上放着非洲、土耳其、埃及、古希腊等民族学书籍，其中还夹杂着佐佐木喜善的《听耳草纸》和关于日本古老传说的书。

"这里的这些是真品吗？"

耳中传来了藤子不安的语声，言耶条件反射式地循着声音望去，就见藤子凝视着哥哥的收藏品，似乎心情有些不快。

"这个确实是墓碑吧。"言耶特地移到那雕刻着骸骨的长方形墓碑旁，"但未必来自真正的墓地。也可能只是在用作墓碑的石头上刻了点骸骨。"

"啊，说的也是啊。"藤子好像稍微放心了。

"不过，这个人骨墙饰是真的吧。"然而，言耶不谨慎的发言再次让藤子的脸色阴沉下来，他不得不摸着头盖骨的部分，慌忙补充道，"话虽如此，从骨头的色泽来看，感觉是有些年头了。"随后，言耶顺带一提似的说："那边的尸体蜡烛明显是伪造的，拷问刑具也是复制品。"

至于其他藏品，他也解释说"尽是一些不值一提的东西"。

"哥哥特地出高价就收集了这么一堆东西啊。"藤子好像又出于别的原因消沉起来。

"从第三者的角度看确实是这样，但它们对不二生先生来说，也许是很有意义的珍宝。我的志怪小说和侦探小说藏书也是如此，在完全不感兴趣的人看来，肯定是毫无价值的吧。"

"老师的藏书肯定对您的工作很有帮助，而哥哥的藏品……"

不等藤子说完，言耶从牛仔裤的臀部口袋取出手帕，擦拭着手上的污迹说道："好了，这下我们将所有屋宅都看遍了，要不要回一开始的小屋？"

听他的语气，这话带着"不妨从头再来"的意味，像是在说"来这里的目的还没达到呢"。

两人前往最大的那间小屋，途中言耶发现"布袋之人"在牲口棚里干活。破旧的布袋从头顶罩下，只有两眼的部分开着小孔。虽然听藤子描述过，但实际看到时还是吓了一跳。

他让藤子原地等待，单独上前搭话。然而对方毫无反应。

"关于下落不明的不二生先生，我想向您打听一二。"

即便言耶极为耐心地询问，对方也只是摇头，一言不发。这态度模棱两可，既像"不愿意说"，又像"什么也不知道"，实在是棘手。

言耶死缠烂打，结果"布袋之人"故意做出粗暴地打扫小屋的行为。看这情形，言耶哪怕再靠近一步，都有可能被兜头倒下一堆垃圾。见对方实在无法接近，言耶只得放弃。

两人无奈地回到最大的小屋、再次与那六个女人碰面的一瞬间，言耶的样子变得奇怪了。明明接下来的安排是和她们单独谈话，可言耶却只是盯视着众人，一声不吭。

不，准确地说，他是将六人分成五个和一个加以打量。

"老师，您怎么了？"

藤子的低语令言耶猛然回过了神。

　　此后，他借用无人居住的小屋，开始与六位女性一一交谈。藤子也想旁听，但考虑到与她相识的节织村村民有三人之多，言耶一个人揽下了这项任务。藤子的存在也许会导致她们不愿多说。如此向藤子解释后，她虽然不情不愿，但还是接受了。

　　第一位是"不说之人"，她资格最老，看起来有四十岁上下，是富士见村开拓伊始就已入村的五人之一。不过，正如这称呼所示，她始终不说话，言耶便请她在自己带来的大学笔记本上写下提问的回答。因此，两人不得不受到巨大的限制，无法充分地进行交流。关于不二生的失踪，言耶问她，她也只是在笔记本上写下"巫死"二字，再无下文。

　　第二位是第一年进村的"不看之人"，年纪在二十五六岁的样子。两人能够正常对话，但由于蒙着布条，言耶看不到对方的双眼。老话说得好，"眼睛和嘴一样能说话"。很多情况下，人可以通过对方的眼神辨别话的真假。交谈从一开始就缺了这一条，毕竟对言耶不利。

　　第三位是"不听之人"，也是第一年进村，年纪在三十岁上下。由于她塞着耳塞，所以只能进行笔谈，限制要比"不说之人"更多，交流起来十分困难。

　　第四位是第二年进村的"不使用左手之人"，年纪在二十岁上下；第五位是第三年成为村民的"不走之人"，年纪在三十五岁左右。言耶和她俩都可以正常交谈，只是哪一个都算不上积极配合。她们会回答言耶的问题，但总是只透露最低限度的信息。而且，稍稍问得深入一些，回答就必然是"不知道"。

不过，所有人的共同回答有三项：一、所有人都称不二生的失踪是"巫死"；二、所有人都对不二生抱有好感；三、所有人都认为不二生最珍视自己。

与第五个人交流完毕后，言耶怀着歉意，把少得可怜的成果转告给藤子。不料，藤子的反应相当积极，让言耶吃了一惊。

"五个人都喜欢哥哥，而且都抱有自信，认为哥哥最爱的是自己，不是吗？那哥哥肯定不会有事了。"

"嗯。在和她们交谈的过程中，我也有这个感觉，不过……"

"是有什么反面依据吗？"

见藤子当即面露不安之色，言耶显出了沉思的模样："谈及不二生先生的时候，有的人说'有好感''爱他'，有的人则用了'曾经喜欢''爱过他'这样的过去式。这个让我非常在意。"

"不是指现在已经不喜欢、不爱了？"

"听起来像是指他已经不存在了，也就是说不在人世了。"

"五个人之间有了区别……这是为什么呢？"

巫子见不二生到底是活着还是死了？他究竟在哪里？

言耶什么也答不上来，就这样与第六位——"不现身之人"开始了对峙。对方全身都被衣物所包裹，加之说话叽叽咕咕、声细如蚊，交流之困难不亚于其他几个女人。不过，艰苦的交谈还是大有收获的。因为她极其健谈，言耶几乎找不到插嘴的机会。

"我听传言说，这里不愁吃的。可是过来一看，才发现几乎没人。而且，那几个女人都在做恶心的修行。我知道我也得被迫修行，就主动选择了'不现身'。那个快要死的人——不二生先生二话没说，就给了我这件奇怪的衣服。这么一来，不管谁来找，我都不会暴露。倒也不是有人要抓我，小心一点总是好的嘛。确实，这里三顿饭都管。有白米饭，有肉，有蔬菜，也有鸡蛋，真是好久没这么奢侈了。哪知我那个同父异母的兄弟跑过来惹事，把一切都搞砸了。他只是跟我那个无可救药的爹有血缘关系，跟我可一点关系也没有，真是想求他行行好饶了我吧。托那家伙的福，他被警察抓走后，这里的女人尽找我的茬。只有我吃饭没有肉了，洗澡顺序也不给我安排，话也不跟我说了。这不是明目张胆的排挤吗？不过话虽如此，能不饿着，能安心睡觉，也能洗澡，所以我本打算暂时赖在这里……"

话到此处，"不现身之人"吞吞吐吐起来，于是言耶催促她往下说。

"其实在我那个同父异母兄弟的案子过去后，不知怎的，我突然有点害怕了……那个人都不在了，她们还在继续那些可怕的修行。明明可以马上停止的，可五个人都一直遵守着和他的约定。这难道不奇怪吗？很可笑不是吗？起先我在心里嘲笑她们愚蠢，可渐渐地，我突然开始觉得，那个快死的男人就在近旁……不管我是在屋里，还是在走廊上走，还是去洗澡或上厕所，又或者是到小屋外面，都常常会感觉到一种动静，仿佛他正从某处目不转睛地窥视我……这让我感到极度恐惧。所以，我准备不久后离开这里。啊，你不要对那些女人说。我会把能拿走的东西整理一下，悄悄离开。"

最后，言耶就不二生与五个女人的关系，询问对方是否注意到了什么。

"我觉得那男人和女人们之间的关系相当好。晚饭都要定好了今天和谁一起吃。对，他会和其中一个女人在别的房间单独用餐。不过，好像是在我来之前不久吧，这个也不再搞了。女人之间的关系也不错。只是我总觉得，不知为何五人之间好像存在着奇妙的、类似于优先顺序一样的东西。我想定下顺序的恐怕是那个男人……"

她所描述的优先顺序，从高到低依次是"不看之人""不使用左手之人""不听之人""不走之人""不说之人"。

再度与藤子单独相处时，言耶将自己和"不现身之人"的对话内容告诉了她。

"虽然挺能说的，可几乎没什么用啊。"藤子言辞辛辣，却又面露安心之色，"不过，我越发觉得哥哥没什么事了。"

"是因为知道了其他女人和不二生先生的关系，以及女人之间的关系都良好吗？"

"是的。在这里可谓是第三者的'不现身之人'都这么觉得，难道还不能相信吗？"

"我也认为，她的推测应该基本是正确的。只是，这样的话，五人的优先顺序又到底是怎么回事呢……"

藤子显出沉思的模样，说道："如果按加入富士见村的先后顺序来，首先轮到的是'不说之人'吧。可是，她排在最后……"

"所以，我曾想过莫非是按年龄顺序来的？"

"你的意思是，哥哥偏爱年轻女性？"

藤子蹙起眉头，仿佛在说"如果这是事实，我会很不高兴"。

"这些人里看上去最年轻的是'不现身之人'，不过我们可以将她排除在外吧。接下来好像是'不使用左手之人'，可她却排在第二位。而且，第一位的'不看之人'感觉要比'不使用左手之人'大五岁。"

"在我看来也是。那么，这就意味着也不是年龄顺序。"

"不二生先生让所有人都觉得自己最受宠爱。而另一方面，他似乎又排好了优先顺序。两者之间的矛盾究竟是怎么回事……"

藤子突然"啊"地低呼了一声："没准这个'什么什么之人'的'什么什么'才是重点吧。"

"因为是不二生先生强行要求的？按顺序排列的话，就是'不看''不使用左手''不听''不走''不说'……"两人都默默地思考起来，片刻后率先开口的是言耶，"还是不觉得有什么意义。至少她们各自的行为里并不存在吧。"

"整体行为中存在着某种意思，是吗？"

"不二生先生对她们所要求的，是类似于忠诚心一样的东西吧。构想本身当然是过于诡异了，不过可能真的是参考了印度修行者的苦行。"

"既然哥哥疯成了那样，那她们之间的优先顺序恐怕也是一时的心血来潮。"

"……嗯。"

言耶附和一声后，彻底陷入了沉默。藤子正要说些什么，见到他的表情便又闭上了嘴。

"光在脑子里不断思考，还是不得劲啊。"不久言耶这样说道。他催促藤子重返最大的小屋，让六个女人在那里集合。

"巫子见不二生先生消失去了哪里，为什么会失踪，正在做什么——可以的话，从现在开始我想和各位一起揭开这个谜。"

所有人都对这番宣言流露出惊讶之色，其中也包括藤子。不过，除了她和"不现身之人"外，其余五人立刻对言耶表露出一种状似傲慢的态度。塞着耳塞的"不听之人"依旧靠别的女人将话写在纸上告诉她。

在场的八人清晰地分成了三组：欲揭露秘密的言耶和藤子，欲守护秘密的五个女人，以旁观者自居的"不现身之人"。

五

"首先我们来整理一下事情的来龙去脉。"

开始之前，言耶先说好了为方便起见，会用"什么什么之人"来称呼六个女人和罩着布袋的男人。

"上个月二十三日，'不现身之人'进入了富士见村。三天后的二十六日，'布袋之人'加入进来。二十七日，派出所警察来到巫子见家，告知'不现身之人'的异母哥哥是强盗杀人犯'折纸男'，恐已逃进富士见村。当时被疑为罪犯的，是已经进村的'布袋之人'。为慎重起见，警察从节织村的瞭望台上窥探富士见村内部，证实真的存在'布袋之人'，于是让青年团监视村子的唯一出入口——围墙上的门。然后警察联系了负责查案的小间井刑警。不料到了晚上，监视者竟目击到一个可疑的男人翻过了围墙。这个男人恐怕才是'折纸男'。于是，警方无论如何都必须搜查富士见村内部了。二十九日下午，两名刑警和派出所警察携青年团一起闯入了富士见村。他们彻底搜索村内，抓到了强盗杀人犯'折纸男'。不过，与此同时，青年团的一员注意到不二生先生完全不见踪影。就算他躲进了哪里，在搜捕'折纸男'的过程中也应该绝对能发现，而围墙上的门一直由青年团在监控。不二生先生并非从那里离开也是确凿无疑的。这么一来，就只剩下富士见山背后的森林了。然而，'不现身之人'以外的五位女性都否定了此事。光是从藤子小姐的叙述来看，不二生先生也没有这么做的理由。那么他究竟去了哪里呢？"

待言耶一口气讲完后，"不走之人"以清晰的口吻说道："不二生先生巫死了。"

"关于这个巫死……"言耶显得极为困惑，"不二生先生身患绝症，却说自己不会死。另一方面，他又说自己死后会复活。这不是明显矛盾了吗？"

然而，没有人回答他的疑问。看来其余四人也认为，"不走之人"所声称的巫死足以解释一切。

"于是，我做出了这样的解释——所谓的死是指暂时销声匿迹，所谓的复活是指再次现身。而前者其实是与抓捕'折纸男'在时间上发生了偶然的重合。不二生先生绝对没打算公开前者的行为，只想在这村里秘密进行。但这里出现了问题，那就是经常出入村子的藤了小姐。不二生先生必须瞒过她的眼睛。但话虽如此，妹妹一来就躲起来也很辛苦。最好的方法是制造这样一种状况，即与之前一样正常地生活，但又让藤子小姐看不到哥哥的身影。"

"这个不可能。"

言耶对藤子的否定报以微笑："这个村子里不是有一个完全不露

93

脸的男人吗？”

“啊？是说‘布袋之人’吗？”

“没有人知道他是谁，从何而来。因为这是一个一开始就不存在的人。换言之，作为不二生先生的幌子……”

“老师，对不起。”藤子以抱歉似的口吻说，“可能是我的说明不到位。哥哥真真切切地会见了造访此地的‘布袋之人’，在清楚他来历不明的基础上接纳了他。所以，哥哥是‘布袋之人’什么的……”

“不能说不可能。如果解释为两人进行了调换，问题就迎刃而解了。”

言耶的回应令藤子有些语塞。

“……可是，如果是这样，那‘布袋之人’究竟去哪儿了呢？”

“富士见山对面的深山老林里……”

藤子的脸“腾”的一下变得通红。

“哥……哥哥为了得到遮掩自己的幌子，对前来投奔的无辜之人痛……痛下杀手，老师是这个意思吗？这也太没道理了。”

“如果不二生先生知道他的来历，又当如何？”

听到这问话，藤子面露不明所以的表情，而言耶随后指出的一点令她不由得“啊”了一声。

“如果他是据称已经战死、与不二生先生感情不和的长子富一先生呢？他俩外貌相似，都是瘦小身材。假如不二生先生利用这一点，假装接纳富一先生，并与‘布袋之人’进行了替换……”

“这、这么可怕的事……”

藤子一度通红的脸变得煞白，而言耶接下来的话又让她脸色一变。

"虽然我做了这样的解释，但毕竟太牵强了。难以想象复员归来的富一先生不回巫子见家，却要去造访与他关系恶劣的不二生先生。况且，派出所警察在瞭望台上窥探村内时，看到了与不二生先生同行的'布袋之人'。进而，小间井刑警等人突入村子、看到头上罩着布袋的可疑人物时，根本不可能不去查看他的脸。换言之，'布袋之人'绝非不二生先生。"

"我说老师……"

藤子迟疑而又神色忧虑地注视着言耶。至此她似乎终于对刀城言耶这个人感到了不安。

反应与藤子截然不同的是"不走之人"。

"那个男人是不是不二生先生，随便找我们中的哪个问一声，都不用绕这么大一个弯子。"她边说边笑。准确地说，是嘲笑。其余四人皆然。

"是的，正如你所言……"然而，言耶毫无悔改之意，说出了令藤子和五个女人更为吃惊的话，"不过，托你们的福我发现了，这里还有一个不露脸的人。"

"不会吧……"

藤子的视线径直指向了"不现身之人"。

"不二生先生身材瘦小，而'不现身之人'所穿的衣服又正好盖住了全身。"

"老师，我可是和那个人说过话的。"

　　"'不现身之人'说话叽叽咕咕，声音低得像蚊子叫。靠这个也许能蒙混过关。"

　　言耶和藤子几乎同时向"不走之人"看去，这是为了观察她的反应。"不走之人"笑了，是比刚才更为强烈的嘲笑。

　　"如此这般，我做出了第二种解释，但还是很牵强。"

　　"那是当然。""不走之人"回应道，脸上从讥笑突然转为拒人于千里之外似的冰冷表情，"这个只是为吃口饭来我们村的姑娘，我们五个都真真切切地看过她的长相。"

　　"这出闹剧我们要陪他玩到什么时候啊。"

　　"不使用左手之人"也抱怨起来，不过她只是代为读出"不说之人"写在纸上的话。

　　然而，言耶似乎完全不以为意："我想，之所以我会连续做出错误的解释，不就是因为我们首先想的是寻找不二生先生的下落吗？"

　　"这样不行吗？"藤子眼神不安地凝视着言耶。

　　"从'他在哪里'这个问题入手的话，很快就会走入死胡同。所以我准备以更宽广的视野来把握这个谜团。"

　　"什么意思？"

　　言耶依次打量着"不现身之人"以外的五个女人，说道："想来在开拓富士见村的时候，不二生先生的脑中应该有一个'建造理想村落'的构想。富太郎先生称其为'过家家游戏'，考虑到巫子见家和节织村事实上给予了不少帮助，可以说这样的表述是恰如其分的。所以，不出意外的话，这个村迟早会难以为继吧。"

　　此时"不走之人"想说些什么，"不说之人"制止了她，并示意言耶往下说。

"不料，不二生先生患上了不治之症。从那惨绝人寰的战场生还、复员，却要被病魔夺去生命。他的内心该是何等痛苦啊……从那时起，他一方面声称自己不会死，另一方面又开始宣扬与之互相矛盾的'死后复活'论。当时他应该是陷入了相当扭曲而复杂的心理状态吧。"

言耶故意在此处中断，五个女人依然保持沉默。

"回顾到这里时，我的脑中陆续浮现出不二生先生的种种奇异言行，这些言行让人觉得不对劲却又不明所以，一不留神就会看漏。"

"哥哥的……"藤子喃喃低语。

"复员后，困扰不二生先生的是'只有自己存活下来'的罪恶感吗？许多战友在死前究竟向他托付了什么？在收集世界神话和民间传说的过程中，为何执着于创世神话？为何只有关于非洲、土耳其、埃及、古希腊的书籍，以及佐佐木喜善的《听耳草纸》被放在书桌上呢？为何要收集与死亡相关的物品呢？他选在明年一月或二月完成复活，这又是为什么呢？强盗杀人犯'折纸男'对小间井刑警说的那句话，'那个男人疯了，没有比这个村子更可怕的地方了'，究竟是什么意思？为什么不二生先生每顿晚饭都要选择一名女性与他共同进餐？他一方面让每个人都觉得自己最受宠爱，另一方面却又给这些女性排序，这究竟是出于什么理由呢？为何'不现身之人'与共进晚餐和排序都无缘呢？为何在说到不二生先生时，有人用现在时、有人用过去时呢？"此时言耶再次打量着五个女人，说道，"你们将不二生先生吃掉了，对吧？"

言耶知道藤子猛然转向了自己，而"不听之人"以外的四人全都身子一颤。"不听之人"加入四人的行列也只在片刻之后。

"你、你究竟在说什、什么……"

言耶不理会惶惑不安的藤子，将视线锁定在五人身上。

"我曾听说，一些快要在战场上死去的士兵请求照看自己的战友吃掉自己。当时我以为这只是特例，后来才渐渐得知，其实还有别的复员军人有过这样的经历。当然，我不清楚他们是抱着怎样的心情说出这种话的，但其中应该含有'不想让自己的死白白浪费'的心愿吧。"

"哥哥答应了……"

"有没有答应，现在已无从知晓。不过，从他复员后饭量变小来看，答应的可能性很大。"

"怎么会……"

"不久，不二生先生患上了绝症。如果那时在他脑海中萦回的是战场上战友们那悲怆的遗言……进而，他所收集的世界神话和民间传说里——特别是其中的创世神话以及和摆在他书桌上的那些书籍相关的地区——存在很多这样的传说，即通过让第三者吃掉自己来完成复活。收录于《听耳草纸》的《端午与七夕》，说的是丈夫将自杀的妻子的肉裹入芒草食用的故事。而不二生先生的房间里就有大量芒草。此外，日本的古老传说《山姥媒人》里有个老婆婆，因为孙儿过于可爱，舔着舔着就将他吃掉了。两个故事都与复活毫不相干，但在'因爱而食'的意义上是共通的。"

"啊！难不成……"藤子低声叫道。

言耶不看她的脸，继续说道："不二生先生执着地舔你们的脸、脖子、胳膊和手，多半是其个人愿望的外在表现。他希望自己被你们吃掉。"

藤子急促的呼吸声从侧旁传来。

"每顿晚饭都选择一位女性共同进餐，是为了之后的生殖活动。自古以来食与性就是难解难分的。"

"也就是说，哥哥的复活是指……"

"五位女性中的某一个生下他的孩子。所以他当然要说，自己会在十个月又十天后，也即明年一月到二月之间复活。之所以有长达两个月的浮动期，是因为他毕竟无法知道谁、会在什么时候怀孕吧。"

"她们的优先顺序是怎么回事？"尽管藤子深受打击，但或许是想知道真相的心情十分强烈，她还是毅然决然地问道。

"年轻女子容易怀孕，但村龄长的人和他接触的机会较多。既然目前没有一个人已判明怀孕，可见这顺序并无多大意义，但不二生先生本人十分执着。而'不现身之人'未加入其中，则是因为入村时日尚浅，以及还没有时间与他形成那样的关系。"

不过，言耶终究只以那五个女人为对象。

"不二生先生是不是自杀，你们五个应该最清楚。没准你们中的一个还助了他一臂之力。不管是哪种情况，他都是自我了断的。"听出侧旁有屏气凝息的声音后，言耶继续说道，"此后，你们——或你们中的一个——分割了不二生先生的尸体。听说藤子小姐来村里时，你们曾用猪肉款待她，所以你们中肯定有人身怀这项技术。后来，不二生先生就作为晚餐被你们五个吃掉了。当然，这是他本人的愿望。如此这般，他成了你们的一部分。这也意味着他成了可能会在明年一月到二月间诞生的孩子的一部分。"说到此处，言耶话中略含讥讽，"'不现身之人'说自从强盗杀人犯被捕，就没人给她肉吃了。这是因为她没有资格吃不二生先生。"

突然，只见"不现身之人"奔到墙边，当即呕吐起来。看来她偷吃过肉。

"'折纸男'侵入村子、藏身于某处时，多半是听到了不二生先生和她们五人的对话。"

"那个男人疯了……"藤子说出了"折纸男"的话。

"我猜想，不二生先生的遗骨应该是被你们制成了以人骨为材料的墙饰。原来的墙饰自然是被处理掉了。"

"可是老师，你不是说那些骨头很陈旧吗？"

"根据色泽，最初我是这么判断的。但是摸过以后，我发现自己的手脏了。不，其实是我在牲口棚差点被'布袋之人'倒了一身垃圾、再次注意到手帕上沾着的污迹之后，才真的感到了奇怪。也就是说，为了看起来显得陈旧，骨头做的墙饰被特地上过色。"

"这也是哥哥的……"

"肯定是他的主意吧。"

"这么说，哥哥他……"藤子的声音像是硬挤出来似的，"真的完全疯了吗？"

"这个我无法判断。"言耶绵软地摇了摇头，"但是，关于这个村子发生了什么，我想我的解释不会有错。自古以来女人还有这样的一面，即生养孩子的同时吞吃男性使其死亡。而这里也发生了同样的事。你们以为如何？"

言耶以平静的口吻进逼五个女人。

然而，传入他耳中的是"不走之人"毫不客气的回答："马上给我滚出村子。"

六

刀城言耶离开富士见村后，被藤子带往巫子见家。在那里，他对富太郎说出了自己的推理。尽管他再三强调这终究只是"一种解释"，但对方完全接受了。进而，富太郎不准备惊动警方，甚至说如果有人怀上了次子的孩子，巫子见家会给予照顾。虽说这多半是为了顾及体面，但富太郎对此事不予追究的决断还是让言耶非常震惊。难道是因为他早就对疯癫的不二生不抱期望了吗？相比之下，他更想尽力守护第三个儿子富三吗？

无论是哪种情况，言耶对本案的涉入已到此为止。此后他只是从藤子随兴写来的信里知道了后续。

第一封信——言耶他们造访富士见村的次日清晨，"不现身之人"离开了村子。她没有向任何人打招呼，拿着满满一布包食物走了。此外，"布袋之人"也已离去。按藤子的说法，他应该是偷听到了言耶的推理，所以下定决心要离开村子。据说富太郎正处于静观状态，直到明白五个女人是否怀孕为止。

第二封信——最年长的"不说之人"怀上了不二生的孩子。其余四人还在观望之中，但希望渺茫。富太郎提出将"不说之人"接进巫子见家，但五个女人希望继续在富士见村生活。双方商议之后，决定至少在孩子生下来之前维持原样。

第三封信——其余四个女人未见怀孕的迹象。但四人都表示要留在富士见村，直到"不说之人"平安生下孩子。

第四封信——此前的三封信只是淡然地叙述事实，而这一封突然变了。信里说，不知为何藤子害怕去富士见村了，她也不知道是为什么。五个女人没有变化，关系也依然良好。但是，藤子总觉得有什么正在一点一点地、真真切切地改变。然而，她再怎么一边巡视村内一边思考，也无法抓住其真貌。信的字里行间深刻地传达出她已陷入极大不安的事实。

第五封信——间隔了较长时间。而且关于富士见村的事，信里只写了一行：看着她们，就觉得特别害怕。

第六封信——十二月寄到，与第五封信隔了数月之久。藤子前往富士见村，但无人应门。无论是小门还是大门，内侧都插上了门闩。富太郎请求派出所警察用梯子进入村子，结果在不二生的房间里发现了"不说之人"被残杀的尸体。她是在腹部被切开、胎儿被取走的状态下毙命的。其余四个女人已无影无踪，也不见逃入富士见山背后森林的形迹。此外，虽然搜索了村内，但最终也没能发现胎儿的遗体。此事自然是惊动了警方，不过富太郎暗中活动，没有让命案的详情外漏给新闻机构。

尽管抱有极大的兴趣，但言耶没有奔赴节织村。因为他感到极度恐惧。

四个女人切开"不说之人"的肚子，将她杀死，拿走了胎儿——这个解释应该是合理的。只是，此处又留下了巨大的疑问：那四人和胎儿现在情况如何？动机到底是什么？

然后，还有一种令言耶恐惧的解释——一种可怕的妄想：胎儿自行破腹而出，去往了某处。

进而，如果事实上那并非胎儿，而是不二生……

巫子见不二生凭借巫死真的复活了，不是吗？

既然这妄想似的推理在脑中挥之不去，言耶便绝无可能前往节织村。

如

兽家吮吸之物

一

兽家。

　　流传于禁野地区的屋宅怪物。现身于在山中迷路的旅客面前。借宿者或被吸取精气变为半废之人，或归家后即告死亡。据说屋宅大小、模样应时而变，因此即便逃脱一次，亦可能再度遭遇，无法安心。

——摘自閒美山犹稳《妖怪习俗事典》（英明馆）

二

　　我开始给禁野地区大步危山的山间小屋担货，是在一个早春，当时日中战争正陷入僵局。

　　当然，那时我可不知道战况是这样的。就算大日本帝国输了，也会报道成大捷。好吧，我没读过书，其实根本读不了报纸。不过，只要是个比我有学问的人都打心眼里相信国家睁眼说的瞎话，什么圣战啦，日本是神国啦之类的，所以你还能说啥呢？那年代把国民的命看得像蝼蚁一样，真是可怕。战争输了，日本自然是下场悲惨，但要是再继续下去，谁知道会变成什么样的国家啊。

呃，这些事就不多讲了吧。

担货就是运输货物的意思。哪里的山都不通道路，所以没法开车运，自然就需要我这种背着大量的沉重货物，吭哧吭哧徒步走山路的人。这种千辛万苦给山间小屋运送必备食品和生活用品的工作，就叫担货。

这工作当然很辛苦啦。有个粗鲁的家伙体格挺棒，号称有把子力气，打架也没输过，过来说这活适合我你就雇了我吧，结果走到半山腰就上不得也下不得，哭着说走不动了，就是这么艰苦。光是块头大、有气力、腰腿结实，可干不了这活。

我家穷得叮当响，当然打小就得劳动。虽说以前哪儿都一个样，可我家比别家又穷了一圈，从小就不得不天天干极重的体力活。可能就是这样不知不觉地把身体练瓷实了。啊，不光是身体啦。反正我觉得我老早就学会了忍耐。

说到吃的，要么是掺了碎大麦的饭，要么是小麦粉做的烧饼，配上茄子、黄瓜、白萝卜、酱菜和汤，这些都是家常便饭。然后就是土豆。至于身上穿的，一年都不带变的，破了就补补。补来补去，最后都不知道原来的布是啥样的，成了到处都是补丁的另一件衣服。哎呀，听着像笑话，是真的啦！

只有在每年一次的节日里能拿到零花钱，而且也才两三分钱，只能买最便宜的糕点。就算是这样啊，能拿到零花钱的孩子还算是有福气的。更穷困人家的孩子只有羡慕的份儿。

你问我？呃，有时能拿到，有时拿不到吧。

学校也是一会儿能上，一会儿不能上。哪家的爹娘都说"有学习的工夫，还不赶快过来帮忙干活"！就算能去学校，上学前的大清早的活就不用说了，一回家就会马上甩个活给你干。

你问有没有玩的时间啊，这个真的只有在节日里有了。

不对，冬天里老百姓不干活，还是有一点时间玩的。基本上能每天去学校的，还得是在积雪的日子里。穿着稻草做的长靴，用布巾包好教科书和盒饭，挂在腰间，走那些个被埋在雪里的山路。其他季节穿的是自家做的草鞋，一下雨就被水泡得黏黏糊糊，自己就离了脚，然后就靠赤脚走呗。

说是上学去，可尽是在山道上上下下，一走就是两小时。积雪的话就更费时间了。苦归苦，但从更累的活里解放出来的喜悦，让人的身子和心都能飘起来。

当然，其他小孩也和我是一个想法吧。不过呢，有的小孩父母不给买教科书，也有的没盒饭可带，实际上怎么样也不好说……

反正小孩不得不干的活就是打水。村子在山区较高的地方，所以挖井也出不了水。只有低洼地里有一口共用的井。要去那里走好几个来回打水，当然辛苦啦。可要是没了水，什么也干不成。人要生存的话，水可比什么都重要。所以只要一得闲，家里人就吼"快去打水"！

说到底，不管干什么活，还是去学校，全都是上坡下坡。平坦的地方要么是家里，要么就是学校的教学楼。这样腰腿当然会结实啦。

是这些小时候的辛苦让我成了一个合格的担夫吧。要说因为这个就感谢爹娘，那也不是吧。没错，他们是将我带到这个世上，在婴儿期照顾了我，但我敢说，后面都是靠我自己的力量活下去的。

因为没能好好上学——我上了六年普通班就退了。上面还有两年的高等班，可几乎没人去上。更别说初中生了，那叫一个少见。我读了六年出来，然后去制丝所当学徒。当时也有被送去当三四年伙计的，比起来我可能还算是好的。

嗯，也不是吧。毕竟我连像样地读个书、写个字都不行，就从学校出去了。

去制丝所当学徒之后啊——哎呀，再说下去可就没个完了。

总之，我能干的只有力气活。可这样的人要多少有多少。这个差不多就是用完就扔的，所以为了在里面讨口饭吃，就得干一些别人怎么都没法干的事。我的话，就是担货了。

刚才我也说了，这活看似只要身子结实谁都能轻松地干好，其实光靠蛮力一点也不顶用，所以像我这样的人就很受重用了。累归累，但相应的运费也高。

嗯，不是佣金，是运费。最感天动地的是，担货的餐费另算。这个也要看爬的是什么山，运的是什么货，反正从背着货物出发到抵达山间小屋，可以吃上两顿盒饭。当然，出发前一般都会吃早饭，到了山间小屋那边也有饭吃。一般都是这样。

有个山间小屋的老爷子说过：担货的工作就是给人饭吃。这话一点也没错。所以，连续下雨、登山客稀少的时候，山间小屋的生意就很难做了。因为光付我运费了，最要紧的登山客的钱却进不了账。一个不留神，让担夫运来的食物很可能都被这担夫自己吃掉了。然后事情就变味了，搞得好像雇用担夫就是为了干这个。不过，要是光顾着优先考虑山间小屋的情况，我们这些担夫可不会搭理他们。跟别的力气活一样，也不是想找人替就有人替的，我想这里边还是需要互帮互助的。

不过，这担夫的活也不是只给山间小屋运东西，有时也会背个矿石或搬点造小屋的建材上去。最难的应该是造山间小屋的木材。不对，是煤气罐更累吧。就算重量一样，米或味噌的话，背着也安稳。可煤气罐呢，用来绑它的背架总是动个不停。真是受不了。背的东西不稳当的话，可就太危险了。

干担夫的活，当然会碰到各种危险。有几次还做好了"完了，可能会死……"的打算。不是我自吹，要不是我而是其他人的话，早就把命交待在山里了吧。

经历这些事的时候，当然是怕得不行啊。就是又一次感到，山果然很可怕。不过，跨过差点丧命的危机，反过来长了自信，这个也是确凿无疑的。而且，一时的恐惧也是一种教训，告诉我什么山都不能小瞧了。就算下山后忘了，一旦开始登山这身子就又能想起来。托这个的福，只要不是太蠢，没几个人会在山里犯同样的错误。

只是，我在那个古怪的房子里体验过的恐怖，又跟这些在山里遇到的危险不同，总是缠着你没完。从那房子里逃出来就好了，离开禁野地区就完事了……感觉不是那么回事。

怎么说好呢？

这种讨厌的感觉就像平安回到家钻进被子，刚高兴终于能睡个好觉了，就发现那东西已经神不知鬼不觉地跑到枕边来，然后被吓得全身一紧……每次要睡觉时，这感觉就复苏了。我这么说明，你一点感觉也没有吧？

那东西是什么……你问我，我也不知道啊。

引子太长了，该说关键的部分了。

有另一家山间小屋，主人对我很照顾。受他的委托，我第一次给大步危山的小屋送货，回来的路上我罕见地迷路了。山脊一带正好是岔口，那里突然起雾了，我感觉这也是原因之一。总之，我回过神才发现，自己偏离了原来的登山路。以前就算是第一次来的山我也没出过岔子，所以老实说当时是有点慌了。可能是因为这一点让我的判断错上加错，想着要回原来的路，却好像越走越偏了。

就算是这样，我也平安下山了。但丢脸的是，我不知道自己是从哪里出山的，这可是个问题。

因为这一迷路啊，天都快要黑了。和山里不同，就算落得个在野外过夜，也没什么可担心的。不过，我当时的心情是，可以的话还是希望在附近的村子找个人家，哪怕在土间的角落里住一宿也是好的。

搁在平时，就这点工作量可累不倒我，但可能也是因为绕了好远的路，我已经累得不行。在第一次来的土地上迷路，也让我觉得有点不安吧。所以就想在正儿八经的一间房里安心地躺下来。

登大步危山前，我顺路去了一趟边通里村。按预定我回家是要打那个村子过的，可是眼看大就要黑了，我还是完全搞不清那村子在什么方位，走到那里需要多少时间。从山道下来的地方，也是哪儿的乡村都有的长满杂草的普通泥路，所以我真的是没辙了。

没办法，我姑且凭感觉走。可是下了山也都是雾，基本看不清前方。再加上到了傍晚，雾被染得有了一点淡淡的红色，感觉非常不舒服。

我讨厌进红色的雾里走路，下意识地停住了脚步，结果眼看着红雾快要罩过来，吓了一跳，又急忙走起来。这么反反复复地，时间一个劲儿地流逝，人根本就没前进多少。

这时候，日头越来越低。再这么磨磨蹭蹭下去，就要在这阴森森的雾里迎来黑夜了。

怎么办啊……就在我走投无路的时候，一棵大楠树像划破了浓雾似的，突然出现在我眼前，可把我吓坏了。

不过，等我往楠树的粗干上开着的大洞里一看啊，立马暗叫了声"太好了"。你问为什么？因为里面有座小祠堂啦。在树洞里造祠堂的，肯定是边通里村的人。这表明村子就在附近啊。

这么一想，我觉得再咬咬牙就行了。可刚要高兴，就看到祠堂里供着的东西，吓了一跳。

那是个跟小地藏差不多的石像，起初看着像圆圆胖胖的布袋和尚。只是呢，像布袋和尚一样的人有两个，或者说是一个快要分成两个时的样子，总之就是各自的半边身子粘在一起的状态，非常奇特。

暹罗连体人？

那是啥？

喔！还有这样的人？果然是世界之大无奇不有啊。不过，就跟小哥你说的一样，两个布袋和尚的半边身体是重合的。

然后，我越是细看啊，就越觉得好像不是七福神里的那个布袋和尚。脸和身子倒是一样的肥，但明显有区别。

我一边看一边想哪里不一样呢，突然就明白了。这石像一点也没有布袋和尚的那种富态。注意到这一点后，石像看着就只像一个粗俗贪吃的胖老头了。

只是，这种石像到底是哪个人做的？为什么要特地放进祠堂供奉呢？我想着是不是自己的眼睛出问题了，又反反复复看了几遍，真的是一点神圣庄严的味道也没有。反倒越看越恶心哩。

供奉这个的不是边通里村的人吧。

只有这一点看来是不会错的。也就是说，村子在附近的猜测就这么落空了。就在垂头丧气的时候，我终于发现大楠树后面是直上直下的悬崖。

前面没路了呀。

而且还有悬崖略微塌陷过的痕迹，看来这里不可久留。要是没起雾的话，肯定能早早地发现。于是我也不看什么洞穴了，立马转身就走。

大树的左侧有一大片茂密的灌木和杂草，我气哼哼地朝那边张望了一会儿，透过发红的雾气，从灌木丛断开的地方渐渐看清对面有一条像踮着脚一样陡峭的坡道。

原来有路啊。这样的话，村子可能就在附近了。

我又一次往对自己有利的方向思考，然后立马扒开灌木和杂草，进了坡道，开始呼哧呼哧地往上爬。我确实武断了，或者说是有点自己骗自己的味道吧，觉得只要翻过这陡坡，村子就在眼前了。

哪知这坡道真叫一个难走。跟冬季以外我每天走的山路比，当然是没什么稀奇的，就算再怎么陡，也只是一条普普通通的坡道嘛。没有特别陡的地方，脚下也不泥泞。可是，光是往前迈步，就吃力得不行。就算将之前我已经很累的因素算上，这么艰难也很不正常啊。

而且，总也到不了顶。心里想着还有多远啊，抬头张望，也因为有雾什么都看不见。可能是这个缘故，就觉得路更长了，而我的心情真就像是在拖拖拉拉地爬没有尽头的地狱坡道。

还没到呀，还没到呀……这样一边想一边走，突然左脚差点踩空，可把我吓出了一身冷汗。我自以为正笔直地往上走，其实是不知不觉地偏到左侧去了。偏了一点就没路了，下面是一片杉树林。想到刚才险些滚下去，我不由得哆嗦起来。

我连忙紧紧地靠向右侧，那边也长着树。这以后我就右手摸着树，"呼呼"地喘着气往上走——我在山路上都没发出过这种声音呢。觉得累了，就背靠着树休息。明明在山路上休息的时候，我什么都不用靠的。

真是选了一条累死人的路啊。

很后悔，可是已经晚了。仔细想想，这山坡是在极其茂密的灌木丛背后。也就是说，怎么看都是一条早就没人用的坡道。要说这前面就是边通里村，怎么可能嘛！

这下完了。

我真是恨死自己的愚蠢了。如果这儿是山里，我应该能做出更加正常的判断。果然是因为这一带很诡异吧。我累得不行，开始犹豫是不是该下坡回去。现在回去还不晚。

这时，我在坡道上站住了。

左斜前方，在雾的那一头有一座奇怪的屋子不是吗？两边郁郁葱葱地长着跟房顶一样高的杉树，感觉即使在白天也会很暗。屋子对面就是峭壁，之间的路感觉也非常局促。

我的天哪，竟然建在这种地方……想归想，我还是打着晃地走过去了。

建的地方怪，房子本身也怪。

这是一幢横里宽的洋式平房，屋顶上另有一个带窗的小屋顶，我觉得这构造挺稀奇，不过让我感到怪异的是其他地方。

可以看到房子上到处都是些奇怪的动物石像。门柱上是老虎，屋顶上是鸟，玄关门上是大象，窗边是猴子和狗。有的是雕像，有的是刻在墙上的，相同点是每个都成双成对。

造这房子的家伙是不是特别喜欢动物啊。

不过，凝神仔细一看啊，好像不对。老虎有翅膀，鸟长着牙。与其说是真正的动物，倒不如说是幻想出来的生物。

等我看清楚这个的时候，周围迅速暗了下来。然后太阳完全没了，真的是一转眼就一片漆黑了。

要说山里的可怕遭遇，真的是什么都有。不过最恐怖的还是，别说做野营的准备了，连地方都没找到的时候天就黑了。在夜晚的山里四处走动，又可怕又危险。

我下了山，眼前有这么一个房子。而且绝对不能在山里迎来黑夜。可是，一想到要在这房了里过夜，后背又直打战。

光是在外面看看，就知道这是个空房子，没到废宅的程度，但感觉至少有一两年没人住了。所以肯定可以住一晚，不用顾忌别人。可是，我讨厌这个房子，觉得还不如风餐露宿了。

在野外过夜不算什么，我有自信在哪儿都能睡着。可是，看这雾气迟迟不散的样子，待在外面只会弄湿身子。虽说早就下了山，现在又是初春，但夜里还是很冷的。就这么睡在外面，肯定会搞坏身子。毕竟干我们这行的，最看重的就是身体。

眼前就有一幢房子，会有哪个笨蛋不去住啊。

听着有点怪吧，我就是这么对自己说的。否则我绝对不敢进那怪异的房子。

我用手推了推玄关的门，门是锁着的。正面墙上的窗户嵌着铁栅栏，就算打破玻璃也进不去。我本打算转到屋后探探有没有侧门，可又想尽量避免踏进漆黑的杉树林。与其说是害怕，不如说是因为危险。

没办法，我只好再次推门，门发出了"嘎吱嘎吱"的声音。继续摇晃后，门"吧喀吧喀"发出了很大响声，开始活动了。然后我一口气将门弄垮了。是我有蛮劲没错，但多半也是因为门锁破旧了。

门里当然是一团漆黑了。我擦了根火柴，发现眼前还有一扇门。现在进的地方是一块狭小的像三合土一样的空间。

这时，背后突然传来"哗啦……"一声响，我差点蹦了起来。哆哆嗦嗦地回过头，什么也看不见。我一手拿着火柴往门外张望了一下，才知道是下雨了。

在山里的话，我应该能更早地察觉到下雨的征兆。我想了一下，自从我被卷进雾里、迷失在山路上后，这种平时的直觉好像就不起作用了。见到那个楠树里的祠堂后，总觉得就更迟钝了。

不过，既然都到了这里，只能随遇而安了。

我推了推第二扇门，门一下子开了，所以我就直接进去了，这时火柴突然灭了。一刹那，我的身子剧烈地颤抖起来。这可真的是被黑暗"哗"的一下罩住了。

在山里经历的黑暗给人一种孤零零、一个人身处大自然之中的战栗感，而盘踞在那房子里的黑暗让人厌恶，就像是人的邪念层层叠叠堆起来的一样。

当时我差点就要逃走。如果有人跟我说了同样的事，我大概会嘲笑他"胆子好小"吧。可事情搁在自己身上，毕竟是不一样的。不不，只是个废宅的话，我也有自信不会被吓破胆。可那房子不一样，里面充斥的空气非同小可。

另一方面，我倒也有了一点点进屋后的安心感。虽然外面下着雨，但这里有屋顶。就算房子的气氛再怎么诡异，也还是在这里过一夜为好。总之，我勉勉强强地做出了这样的判断。

我又擦亮了第二根火柴，可光靠这么点微弱的光，根本看不清屋内的情况。不过，这里完全没有狭小的感觉，我猜测应该是大厅。而且天花板老高老高，不，应该说抬头看了也总觉得是被黑暗吞噬得没了踪影。

不管是什么样的屋子，也最好别瞎走动。否则手脚会撞上家具什么的受伤。

我稍微想了想，然后左手拿好第三根火柴，沿着右手一侧的墙壁开始在室内绕圈。我极为缓慢地行走，同时用手摸索着，看能不能在架子之类的地方找到蜡烛。因为没有灯火的话，什么也干不成。

右手最先摸到的是架子，拿火柴靠近一照，发现是书架。蜡烛应该不会放在这种地方，所以得继续往前走。幸好脚下好像也没有障碍物，似乎不用担心被什么东西绊倒，所以我准备稍稍加快步伐。就在这时——

……咕咚。

也不知是哪里出了响声。听起来很轻，所以可能是在屋子的另一侧。我不由得停下步伐，竖起了耳朵。

……咕咚。

又听到了。果然感觉像是从屋子的另一侧传来的，不过又有点奇怪。正想着哪里奇怪呢，火柴刚好烧完了。紧接着——

……咕咚，咕咚。

这次是声音接连响起，而且在黑暗中持续不断。

……咕咚，咕咚，咕咚。

最初很遥远，可渐渐地，真的像是在一点一点地朝我靠近呢。

有人在走……

这个貌似大厅的房间，地上铺着木板。那声音只让我觉得，好像有人穿着鞋踩在地板上，正向我走来。

"……呃，喂，是先来的吗？"

我怕得要死，但还是拼命挤出了这么一句。不说话，一动不动，只等那东西靠上前来，不是更可怕吗？

可是，没有回应。

……咕咚，咕咚，咕咚。

那东西在不停地走动。不过，还是很奇怪啊。明明应该就在这个房间里，难不成其实是在其他地方吗？

明白了，有地下室！

不在这个房间里的话，就只可能是地下室了。刚要接受这个解释，我念头一转，暗叫一声"等一下"。

坡下长楠树的地方有悬崖塌陷的痕迹，从这一点可以看出，这一带的土壤好像很疏松。一般不会在这种地方造地下室吧。无论如何都需要其他房间的话，放弃平房、造个两层楼就行了嘛。

只是，这样的话，那奇妙的声音又是从哪儿传来的呢？

另一个时空？

时空是啥玩意儿？

喔！是这个思路啊。果然大学生就是了不起。小哥，这些艰深的东西你很懂嘛。

不过，听了你刚才的说明，不知怎的我心里有点发毛。明明是同一个房间，那东西却在别的时空。当时我确实有这样的感觉。而且啊，那东西就快从别的地方跑到这里来了——这种迹象也特别明显。

"……喂，喂！"

我鼓足了劲大声威吓。不，我是想这么做，可难为情的是，从嘴里发出来的声音只是稍微大了一点。

哪知那个脚步声一样的东西一下子停了。我凝神细听，什么也没听到。静悄悄的。

我擦了根火柴，重新迈步。右手一侧还是书架，连绵不绝，没多久我平安地走到了四个角落之一。也就是说，大厅入口所在的这堵墙全是书架。我在学校里都没见过这么多书，所以真的是吃了一惊，不过更让我在意的还得是刚才的脚步声。那是当然，书架又不是什么可怕的东西。

转过屋角，用右手在另一堵墙上摸到的还是架子。不过，不是书架，而是用来摆放玻璃花瓶、陶罐等东西的那种。

这样的架子，可能会有蜡烛。我仔细摸索，终于发现了烛台。是可以插三根蜡烛的那种。烛台左右各留着一根蜡烛，一根还算长，另一根已经烧得相当短了。

这下好了！我很高兴，用火柴点着蜡烛。然后我就着烛台环视屋内，谢天谢地，这不还有暖炉吗！就在房间入口的对面，有个暖炉，旁边还剩着些柴火。我在烛光照得到的范围内四处打量，看有没有引火用的东西，比如报纸。

尽管点了蜡烛，可大半个屋子还是完全黑的。得到一个不上不下的光源，反而让那边的黑暗变得可怕了。我几乎不敢动弹。只有火柴的时候，没准我的胆子还能大不少呢。

不过幸运的是，我突然看到还算离我挺近的书桌上放着报纸。桌子下面也掉了一些，于是我抓起所有的报纸，姑且走到暖炉前。其实我还想要小树枝，但没有也没办法。就算能从外面的杉树林里捡一点回来，也是湿的、不能用的。

我往暖炉里放了几根较细的柴火，拿报纸填满之间的空隙，然后用火柴点着。火怎么也转不到柴火上，这下可把我急坏了。

真的很难。等柴火好不容易噼里啪啦地爆出响声时，我松了口气，人也累瘫了，还呆呆地盯着火苗看了一会儿。

所以呢，很晚我才发现暖炉上的怪东西。刚看到的时候，我惊讶地想难不成是佛龛，端详了一会儿，我差点"啊啊"地叫起来。

乍一看像是佛龛的祭坛里，摆着的不就是楠树洞里供奉的那个瘆人的、貌似连体布袋和尚的东西吗？！

造这个房子的和建那个祠堂的是同一个人啊！意识到这一点时，我真的"啊"了一声。这时我终于明白了，房子的门柱、屋顶上的那些野兽并不是成双成对，而是跟那个貌似布袋和尚的东西一样，两个身子贴合在了一起。

我想，管它是什么，反正要糟糕。这个我说不出理由。为什么会糟糕，我没法说明原因。只有"绝不能待在这屋子里"的想法越来越强烈了。

赶紧出去吧。

我拿起烛台，返回进屋的地方，打开门来到那个像三合土一样的地方，结果冷风从我打破的玄关门的缝隙里吹进来，瞬间扑灭了蜡烛。更糟糕的是，外面还哗哗地下着大雨，而且冷得不行。

我立马转身回了大厅。

在这里待着，至少能避避风雨。除此之外，还能取暖。就算这地方再怎么阴森，为了救急也顾不得了。

不就住一晚吗？这样想着，我下定了决心。

再次点燃烛台上的蜡烛后，我依次查看了另一侧墙上的三扇门。这堵墙与那装饰花瓶和陶罐的架子相对，刚才我想逃走时看到了这些门。原来是厨房、卧室和厕所。看到人生活的场所，原本应该安心才是吧，但当时我可不是这么想的。

这个房子有人住……

这么一想就更害怕了。造这样的房子是什么目的？为什么要住在这里？光是稍微想象一下，我就受不了了。

跟我没关系。

我拼命地对自己这么说着，拿了卧室床上的毛毯，往暖炉里添上足够的柴火，然后在暖炉前的地板上躺下了。由于就在供奉布袋和尚像的祭坛下面，我打心眼里觉得讨厌，可是其他地方都冷冰冰的，还黑咕隆咚，我也是没办法。

原以为在这种地方睡觉肯定有点难吧，没想到马上就迷迷糊糊起来了。迷路以后到处跑，操些不必要的心，毕竟是累啦。因为是在暖炉前，所以很暖和，又铺了毛毯，就算睡在地板上感觉也不赖。当时我觉得，这么睡着了就没问题了。一睁眼肯定就是早晨了。

……叽咿。

这时，有轻微的响声传来。真的非常轻，但我彻底醒过来了。

……叽咿。

可是，任凭我怎么竖起耳朵，也听不出是从哪里传来的。

……叽咿、叽咿。

像是压低脚步声、蹑手蹑脚走路似的声音。

我慢慢抬起头，打量屋内。可是，哪儿都不见人影。虽然有很多暗得看不见的地方，但压根儿就没有人走动的迹象。

幻听吗……

这么想着我又躺了回去，刚要昏昏沉沉地入睡——

……叽咿。

又听到了。这回我猛然起身，点燃烛台上的蜡烛，检查了屋内的边边角角。果然是一个人也没有。张望了一下厨房、卧室和厕所也一样。我只弄清了一件事，这个房子里只有我一个人……

我回到暖炉前躺下，心想这次我真的要睡了。然而——

……叽咿、叽咿。

果然是有人在走动。一个我看不见的人，正悄悄地、轻手轻脚地在这屋里四处转悠。

不久，可怕的脚步声停止了，但偶尔能听到不知是什么发出的响动或碾轧声。我怎么也睡不着。不仅如此……该怎么说好呢，我总觉得在屋里一动不动地躺着，真的会一点点地就没了。

你问我是什么没了，我也答不上来。

最接近的答案应该是"我自己的一部分"吧。对，我自己在不断地减少。这种不舒服的感觉始终存在，没办法摆脱。我真的很不安，心想就这么睡着的话，最后会什么也不剩吧，我自己会消失吧。

……没错，我们常说的"魂被抽走了"大概就是这样的。

被这倒霉催的，我一夜都没合眼，直到天亮。

一看到屋子正面的窗有点发白，我就从暖炉前跳起来，一溜烟地逃了出去。幸好雨已经停了，不过还是云山雾罩，一大早周边就飘荡着阴暗的氛围。

我走路东倒西歪的，好像一个晚上体力就全没了似的。总之，我拼命逃到了那陡峭的坡道前。

接下米要是没回头直接卜坡，那该多好。你不知道后来我有多后悔呢。

啊啊，在坡道前我下意识地回过了头。

结果看到从那歪斜的门板后的阴影里，有个黑乎乎的、像脸一样的东西盯着我这边看，不知道是什么东西。

那个脸啊，看上去就像两张重合在一起似的……

……不，我完全不知道那是啥玩意儿。

只是呢，之前那屋里绝对没这个东西。因为昨晚我将屋里都看了一遍……

那究竟是什么东西，是从哪里出来的呢……

不久我辞了担夫的活，可能也是因为那次的经历。

——来自《全国山村生活调查　东日本篇》之《其他劳动》的未整理原稿（隋门院大学民俗学研究室编撰）

三

我是某大学的学生，专攻建筑学。

去年春天，我在K地区的O山山脚有过一段可怕的遭遇。我打算在下文记载此事。不过，具体地名均用读音的首字母来标记。

伊东忠太是我所敬仰的建筑家之一。他创下了大量功绩，但无论如何都值得大书特书的，恐怕还得是这件事：发现奈良县生驹郡斑鸠町的法隆寺是日本最古老的佛教建筑以及是现存世界最古老的木结构建筑。

伊东学习西洋建筑，又从根本上重新评价了日本建筑，对尚无人着手研究的日本建筑史进行了真正意义上的开拓。如此想来，不正可以说，关于法隆寺的发现是唯有他才能达成的伟业吗？

希腊神殿原本也是木结构的，其外形与法隆寺的中门有相似之处。根据这两项事实，伊东提出了大胆的假说：莫非是前者的样式横穿欧亚大陆，传递给了后者？

倘若是普通学者，顶多会为了补强假说，找一些似乎可供参考的海外研究者们的著作加以研读，据此撰写论文而已。

然而，伊东与众不同。首先他漂洋过海去到中国，继而经由缅甸和印度，前往土耳其和希腊。而且是骑着驴，花了整整三年时间。

目的有两个。其一，是找出从希腊神殿伸向法隆寺的纽带；其二，是从中国和印度的佛教建筑中探寻法隆寺的原型。

结果如下：第一个目的失败了，第二个目的达成了。这是因为，伊东得以探访中国和印度的主要佛教遗迹，拜其所赐，他触摸到了佛教建筑的源流。不过，事实上他的收获不仅限于此。伊东在客地见到的石制或砖造建筑，若追溯本源，实为木结构。即便已变成现在的模样，仍留有木结构时期的记忆。他了解到了这一点。

伊东忠太的《建筑进化论》即诞生于此。他把在所有国家都能观察到的、从木结构向石结构的转变，视作进化的过程。

我本该基于这个理论来论述伊东的主要作品，但本稿并非论文，所以就点到为止了。只是，我希望读者明白，在伊东的作品中我尤其偏爱"筑地本愿寺"这座净土真宗本愿寺派的寺院。否则大家恐怕无法理解我这次的行动。

谈论伊东忠太亲手缔造的建筑时，我们可以想到各种切入点。但最吸引我的是见于建筑各处的"珍兽"或"架空动物"，以及大量只能称之为"怪物"和"妖怪"的石像。

比如，在筑地本愿寺的本堂内，入口处的宽阔台阶两侧各有一石狮坐镇。细细观之可发现，由于是阿吽之像，感觉又像狛犬。只是，这两头狮子生有飞翼。上了台阶，前方柱子的脚下又有与之相同的狮子，迎接拜访寺院的我们。其他地方，如内部阶梯的主柱等，亦可见牛、马、象、鸟。这些当然都是现实存在的动物，但与宗教建筑所具有的场景氛围相结合后，又给人带来了某种观感，仿佛它们并非现实存在的生物——我们不得不从那些"动物"身上感受到这种异常的气息。

其他的，仅列一下子能想到的，就有上野不忍池的弁天堂天龙门（因战乱被焚毁）的狮子和吻（此乃"鯱"的原型），旧东京商科大学兼松讲堂（去年改名为一桥大学兼松讲堂）的龙、凤凰、狮子、鸟、鬼，大仓集古馆的数座吻、狛犬和龙，震灾纪念堂的似狐似猪的珍兽和鸟（与纪念堂毗连的复兴纪念馆中亦有珍兽）等。

幸运的是，其中很多都"栖息"在关东，因此我曾数次前往进行过观察。至于现已不存的"生物"，则是探访为建筑拍下照片的当地人，求照片一观。如此这般，被伊东忠太注入了生命的石像，包括远方的"生物们"在内，我基本都看过。之后我本多次打算去会见我所喜爱的它们，同时推进对伊东建筑的研究。

然而，就在前年冬天，我去大学友人的家中玩，从其兄长那里听到了非常有意思的事。据说此事是他从登山伙伴S那里听来的。

说是K地区的O山附近有一座被奇妙生物的石像包围的宅子。

当然，只是动物石像的话，就算不执着于伊东忠太的建筑物，即使只限定在东京都范围内，也是要多少就能找到多少。不过，把我的心牢牢攫住的绝对不是它们。所以，这种也不知是谁造的边远地区的房子，原本我多半是不会感兴趣的。之所以被友人兄长的话钩上，完全是因为下面的这段对话。

"S在话里打比方提到过一座寺院，叫什么名字来着？"

"难不成是筑地本愿寺？"

我一边问一边想"不会真的是吧"，只听友人的兄长大声说道："啊，就是这个！说那房子表面装饰的东西，跟筑地本愿寺的石像很像。"

我说出伊东忠太的事迹后，试图打听得更详细些。

"S也只知道是在K地区的H村附近。"友人的兄长答道。随后，也许是我显得有点过于热衷，他又用劝解式的口吻说："筑地本愿寺多半是个很气派的建筑。可那房子好像不一样。你感兴趣的石像据说也是相当瘆人，肯定跟那个叫伊东的伟大建筑家的动物石像毫无共同之处。"

当时为了打圆场，我改换了话题，但第二天我就火速拿到K地区的地图，开始调查起O山和H村的情况。但是，关于那房子，我没能得到任何信息。无奈之下，我决定请友人的兄长——兄弟俩都惊呆了——联系S。

"他是听同住在三叉岳山间小屋的人说的，这个肯定没错。但他说，那人自己也是听别人说的。"

遗憾的是，我只得到了这个没有价值的回复，欲查明故事出处的意图落空了。

既然如此，接下来就只有亲赴现场这一招了。在晨夜依然极为寒冷的早春，我往背包里塞入盒饭、地图和常用的照相机，从上野站启程前往K地区。尽管是大清早出发，但直到下午晚些时候才抵达H村。这是因为从中途开始，各种交通设施的班次变得极少，而且换乘时我还下错了站，多花了不必要的等车时间。

即便如此，我想只要在H村请人告知那房子的所在，然后立刻前往就行了。我乐观地认为当天我就能回东京，尽管会是在夜里很晚的时候。

然而不知为何，我在村里找不到知道那房子所在的人。我表露身份，说自己是从东京来的学生，几乎所有村民都显示出善意的态度。可是，一旦我开始说明自己是来找这样一幢房子的时候，每个人都突然冷淡下来，答说"不知道"，然后匆匆离去。看他们的样子，感觉特别假。

其实是知道的，但故意装作不清楚的样子。如果是这样，再怎么问他们也不可能告诉我。

可话又说回来，我能做的也只有耿直地从正面询问了。除此以外，我想不出任何方法。

结果，猛然醒过神时，我已经到了村头道祖神的边上。四周完全不见村民的影子，我孤零零地伫立在快要穿过整个村庄的地方。进村后我逢人就上前搭话，现在终于走到了村头。

走投无路之际，我突然听到身后有人说话。

"到处打听'けものや'的人是你吧？"

我猛然回头，见一个精神矍铄的老人站在那里，也不知是何时朝我走近的。

"'けものや'？"反问过后，我身子一震。

所谓"けものや"莫非是写成"兽屋"或"兽家"？因为那房子饰有动物的石像，所以才有了这个称呼吧。

我战战兢兢地询问老人，对方答说是兽之家的意思。

"您知道这房子在哪儿吗？"

听我这么一问，对方反问我为什么想去兽家。于是我说出伊东忠太和筑地本愿寺的名字，表明是为了研究建筑学。

不料，老人断然拒绝了我的请求："那还是别去的好。"

"为、为什么？"

"拿那样的大师建造的而且非常难得的寺院跟那兽家比，可是要遭天谴的。"

"我并没有比较两者的打算。"我拼命地解释道。但其实我自己也明白，以做学问为动机的说辞乃权宜之计，奔赴此地探访的原动力不过是个人兴趣罢了。我总觉得这心思是被老人看穿了。

即便如此我也没放弃，而是再三请求对方，坚称只是为了研究。

"真是个顽固的学生啊。"

老人一脸为难的样子，但我感到自己的热情似乎打动了对方，便说得越发热烈了。

"你都说到这个份儿上了，好吧，我也没辙了。"老人终于为我指了路，"从这条道直走就行了。"然而，最后他加了这么一句话："不过，你可是会被吸走的。"

"被吸走？"我不明其意，反问道。

老人点头道："兽家这东西会把进入者的一部分魂悄悄吸走。"

少说这种怪话，我有点生气。但是，如果纠缠下去，被对方旧事重提，说一句"还是不许去"！我可受不了。于是，我中规中矩地回应道："我只是在外面看看，没问题的。"

一般而言，这无非只是把农村流传下来的古老迷信安在了真实存在的怪房子身上而已。

"好了，有什么事的话，可以到我家来。"

互相辞别时老人这样说道，并特地报上姓氏——田代（化名），把住址告诉了我。

"多谢。"

我鞠了一躬后，走上了村头的道路。

据说凭年轻人的脚力，从这里走到兽家需要三十分钟左右。如果将在目的地逗留的时间从两小时减为一小时，估计就能赶上去往上野的最后一班车。要是能将花在换乘站上的候车时间用在兽家的探索上那该多好，只是这一点已无法办到。

我快步前行，将速度控制在不会疲劳的范围内。现在跑得急了，到了那边气都喘不上来的话，可就连照片都拍不好了。我不想这样的事发生。

随着离村子越来越远，周边绿意渐浓。庄稼地也看不见了，业已进入山中的感觉油然而生。当然，我没有遇到一个人。我总觉得这是渐渐靠近兽家的证据，便自然而然地加快了步伐。然而，如此这般不断地走，却什么也没见到。无论过了多久，无论走到哪里，兽家都不见踪影。

走了四十多分钟后我才终于意识到。

……被骗了。

我压根儿就没想过，说"有事就去他家"的田代老人会说谎，所以深受打击。一时之间我怔立当场。

田代老人的想法无非是，只要我到不了兽家就一定会放弃。然而，他越是这样阻挠我，我就越是想去。想去见识一下那房子的意愿反倒更旺盛了。

我一转身，毅然决然地踏上了回村之路。不管怎样都要去兽家，我一边走一边鼓励自己。

话虽如此，随着离村庄越来越近，我又极度为难起来。到底该向谁打听去兽家的路呢？恐怕没一个村民会告诉我吧。岂止如此，要是不长记性地反复问同一件事，没准会被赶出村子。

走到能望见H村的地方，我的脚步骤然缓慢下来。随后，我行若可疑分子，东张西望地观察村头一带，发现了一座从地面鼓起似的小山，一个男孩正在山脚下玩耍。

我走上前去，同时检视周围有无大人。

"你好。"

我打了声招呼，男孩一脸吃惊地回过头，但立刻又变为害羞似的表情，真是又纯朴又讨人喜欢。

看这情形像是能问出来的样子，我高兴起来，但又不知该怎么问。倘若说出"兽家"这个名字，没准他会害怕，然后逃走。可是我又觉得，隐讳的说法对这男孩无效。

那么，我该怎么做呢？

正自烦恼时，那孩子语出惊人。

"这位学生，你想去那个可怕的房子，对吧？"

被这么小的孩子称呼一声"这位学生"，换作平时我会笑出声来，但此时此刻我是认真的。我的脑子相当冷静，心想：肯定是他听到了大人们的话，然后有样学样。

"嗯。我无论如何都想去，但不知道具体位置，所以很为难。"

"……我知道哦。"

从语气中可以看出男孩半是炫耀半是踌躇的心态。

"真的？"

果然，男孩犹犹豫豫地点了点头。

"你叫什么名字？"

"田代仪一（化名）。"

听了这个名字，确认了汉字后，我心里一惊。和那老人是一个姓氏啊。也许是老人的孙子。果真如此的话，这孩子知道兽家的可能性确实很高。

"小小年纪就知道这个，了不起啊。"

给这样的孩子戴高帽、试图打探消息，我自己都觉得自己讨厌，但我还是请求道："能告诉我去那房子该怎么走吗？"

"可是……"

不等仪一说出拒绝之词，我就从背包里取出了巧克力。这是我随身携带，以防万一的应急食品。

我愉快地看着男孩圆睁双目的样子，再次请求他。

于是，仅仅一瞬间的踌躇过后，他立刻把路线告诉了我，方向与田代老人所指的路偏了九十度之多。从地图上看，这条路通往O山的山脚。

"标记是有个洞的大楠树。附近有一个很陡的坡，往上走就是那可怕的房子了。"

"仪一君也去过？"

我一边递出巧克力一边问道，他猛摇其头。

"就把你告诉我路线的事当作我们两个人的秘密吧。"

听我这么一说，仪一一脸认真，郑重地点了点头。但是，很快他的神色就不安起来："对阿秀也要保密吗？"

"是你朋友？口风紧不紧？"

仪一"嗯嗯"地直点头："将巧克力分给阿秀的话，他会问是谁给的吧？"

看来他是想说，因为这个所以没法保密。

"那就将这个当作我、你和阿秀三个人的秘密吧。"

仪一接受提议后，我挥了挥手与他告别。

此后，我走得比之前更快了。加上换乘失败耽误的时间，现在比最初的预定时间晚了三个小时。先前我也考虑过，万一不成就在田代家借住一宿，但是如果仪一真是那老人的孙子，可就大为不妙了。

随着离村子越来越远，道路开始被寂寥的氛围所笼罩。平时村里没人走这条路——这种冷清而恐怖的感觉油然而生。同样的话也可以用在刚才的道路上，但总觉得现在的这条路更胜一筹。

因为它真的通往兽家……

这么一想，说实话真有点害怕，但我还是高兴起来了。即将亲眼看到那房子——这份期待更使我加快了脚步。

不料，我突然遭遇了某种现象，好似被兜头浇了一盆凉水。暮霭开始出现。在不断浪费时间的情况下，行程已被完全耽误。我想着暮霭转浓可就糟了，偏偏天不遂人愿，霭开始向雾发展。如此一来，脚下便只有越来越慢的份儿。

进而，我总觉得刚才还有的高涨情绪迅速低落，恐惧感反倒节节攀升。不知何时就会有什么东西突然从迫至眼前的雾中出现吧。在这种情况下出现的，绝对不是什么好东西。一定是又讨厌又可憎，还不知其底细。我难以自抑地被这些想法困扰。

犯什么浑啊！我斥责自己，但没有任何效果。如今我正被这白茫茫、如轻烟一般的水滴所缠绕。除非摆脱这一状态，否则实在无法安心。

这时，雾的对面突然现出如巨型怪物一般的影子。我"哇"地大叫一声，全身条件反射似的紧绷起来。我真心感到了将被其袭击与吞噬的恐惧。

因此，当我发现影子的本体是一棵大树时，全身都快发软了。然而，下一个瞬间我又叫了起来。

"这个不就是楠树吗？"

瞧了一眼，确实有洞，还能看见里面有类似祠堂的东西。关于这个，仪一什么也没说，大概是不知道吧。祠堂似乎半已损毁，可能有相当长的时间无人管理了。

找到标志后，我有了劲头。绕过楠树正要前进，我又猛然站住了。

没路了……

只有一片像墙一样的泥土斜面，路到了那里就完全断了。想绕行，可侧旁尽是茂密的灌木，还是无路可走。

好奇怪。这不成死胡同了吗？

我可不觉得那个朴实的男孩会撒谎。正如他所言，确实有楠树这个标志。换言之，我走的路线是正确的。

还是说因为起雾了，所以看不见？

我透过灌木丛窥视对面，发现了一处缺口。侧身的话，也许能将就着通过。我有些勉强地踏入灌木丛，硬是向前走去，这时我又"哇"地大喊了一声。

眼前赫然出现了一条陡峭的坡道。

这雾太可气了。如果丝毫没有察觉，就这么横冲直撞的话，肯定会身不由己地摔上一跤。

站在极为陡峭的坡道前，我试图平复剧烈的心跳，却怎么也无法平复。这或许是因为"兽家就在前方坡上"的期待反倒令我激动万分。

我慎重地向坡道跨出第一步，以便让心潮澎湃的自己平静下来。通过这一步又一步的行动，我坚实地向兽家走近。为了真切而深刻地感受到这一点，我控制住动辄加快的步伐。要是太着急摔了个跟头，可就得不偿失了。来都来了，还着什么急。

明明我非常注意脚下，可左脚还是险些滑了下去。慌忙往下一看，我吓了一跳。差点儿一脚踩空，跌下坡道。下脚谨慎是好的，但看起来不知不觉中已经相当往左偏了。因为雾的关系看不清楚，斜坡的左侧急剧下落，可能是形成了悬崖。

我赶紧往右侧移动，右侧树木丛生。我放心地用右手扶着缓缓行走。

应该没有任何危险了，但也绝不能就此安心。田代老人告诉我假

路线也好，起雾后步行变得困难也好，看似在楠树那边走到了尽头也好，前进的道路被灌木掩盖也好，险些从坡道上摔下来也好，不都是那兽家捣的鬼吗！也可以说成陷阱。只有闯过难关的人，只有如此这般被选中的人，才能成为兽家的正式嘉宾吧。

当时我心里真的有了这样的想法。

不久，我的脚底不再感受到强烈的倾斜，似乎终于进入了平坦的路段。就在这时，从流雾的间隙中隐约浮现出一座宅子。

"……太好了！终于抵达兽家了。"

乍眼一瞧的第一印象，这是一幢西洋式的二层建筑。从已然老朽的整体外观来看，也让人感觉这里怕是有十年没人住了。

透过渐渐转浓的雾进一步仔细观察，可知屋顶有窗，外墙钉有壁板，一楼和二楼均能见到上下滑动式的窗，窗外装着铁叶门，似乎是模仿了十九世纪后半叶流行于美国的维多利亚·哥特式风格。唯独嵌于窗外的铁栅栏不同。不过，这粗俗的铁栅栏倒是与这房子奇妙地般配。房子两侧耸立着枝繁叶茂的巨杉，与屋顶齐高。

但是，相比这外观和周边环境，更吸引我的是那些"奇形怪状的动物"。与这宅子不相称的圆柱门上，坐镇着形似持翼之虎的生物，与筑地本愿寺的持翼之狮十分相似。屋顶上的展翅之鸟，则与震灾纪念堂里的鸟一模一样，只是有牙。如此这般，可以看出兽家的"野兽们"深受伊东忠太注入了生命的石像群的影响。

不过，有一个表现手法大不相同。这里的野兽全都呈现出暹罗连体人的样态。并非同一种石像有两座，而是身体的一半完全融合在了一起。并非两物黏合为一体，而是一物正欲分裂成两个。这些奇异

136

的石像给人的观感便是如此。不，相比"奇异"，更应该说成"阴森"吧。

说实话，我很疑惑。不知该如何评价它们。与伊东忠太的动物们做比较未免不知深浅，这一点毫无疑问。但是，我从眼前的野兽们身上也能感受到难以言喻的魅力。是因为奇形怪状所以被吸引了吗？

我拼命地拍照。虽说这天气不适宜拍照，但我还是尽可能细心地将它们一个一个地——或者该说成两个两个地吧——录入照相机。

全部拍完后，离必须赶回去的时间只有十几分钟了。但我心痒难忍，想探一探屋内。没准室内装饰用的也是这样的兽类。果真如此的话，无论如何我都想看一眼。

然而，虽说是废弃的宅子，也不好擅自进入。这是非法侵入。

仓促间我环视四周，随即苦笑起来。这地方会有人吗？再说了，因为雾的缘故，从远处几乎什么也看不见吧。

就看一眼的话……我给自己鼓着劲来到玄关前，用手推门。门锁着。我想找一个能窥探内部的地方，便移至右手边的窗户跟前。窗外的铁叶门已经脱落，我用双手挡在双眼的左右两侧，朝里面看去，谁知玻璃太脏，什么也看不见。右边与之相邻的窗户也是如此。我再次回到玄关，摇晃门板，手上感到了门即将被打开的迹象。心里知道这是违法行为，手上却在猛烈地前后摇动，只听"吧嗒"一声钝响，锁坏了。

"打扰了。"

我一边发出蚊子般的声音，一边轻手轻脚地打开门。

起初伸手不见五指，待眼睛习惯黑暗后我进入门内，立刻认出这里似乎是一间小小的门厅。此处空无一物，正前方有第二扇门，是左右对开式的。门的上部嵌有花窗玻璃，是无色的，没有使用有色玻璃。话虽如此，由于屋内一团漆黑，我无法透过玻璃窥探。

我将手伸向对开门的一侧门板，慢慢打开它。

在门厅时我的双眼已适应黑暗，此时最先跃入眼帘的是正前方如祭坛一样的东西和暖炉。这两件物品的组合过于奇特，以至于我凝视了一段时间，以为自己看错了。

当我一点点地走近，看清了貌似供奉在祭坛中央的石像时，一阵恶寒掠过我的脊背，心里突突地冒出了后悔来这房子的念头。

那石像与七福神中的布袋和尚相仿，是一个裸露上半身的肥胖男人。只是，它和围绕这房子的野兽石像一样，也分离成了两个。从这层意义而言，他们是同类。然而不知为何，眼前的石像散发出的不祥气息，是在门外的野兽身上所感觉不到的。

因为不是动物而是人的缘故吗？

不，并非如此。问题一定是出在"他"身上。毫无疑问，"他"是这布袋和尚像的原型。我似乎对"他"本人产生了厌憎感。原因是什么，我不知道。我只是强烈地不想靠近，不想与之发生关联，不想去接触。

是新兴宗教的教主？

这样想着，我环顾室内，能让人感到宗教气息的只有祭坛，除此别无他物。对开门的左右是书架，对面的墙上是祭坛和暖炉。祭坛和暖炉左右的墙上各能看到两扇窗，全都拉着铁叶门。其余两面墙中的一面，虽然太暗看不分明，但可以辨出有两个架子，其上摆放着雕塑、罐子、玻璃制品等，架子之间似乎挂有绘画。而另一面墙上则有三扇门。借助窗外射入的微光，我对三扇门的背后进行检视后，知道那是厨房、厕所和卧室。相比被野兽围绕的外观和有着奇异祭坛的大厅，这些房间平平无奇、毫无个性。

真有人在这房子里住过吗？

怎么看都不像。理应是生活空间的这三个屋子，似乎也是为不时之需而准备的。

既然如此，这幢房子究竟是为了什么目的而建造的呢？

这时我突然意识到了某项事实，心头一震。我慌忙望向左右的墙壁，再次窥探那三个房间，然后频频打量祭坛那边和对开门这边的墙，最后抬头观看极高的顶棚。室内很黑，确认起来相当吃力，但我还是历经艰难检视了每一处角落。

随后我匆匆奔向屋外，当即被房子对面那高耸的峭壁所慑，一瞬间感到头晕目眩。我用双手按了一会儿太阳穴，缓缓回头，再次仔细观看房子的正面，接着又确认了左右两个侧面。

看明白一切后，我感到了某种难以用语言表达的恶寒，呆呆地站在房子前。

哪里都没有上二楼的楼梯。

通常一楼大厅靠墙的地方或大厅的出口处会有走廊，走廊前方可见到楼梯。然而，本该有的楼梯却在兽家遍寻不获。

这幢房子究竟是为了什么目的而建造的呢？

就在刚才我产生了这样的疑问。当时我还可以认为，其中自有房主的道理，但显然不是。

为何要特地建造绝无可能上去的二楼呢？

这个疑问闪现在脑中的瞬间，我打心眼里开始惧怕这房子了。我慌忙转开视线，随即头也不回地开始逃跑。

这时我感觉到了视线。莫非是我的错觉？

总觉得在谁都无法上去的二楼，有什么正透过窗户目不转睛地窥探我……

——《猎奇人》一九五〇年八月期之《盛夏怪谈特辑》未录用的普通读者来稿

四

"这两个是同一幢房子，对吧？"刀城言耶浏览了两则故事后，忍不住向二人问道。

其中一个是国立世界民族学研究所的教授本宫武，另一个是泰平新闻文化部的记者枇枇木悟朗。担夫讲述经历的原稿来自本宫，学生投稿未被录用的文章则由枇枇木提供。当然，两人事先都已过目。

时值梅雨盛期，地点在本宫家的洋馆，因远离东京市中心，有幸未遭遇那场大空袭的惨祸。言耶在学生时代就曾来过几次，但初次造访时，他被卷入了留有奇怪脚印的四舍院院内发生的密室杀人案，此后又经本宫的介绍去到土渊家，遭遇了弥勒岛上发生的无足迹杀人案，所以对本宫家印象不怎么好。然而，这次他还是露面了。因为本宫向他发出了邀请，声称"有几个带有怪谈性质的故事很适合你，请务必来玩"。

事情的起因如下：

本官的友人——隋门院大学的民俗学研究室教授——整理因空袭和疏散而散佚的战前、战中民俗采风的资料时，找到了过去差遣学生编撰的《全国山村生活调查 东日本篇》。主要部分的原稿大致齐全了，但遗憾的是，唯有调查山村非定居者职业的《其他劳动》缺失较多。进而，从担夫处听得并写下的记录，或因负责此事的学生尚未熟练，多是描述其本人的奇妙经历，而非最重要的劳动内容本身。

不过，据说那教授读完担夫的历险故事后，觉得友人本官可能会感兴趣，便特地将那记录送来。

倘若仅此而已，想必言耶某日来访之际，会听本官以"有这么一件趣事"开头，说起担夫的历险故事，然后就此完结。不料，因枇枇木悟朗的登场，事态一下子发生了变化。

大约在十天前，枇枇木访问国立世界民族学研究所，采访了本官。闲聊中，登山爱好者枇枇木说起登山话题之际，本官披露了担夫的那段恐怖经历。枇枇木听完后，大吃一惊。因为数日前他刚在杂志未录用的稿件里读到了与之非常相似的故事。

枇枇木有一个相当奇特的习惯，虽说是为了搜集报道的素材，他会不请自来地定期前往杂志的编辑部，特地挑选未被录用的读者来稿阅读。但他对小说毫无兴趣，只寻求执笔者记录下来的鲜活经历。据说拜其所赐，枇枇木总能拾取绝好的素材，写出报道。

以煽情报道而著称的《猎奇人》从四月期开始，每月都为《盛夏怪谈特辑》向普通读者征集"恐怖的经历"。稿件虽多，但内容可供刊登的很少。绝大多数都没被录用。巧的是，其中就有一篇与担夫的历险故事极为相似。

听闻稿件的内容，本官也吃了一惊，于是欣然接受了枇枇木欲调查这两篇文章的请求。

然而遗憾的是，他们没能获得新的信息。走访隋门院大学的民俗学研究室，对方称《全国山村生活调查 东日本篇》之《其他劳动》的大部分都已散佚，因此负责采访担夫的学生姓甚名谁，现已无从知晓。至于未录用稿件这边，他们通过信封上的名字和住址，找到了那位亲历者兼执笔者的学生。但是，学生本人拒绝采访。

对此枇枇木推测如下：此人是名校大学生，正为给《猎奇人》这样的劣质杂志投稿而深感后悔，所以才装出漠不关心的样子。

"这么说，线索只有担夫的询问记录和学生的投稿原件吗？"

面对言耶的确认，本官点了点头，枇枇木却不知为何笑了。

"喂喂，你是不是其实已经发现了什么？"看到枇枇木的笑脸，本官显得很意外。

"你可别小瞧了我，我毕竟是报纸记者。"

"我知道你是优秀的记者，有什么发现也别瞒着不告诉我……"

"其实我正准备在今天讲。只是我来的时候，作家老师已经在这里了，所以我权衡了一番，决定最好是过后再说。"

"过后？什么意思？"

"那个，能不能别叫我老师呢？"

本官和言耶几乎同时开口，但枇枇木回应的是教授。

"当然是指聆听过作家老师的精彩推理之后啦。"

"啊？"

然而，对此话反应激烈的是言耶。

"本宫老师太高看我了。"

"好啦好啦，别这么说。你也不讨厌这类故事，对吧？"本宫以劝解似的口吻问道。

"嗯，这个我当然很喜欢了……"

言耶话音刚落，枇枇木不容他喘口气便问道："看了这两个故事，你怎么想？"

"正如我刚才也说过的那样……"言耶顺从地开始了回答。这恐怕是因为本宫和枇枇木毕竟很擅长诱导吧。

"只能认为两人见到的是同一幢房子。担夫的经历应该发生在昭和十三年（公元1938年）或十四年（公元1939年）吧。学生那边是什么时候来着？"

"投稿是今年五月的事，所以去那幢房子是在昭和二十四年（公元1949年）。"回答过后，枇枇木又问，"只能认为是同一幢房子，依据何在？"

"首先，两个似乎都在禁野地区大步危山的山脚。学生的稿件里出现的K地区是禁野地区，O山是大步危山，H村是边通里村[1]吧。首字母相同的有一两个，或许还只是偶然，可现在是三个都一样呢。"

"应该视为同一个地方。"

"接着是大楠树、树洞和洞里的祠堂。这里也是三个情况都一

1　禁野读作きんや（Kinya），大步危山读作おおぼけやま（Oobokeyama），边通里村读作へつりむら（Hetsurimura）。读音的首字母分别是K、O、H。——译者注

致。而且，两人都是在这里以为到了尽头，马上又发现了灌木丛对面的坡道。那坡道十分陡峭，这一点也相同。坡道左侧直上直下，右侧树木丛生，这里也一致。然后，房子的对面都是峭壁。再加上两则历险记里都起了雾——虽然有山中瘴气和平地暮霭之别。相同到这个程度，反倒是找出两人去了不同场所的证据，怎么看都更难吧。"

"确实如你所言。"

"同样的话也可以用在那房子上。首先是外观，门柱上有插着翅膀的老虎，屋顶上有长着牙的鸟，每一个看上去都像暹罗连体子。至于其他动物，虽然没有一致的描述和记叙，但是光有这两点就已经足够了吧。接下来是内观，内侧门的左右是书架——担夫只接触了右边的；对面的墙上是祭坛和暖炉，剩下的两堵面对面的墙，一个有摆着罐子和花瓶的架子，另一个上面有三扇门。门里是厨房、厕所和卧室。然后，祭坛上供奉的也是像暹罗连体人一样的石像，酷似布袋和尚。再加上顶棚非常高。至于两个故事的相异之处，不过是学生的稿件中提到的架子之间的绘画，没有出现在担夫的讲述里罢了。所以，理应认为两人去的是同一幢房子……"

"一切都如你所言。"枇杷木再次予以肯定后，摆出说悄悄话似的做作姿态，"可是担夫见到的是平房，学生看到的是二层建筑。这到底是怎么回事呢？"

言耶的表情显得有些为难："虽然听起来像是我突然来了个大转弯，其实我觉得最合理的解释是，这是两幢建在不同地方的房子。"

"果然还是得这么解释啊。"本官附和道，但表情中隐约现出失望之色。

"具体而言呢？"

"比如，平房是在大步危山的东麓，二层建筑是在西麓。只要都建在陡坡上，接下来就只需备好有洞的楠树和洞里面的祠堂，我想大多数人都会被骗到。那地方到了黄昏容易起雾，这恐怕也起到了迷惑目击者的作用。"

"嗯，可是啊……"本宫姑且附和了一声，沉吟道，"就算能在大步危山的山麓恰好找到两处情况相同的陡坡，可是两处都有灌木丛遮掩去往那边的坡道，在只觉得已到尽头的坡前，又长着作为标志的有洞的大楠树，实在难以想象这些条件都能恰好一致吧？这样的话，最有可能的就是将一处的所有要素一模一样地复制到另一处。只是，要让两者如此一致，难道不需要浩大的土木工程吗？"

言耶挠了挠头说："是的。我说只需备好，但事实上操作起来很麻烦。而且，关于最重要的动机，我完全想象不出来。"

"不，动机的话还是有的。"

枇枇木的话令言耶吃了一惊。本宫似乎也和言耶一样："难不成你去实地采访过了？"

"没有，采访是最后的手段。我首先着手的是挖掘可补全这两篇记录的事实。"

"看来你是找到了。"本宫的脸上满是期待。

枇枇木恭敬地朝他点点头，同时向言耶露出了淘气包似的笑容。

"现在我请你们二位读一下这份以对话形式整理的记录。我历经艰辛找到了一个名叫坂堂征太郎的人，里面的内容就是从他那里听来的。"说着，他将数枚原稿纸递给了二人。

五

"听说坂堂先生战前信过倍神教？"

"嗯。现在回想起来，我完全搞不懂自己为什么会信那种东西。"

"教主持主久藏是什么样的人？"

"据说是股票交易的中间商。"

"我才疏学浅，对股票不太了解……"

"在日本，战前主要是财阀持有股票。财阀拥有股份公司的母公司，母公司则持有直属子公司的全部或一半以上的股份，这样以母公司为顶点，就形成了一个金字塔形。这个构造基本没变，直到战后GHQ[1]解体财阀才轰然崩塌。话虽如此，普通的个人投资家也不是一点股票都没有。因为从昭和八年（公元1933年）起，财阀企业也开始放开股票交易或公开增发新股，以图吸纳社会上的资金。"

"也就是说，他的客户就是那些个人投资家了？"

"起初他是一个普普通通的中间商，不料有一天他毫无征兆地突然像是被神灵附体，然后就创办了倍神教。只要信徒买他推荐的股票，盈利就会翻倍——听一个熟人这么说，我也半信半疑地入了教……"

"股票盈利翻倍，所以是倍神教？"

1　GHQ：General Headquarters的略称，此处指联合国盟军最高司令官总司令部。——译者注

"你是不是觉得很荒谬啊。可是呢，事实上真有成功的人。而且一开始我也干得非常顺利。"

"但是，没多久倍神教就出幺蛾子了呀。"

"然而，人只要赚过一次大钱就会迷失心智。明明有愤怒的信徒说过，'这哪是两倍、三倍的倍教神，是霉[1]菌的霉神教啊'，可我根本不听。"

"内心深处存有宁可相信的想法？"

"可能吧。只是，教主劝我大量购入的时候，我还是非常犹豫的。我在朝鲜的工业股交易上狠赚了一笔，所以有那个资金。"

"但在信仰的同时，也开始感到不安了？"

"结果教主邀我去别墅。在一个从东京开车需要好几个小时才能到的地方，有一幢叫'倍神邸'的房子，据说只有真正被选中的信徒才能受邀前往。这个传闻我也听说过，所以非常惊讶。现在想想，那应该是为了催促大客户下决心，可以说就是一个陷阱。当然，我也落入了其中……"

"还记得地方吗？"

"不记得了，因为是坐车去的，而且只去过一次。在禁野地区肯定是没错的。我还记得快要到达倍神邸时，上了一个非常陡的斜坡。"

"斜坡跟前是不是有什么东西？"

"只有一棵大楠树。"

1　原文是"黴"。在日语里，"倍"和"黴"读音相同，都读作"ばい"。——译者注

"是什么样的树？"

"这就不好说了。感觉树上有个大洞，里面好像能看到些什么，但我记不清了。"

"没起雾吗？"

"你这么一说我想起来了，当时起了浓雾。"

"那房子感觉如何？"

"是平房，西洋式建筑。让人觉得害怕的是，到处都能看到奇怪的动物石像。"

"是什么模样的？"

"两个身体粘成一个的感觉。杂技棚里的双头牛是一个身体上有两个头，而那地方的动物石像看起来是共用了半个身子。不过，我总觉得跟畸形不太一样。"

"为什么呢？"

"啊，我记得有个像狛犬一样的东西长着翅膀。其他动物身上恐怕也都有实际上不可能存在的东西。"

"房子里是什么情况？"

"屋子很宽敞，顶棚很高，正面供着祭坛。祭坛下面的我想是暖炉。教主坐在祭坛前的地板上，我跪坐在他身后。男司机兼秘书则在我身后守候。教主向祭坛奉上神酒，焚香后开始祷告。我也跟着一唱一和，不过现在我是一句也想不起来了。接着是按教主、我、司机兼秘书的顺序依次饮下神酒后，向祭坛礼拜。过了一会儿，我的意识模糊起来，产生了某种难以言喻的高涨情绪。这种状态一直持续着，这时教主突然说'让我们一睹倍神的奇迹吧'，把我带到户外。只见原来的平房竟变成了二层建筑。"

"没有被转至其他场所的记忆吗？"

"没有。我脱教后也有过和你一样的想法，就是其实神酒里掺着特殊的药物，教主和司机兼秘书只是装出喝了的样子。但是，从我喝下神酒到从屋里出来，只过去了五分钟左右。我在手表上确认过，手表不可能被动过手脚。当时我的包里有怀表，在回去的车上我看了一下，指示的时间和手表一样。"

"突然变成二层建筑的房子，看上去是什么样的？"

"平房的屋顶'突突突'地往上延伸，然后出现了二楼部分的墙……这只是我脑中浮现的光景，实际情况如何……"

"完全不知道吗？"

"是啊。我们再次进屋，继续礼拜，等一切都结束后出来时，建筑又恢复成平房了。因为这次的经历，我听从教主的推荐，买了一大单股票，结果损失惨重。于是我就清醒过来了。"

"倍神教、倍神邸以及教主后来怎么样了？"

"听传言说，教主抛下教团逃走了，但事实如何我也不清楚。因为脱教后我已经和他们互不相干了。"

六

"无论怎么看，坂堂先生被带去的倍神邸、担夫走到的房子，以及学生造访的兽家都是同一个地方。"与本宫武一起读完枇枇木悟朗和坂堂征太郎的对话记录后，刀城言耶向二人确认似的低语道，随后他又说："凭借坂堂先生的这番证词，我们明白了那房子的来历，我觉得这是一项巨大的收获。"

"原来这个坑人宗教的最大骗局就是那幢房子啊。"本宫似乎也理解了，随即称赞起枇枇木，"不愧是优秀的报纸记者，亏你能找到老信徒。而且，此人还去过那房子，又亲眼看到了平房变二层建筑的现象，这是很宝贵的证词。"

"受老师如此赞扬，愧不敢当。其实我是靠相识的刑警——一个叫小间井的人帮忙通了点关系。"

这个名字让言耶不由得心里一咯噔，但他佯装不知。

"结果我还接触了其他几位老信徒，但很多人不愿谈过去的事，搞得我很苦恼。而且，如果不曾去过兽家，对我们来说是没有价值的。"

"喂喂……"

本宫出言责备，而枇枇木似乎毫不在意："其中的坂堂征太郎是再合适不过的人选。尽管损失惨重，但没到破产的地步。倒不如说其实好像还有些资产。所以，他才会如此这般把过去的事讲给我听。"

"关于建造兽家的目的，答案虽然过于现实主义，让人扫兴，但这个谜姑且算是解开了。但是，现在还留着一个房子伸缩之谜。"

听了本宫的话，言耶面露犹豫之色："也许现在不该说这个，只是，如果只有担夫和学生的经历，那么姑且不论理由，总之还是可以做出合理解释的。但是，现在加上坂堂先生的经历后，就完全成了一个谜。"

"什么意思？"

"担夫在兽家过夜是昭和十三年（公元1938年）或十四年（公元

1939年）的事。学生造访同一幢房子是在昭和二十四年（公元1949年）。如果只是有人在此期间建造了兽家的二楼部分，那就完全不足为奇了。"

"增建的理由是？"

枇枇木立刻追究道，本宫笑着说："所以刀城君不是打过招呼了吗——姑且不论理由。"

"啊！对啊。"

"然而，坂堂征太郎在五分钟之内看到了平房和二层建筑这两种兽家的形态。"

"关于这五分钟……"枇枇木的视线从本宫移至言耶，"真的没有可能其实是超过了五分钟吗？"

"你是指这样一种解释吧，即坂堂先生喝下某种药后被悄悄运至别处，而倍神教在那里准备了一幢与兽家一模一样的二层建筑，所以他被彻底骗了。"言耶回应过后又继续说道，"但是，就算能在手表上动手脚，教主等人也无法知道他包里还有一只怀表吧？而且，移动不止一次，须要再次回到平房。虽说有车，但考虑到须要走个来回，加之我难以想象两幢房子会造得很近，所以五分钟是绝对来不及的。应该会花上更多的时间。"

本宫补充道："然后，时间越长就越可能在坂堂先生面前穿帮。不光是他，教主等人还须要骗过所有想劝其大量购入股票的信徒。这么看来，他们采取的理应是更为单纯的手法。"

"可是老师，我们完全搞不懂这个理应单纯的手法啊。"

"是啊。"

"只能投降了吗？"枇枇木仰天叹息，"从周边细节环境的完全一致来看，兽家有平房和二层建筑各一幢的假说也是不可能的——原先我们就已推出了这个结论啊。"

"是的。越看这三篇记录，就越觉得这三幢房子只可能是同一家……"

话音刚落，言耶沉默了。此后他只顾专心致志地对比三篇记录。

"看出什么……"

枇枇木正要搭话，被本官用手势制止。教授将食指举到唇前，示意枇枇木静静守候。

"……对啊，原来是这么回事啊。"

不久言耶抬起头，微微一笑。

"有新发现了？"

"对！"言耶神采奕奕地回应了本官的询问，"首先，认为三人都看到了洞中有祠堂的同一棵大楠树，应该是没错的。不过，此后的经历则分为一人的和两人的。前者的一人是坐车上坡的坂堂先生，后者的二人是一度以为到了尽头，然后在灌木丛对面发现坡道的担夫和学生。"

"确实是这样。"本官随声附和，但又略显出困惑的表情，似乎并不清楚言耶想说什么。

"这个前者与后者有什么区别吗？"至于另一边的枇枇木，从他脸上能够读出不少期待感。

"有。不过，准确地说，这个分组不对。"

"什么意思？"

"后者的二人分为担夫和学生，而担夫该并入前者。换言之，前者是担夫和坂堂先生，后者是学生。"

"呃……我不懂你的意思。"

"坂堂先生未受任何阻碍，坐车上了坡道；担夫拨开灌木，发现斜坡后走了上去。这两人是同一组的。那么和担夫一样历经艰难的学生为何与他们不同呢？"本官语气温和，像是在劝止焦躁的枇枇木。

"因为前者的二人是上了坡道，而后者的一人是下了坡道。"

本官和枇枇木愣住了，言耶向他们展示学生的稿件："这里面没有一句提到'上坡'。意识到这一事实后重读一遍，我倒是发现了好几处当是指'下坡'的描述。"

见二人仍是一言不发，言耶翻到这些描述所在的页，一一指出："首先，在拨开灌木、发现对面是陡坡时，他'哇'地大喊了一声。这与其说是对上坡路的反应，还不如说是因为眼前赫然出现了急剧下落的斜坡吧。接着，他慎重地跨出了第一步。只要想成不是上坡而是下坡，这句描述也就极为自然了。然后，他控制住动辄加快的步伐，提醒自己要是太着急摔了个跟头，可就得不偿失了。这个也是把它理解成对下坡路的小心谨慎，会更自然一些吧。"

"可、可是，刀城君……"

枇枇木接过本官的话，说了下去："要是坡道有朝上和朝下的两条，那三个人难道不会注意到吗？"

"在担夫的叙述里，楠树后面是直上直下的悬崖，大树的左侧是一片茂密的灌木和杂草。而在学生的稿件里，他试图避开楠树向前走，前方却只有像墙一样的泥土斜面，道路完全中断，旁边长满了灌木。”

“担夫看到的是背接悬崖的楠树，其左侧是一片灌木和杂草。而学生看到的是同样背接悬崖的楠树、其左侧像墙一样的泥土斜面和更左边的灌木。也就是说，学生来的时候，那里出现了担夫当时所没看见的泥土斜面，是吗？”

“是的。担夫还说过，那里留有悬崖略微塌陷的痕迹。从他去兽家到学生来访的期间，那里发生了更为严重的塌陷，埋没了侧旁那片灌木和杂草的右半部分，其对面有一条向上的坡道。而剩下的左半部分灌木丛的前方，有一条向下的坡道。”

言耶从自己的包里取出笔记本，画了一个向左转九十度的“Y”字。

“坡道在灌木丛的前方，如此这般分成了上下两条。担夫走在上面的坡道时，因过于靠左而险些跌落的地方，其实是往下的坡道。上坡道的右侧和两条坡道之间都生长着树木，所以连我们也误以为担夫和学生右手扶着的是同一条坡道上的树。”

随后，言耶在躺倒的“V”处画了一个两倍于其高度的长方形，又在中央画了一道横线。

“担夫看到的是如此这般延伸至上坡路的兽家的二楼部分，其实是房子的背面。虽说是背面，但因为又有门柱又有玄关，即这个点线部分，所以看上去完全是一幢普通的平房。另一边的学生看到的是二层构造、背靠悬崖而建的兽家，是房子的正面。从那崖上穿过的正是上坡道在平房跟前的路段。平房也好、二层建筑也好，两侧杉树的高度都与屋顶平齐，仔细想想，这很奇怪啊。一楼的顶棚极高，是因为要让二楼的地板与上坡道处于同一高度。两个都是陡坡，所以不得不

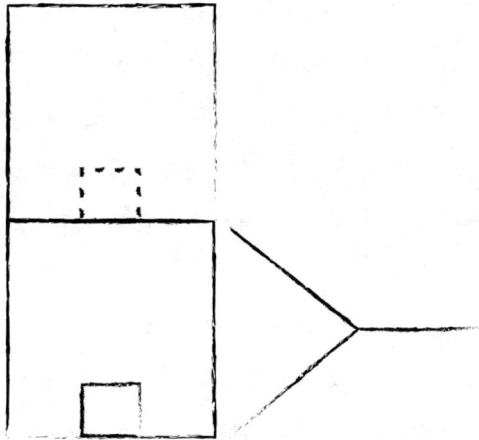

这么做。为了蒙混过关，二楼的顶棚也造得很高。由于两处房子的对面都是峭壁，所以就连两边都见过的坂堂先生也没能意识到，自己所在的房子跟前实则是另一个地方。当然，浓雾和喝下的药物也影响了他的判断吧。"

"果然坂堂是被灌了什么药吗？可是，他们是怎么把人从二楼部分的平房移动到真正的一楼来的？"

"这个只是我的推测了。装饰着罐子等物的两个架子之间挂有绘画，我觉得这块空间的墙壁有些古怪。那里可能藏着一道暗门，从坂堂先生的意识模糊、有一种高涨感的证词来看，没准是有一台小型升降机。"

"回来时也一样吗？"

"坂堂先生没有这方面的记忆，要么是又被灌了药，要么是靠具有催眠效果的仪式增强了药物的效力吧。"

　　"果真如此的话，刀城君，为了让小型升降机上下贯通，二楼和一楼的卧室等房间的位置不是应该完全相反吗？"

　　面对本官指出的问题，言耶微笑道："担夫进入的平房，倘若背对玄关，则通向厨房等房间的三扇门是在左侧；然而，学生进入的二层建筑的一楼，却是在右侧。仅凭这一点就能明白，二人踏入的是不同的两个空间。"

　　"记录里有这样的描述吗？"枇枇木表示怀疑。

　　"学生在房子正面寻找可以窥探室内的地方，最终来到了铁叶门脱落的右边窗前。但是，窗玻璃很脏。右边与其相邻的窗户也是如此。而他又写道，进入室内后，他依靠从窗外射入的微光检视了三扇门。根据之前的描述，我们可以断定房子的正面已没有其他窗户。换言之，光线射入的地方位于室内的右侧。所以，应该视作那三扇门也在右侧的墙上。"

　　"还真是的。"枇枇木姑且接受了言耶的解释，又问："担夫感到有什么东西在另一个时空蠢动，这是怎么回事？"

　　"应该是抛弃教众逃走的教主正躲在一楼生活。有一天二楼出现动静，更有喝问声传来。老教主察知有人进了房子，此后便注意轻手轻脚地活动。这一情况被反映在了声音的变化上。担夫压根儿没想到底下还有房间，自然会觉得这响动来自异时空。"

　　"那么，第二天早晨担夫逃走时，窥视他的那张黑乎乎的脸……"

　　"恐怕正是从一楼上来查探情况的老教主。"

　　"学生逃走时感觉到的来自二楼的视线也是？"

　　"不，毕竟已过去十多年，难以想象他还躲在房子里。那应该只是学生的恐惧心理造成的错觉。"

"不愧是刀城言耶君，完美地解开了这个谜啊。"

本官满面春风，言耶则面露为难的表情："不不，说到底这只是一种解释罢了……"

"没那回事，你的推理很精彩。"

本官似乎在向枇枇木寻求赞同，但枇枇木本人却是一副心不在焉的样子。

"去当地看一看，就能马上知道作家老师的推理对不对啦。"

闻听此言，本官和言耶劝阻记者，说还是别过于投入为好，但枇枇木充耳不闻。

据说最终枇枇木找到了兽家，但详细情况至今未明。因为他坚决不向任何人吐露在那房子里的遭遇，卧床不起竟达半年之久。

此后枇枇木恢复了工作，据说他再也没提过兽家的事。

如

魔偶招致之物

一

刀城言耶迎来了大学毕业后的第三个春天。

他身为作家，在此期间创作了第一部长篇《九岩塔杀人案》，并将笔名从"东城雅弥"改为"东城雅哉"。此外，言耶又以侦探的身份——这绝非他本人所愿——迫不得已地介入了神代町白砂坂的砂村家二重杀人案等大量案件。其中也不乏刑警小间井将他强拉进来的案子，二人结识亦起因于砂村家的命案。

然而不知为何，即使是赴外地民俗采风，他也会屡屡被卷入点缀着当地可怕传承的怪案。结果还是得担当起侦探的角色。

在东京，小间井刑警会带来案子。

去旅行，又会在各地被卷入奇奇怪怪的案子。

简直是无处可逃。不过，拜其所赐言耶也常常能捕捉到写作的素材，所以他也开始觉得"这样也行吧"……

话虽如此，人在东京期间，他还是不愿被小间井打扰。因此，言耶把自己关进宿舍别栋搞创作时，便佯称外出；前往常去的神保町旧书店时，则请房东对外谎称是去出版社。然而，对手毕竟是刑警，不是那么容易对付的。而且对方还知道言耶偏爱的旧书店，所以很不好办。

不过，今天他好不容易去一次神保町却不得不早早回到宿舍，则是另有情由，与小间井无关。因为房东鸿池绢枝托他在家看门。

"为什么是今天托我做这个啊？"房东出发前言耶诧异地问。

"哎呀呀，老丝你大学毕业都三年了，还是两耳不闻窗外事啊。"老妇人夸张地叹着气，"隔壁街区都出了那么多闯空门的案子了。今天从中午开始，家里人都要出门。老丝你要是看书或写小说的话，就算人待在别栋里，正房那边发生点什么你也注意不到吧？所以，我觉得其实也起不了啥作用，但总比没人的强。"

给了个不怎么样的评价，却还是姑且把这事托付给了言耶。只是之后的叮嘱可就长了。

"老丝你听好了，就算是闯空门的，最近也有看上去一副绅士打扮的。所以，听说有那么几个案子，虽然有人看家，结果还是被骗得把人家特地请进了门。然后人家瞅了个空当，在屋里到处逛摸，把现金给偷走了。呼，这可怕的世道啊，真是容不得半点疏忽。总之看家的人如果靠谱就没问题，不过对老丝我总觉得不放心……"

那就别托我啊。想归想，言耶只能在心里嘀咕，如果对房东说这种话，她会加好几倍奉还……

"那个……以前我也提过的，请别叫我老师，我压根儿还没资格被这么称呼。说起来……"不过，言耶还是做出了些许抵抗，如此申辩道。

"把作家老丝叫成老丝，有什么错吗？"

然而，他立刻就遭到了与过去一样的反击。房东出身关西，总把"老师"发音成"老丝"。

"老丝还是一脸稚气的学生时，就在我家别栋住下了，我总觉得像是孙子回来了……"

房东从和服的袖兜里掏出手巾，慢慢地擦去眼眶里的泪——这也和往常一样。

"那样一个学生现在竟然成了了不起的作家老丝……我呀，真是太高兴，太骄傲了。"

"不不，我的作品还很少，了不起什么的……"言耶慌忙想做些解释。

"好了老丝，我希望你帮我看家，所以别在旧书店逛太久，早点回来啊。"

理所当然似的被这么一通教诲后，二人的对话干脆利落地结束了。

如果是别人托付的事，没准言耶还会过度沉湎于物色旧书，一不留神忘了约定。但这次的委托人可是那位房东。即便在扫视书架上排成一行行的战前侦探小说，即便在翻找沉重地积堆在地板上的海外志怪幻想类杂志，受命看家之事也不曾从言耶的脑海中消失。

既然无法集中精神，不如回去吧？

无奈之下，他离开常去的旧书店，向宿舍进发。途中言耶一直在仔细思考作品的素材，他要为侦探小说专刊《宝石》撰写志怪类的系列短篇小说。

言耶觉得先定下统一格式的标题也很有意思，目前他脑中已浮出"来请之物""伏击之物""彼处之物""漂来之物""受供之物"这五个。共有字"物"是"怪物"的"物"，它们或呼唤主人公，或伏击之，或一开始就在屋里，或漂流而至携来怪异，进而明明受着供奉却施加危害——大致是这样一个故事，但具体情节需要从现在开始构思。

言耶的写作方式有些特殊。有了一个核心的点子，他就边写边构筑故事。他有一个毛病，倘若事先构架一个不完整的情节，那么在执笔过程中故事就会越来越臃肿，白白增加原稿页数。因此，着手创作短篇时尤其要注意。不过，这次是系列作，无论如何都应该在执笔第一篇作品之前，想好核心的五个点子吧。

如果这五种怪异之间有所关联，似乎会更有趣。对了，整合成短篇集的时候，书名就叫《恐怖厌憎之物》吧？

为这为那而发愁之际，言耶已回到宿舍的正房前。他正要径直走入背后的别栋，把归途中想到的各种思路立刻记入笔记本时……

"老丝，出大事啦！"

绢枝从正房的后门蹦了出来，仿佛已焦急地等候多时了。

"被闯空门了吗？"

"我还在呢，说什么蠢话！"

绢枝一副愕然的样子。明明是她自己说的，家里有人也不能掉以轻心。

"不是的啦。老丝不在的时候，有个大美女上门来了。"

"找我的？"

"那还用说。人家可是美女编辑，哪可能是来找我的。"

言耶心想，你也不早说……不过，他对"编辑"一词反应最为强烈。

"是、是、是来约稿的吗？"

"我把话说得很清楚，我说老丝是大红人，肯定很忙。"

"哈？"

"这种时候你可不能贱卖啊，是要被看穿老底的。"

"我是露天摆摊的吗？"

"人家说了，希望你给《盛夏怪谈特辑》供稿，不过我已经叮嘱妥当了，说老丝你是大红人，可能需要她等到明年夏天……"

"干吗要多嘴说……"

"看那位小姐的样子，是个上班女孩呢。"

然而，绢枝对言耶的抗议充耳不闻。评判了一通"美女编辑"的服装后，突然关注起言耶的装束来。

"比老丝你常穿的那个阵痛裤要时髦呢。"

"是牛仔裤[1]！"

其时外国衣料尚不允许进口，牛仔布可谓十分罕见。言耶每次穿牛仔裤，绢枝都显得颇有兴趣，所以他每次都详加解说。然而直到现在，绢枝非但记不住正确称呼，还起了一个乱七八糟的名字叫"阵痛裤"。

"我一个男人为什么要穿这种名字的裤子啊。"言耶姑且发难后，又说，"就算想得到牛仔裤，可现在日本只有旧布料卖，又有很多劣质品。而且……"

言耶心想今天一定要让对方理解牛仔裤为何物，然而绢枝完全没

1　日语里阵痛读作"じんつう"，牛仔裤（外来语 jeans）读作"ジーンズ"，发音比较相似。——译者注

听进去，反倒说出不嫌害臊的话来："我要是再年轻一点啊，也能穿着那种洋装吭哧吭哧地工作，让路上的男人回头看我吧。可能那位小姐也很懂我吧，我们谈得可投缘了。人家说了，我要是年轻个十岁，也能成为作家老丝娇宠的编辑呢。嗯嗯，明眼人一看啊，自然就会明白。"

此时，言耶判断对方是一个虽然年轻但十分能干的编辑。抑或只是能说会道。但无论如何"年轻个十岁"是言过其实了，至少得往前追溯"五十年"。

顺带一提，将就职于公司的女性称为"上班女孩"始于战败后不久，战前并没有这样的词汇。过去似乎有过"办公女孩"的称呼，但好像完全没能深入人心。不过，"上班女孩"可能也不怎么受欢迎，不久便被"商场女孩"取而代之。然而，得知这个词是英语里对"妓女"的俗称后，下一个制造出来的称呼则是"办公女郎"，亦即"OL"。当然，这是更后面的事了。

"那位小姐是哪个出版社的？"言耶总不能一直陪着绢枝胡思乱想，便开口询问关键信息。

"你问那个呀，老丝，好像不是什么了不起的书店。"说着，绢枝从袖兜里掏出一张名片。

听这说法，她似乎完全混淆了出版社和书店——而且，就在刚才绢枝还对编辑赞赏有加，如今却这样品评她的工作单位。不过，考虑到言耶多次解释过自己另有笔名，可绢枝每次看到刊登其作品的杂志仍会嚷嚷"老丝的名字错了"！这可能也是没办法的事。

"就是这个。好怪的名字。"

那名片上写着"怪想舍　编辑部　祖父江偲",一看到出版社的名字,言耶开心得蹦了起来。

"怪想舍不就是发行那个《书斋的尸体》的地方吗!"

"嗯,尸体啊……"

言耶欢天喜地,绢枝则蹙起了眉头。不过,大概是看着言耶的笑脸,又觉得没准那是一个正经公司,绢枝露出极为认真的表情问道:"是一家正规的书店吗?"

能够感觉出她的语气里含着一份祝愿:希望好工作能意外地找上租房住的老丝。

"是战后新兴起的出版社,不光有月刊《书斋的尸体》,还面向侦探小说和志怪小说爱好者不断地出版一些相当有趣的作品。当然,跟它差不多的出版社倒了一家又一家,所以也不能安枕无忧吧。"

言耶把怪想舍捧得很高,同时又表示形势严峻,只因这些全都是事实。

从战前到战中,以侦探小说为首的所有娱乐文学,都遭到了军部的严厉打压。日本战败后,出于报复性反弹,新兴出版社如雨后春笋一般大量出现。因纸张的严重不足,有些刊物只是印在劣质纸上的,形同小册子一般,完全称不上是书,却也能卖得飞快。不用作家写新作品,只需印刷战前绝版的书即可。因此,即便是突然冒头的新兴出版社,也完全不成问题。

话虽如此,光靠旧作品终有一天会走到尽头,这是显而易见的。因此,各家出版社都在创办杂志、刊登新作。其中很多是大众娱乐类杂志,而最为走红的则是当初最受打压的侦探小说。

然而，正所谓过犹不及，多种侦探小说杂志争奇斗艳，却呈现出良莠不齐的态势。结果，创刊后仅发行两三期便惨遭停刊的杂志层出不穷。

言耶第一次翻开《书斋的尸体》时，感觉这内容就像一九二三年创刊的美国志怪类纸浆杂志 Weird Tales 的日文版，因此颇为担心它能否存续下去。不料，在其他专刊纷纷被迫停刊的景况下，《书斋的尸体》倒意外地坚挺。相比言耶得以出道的《宝石》，其版面编排相当缺乏品位，但他一点也不讨厌，倒不如说是抱有好感的。

进而，言耶觉得要是《书斋的尸体》都办不下去了，还不如让打着犯罪和情色实录的幌子、实则肆意刊登虚假故事的《猎奇人》先倒闭呢。

身为作家，言耶对《猎奇人》抱有的情绪可谓理所当然，而这其实可能也是一种预兆。此后言耶的笔名"东城雅哉"声誉鹊起，成为畅销作家，同时他以真名进行民俗采风时常被卷入奇案，结果却令案子得以解决，这种事多了，又使其在侦探方面的才能也逐渐为人所知，于是《猎奇人》竟干出了擅自捏造并多次刊登"刀城言耶之怪奇侦探记"的劣行。

当然，言耶本人须等到波美地区的水魃大人之仪上发生神男连环杀人案时，方能发现此事，所以还早着呢。

说回现在，以这次的来访为契机，言耶与怪想舍的祖父江偲步入了"作家与编辑"的长期合作关系——在世间则被表述为"一对冤家"。当然，此时言耶还不知道这项事实。

"那我去怪想舍走一趟。"

"说什么呀，从现在开始老丝不是要给我看家吗？"言耶正欲马上动身，却被绢枝训斥，一下子垂头丧气起来。

"老丝真像一个小孩子。"绢枝笑着，立刻用宽慰的语气说道，"没关系的。那位小姐说她先回公司，但过些时候会再来……"

"是今天吗？"

见言耶劲头十足，绢枝的笑化为了苦笑："是的是的，是今天。就算迟了，也肯定会在傍晚前来吧。我也会在那之前回来，所以又可以跟那位小姐说话啦。"

房东嘴里胡诌着出了家门，言耶则担起了看家的任务。话虽如此，窝在背后的别栋里，几乎是不可能知道正房的情况的，更不要说是在创作或读书的时候了。然而，此时的言耶不同于以往。

他在别栋的书桌前坐着，精神却难以集中在眼前的原稿纸上。离截稿日期尚远，所以无须着急，但是若放在平时，言耶一般会接续前一日的文章写下去。无奈之下，他为转换心情，想读一会儿书，却只是眼睛扫着文字，内容本身一点儿也没往脑子里去。

他放弃读书，起身在屋里来回走动，又突然从别栋进入庭院，打正房侧旁穿过后，来到正门，扫视道路上的边边角角。遗憾的是，哪儿都不见貌似祖父江偲的女子。没精打采地回到别栋，从书架上取出《书斋的尸体》的旧杂志，哗啦哗啦地翻阅。"不，还是得先工作"，于是回到原稿纸前，"可还是……"——如此这般循环往复，也不知是在第几次，当言耶步入庭院时，一个伫立在正房后门和别栋之间的年轻女子突然跃入了他的双眸。这副身穿淡粉色紧身连衣裙、令人眼前一亮的姿容，正是上班女孩的打扮。腕上挂着的淡黄色手提包使她越发引人注目。

"啊啊！"

然而，由于言耶情不自禁的喊声，女子"呀"地发出一声可爱的惊叫，转身欲逃。

"等……等一下，我……我是刀城言耶。"言耶慌忙叫住她。

女子止住脚步，战战兢兢地回过头来，却又僵在那里不动了。而且她脸色紧绷，眼神就像在看一个不轨之徒。

"……咦，难道是认错人了？你是怪想舍的祖父江偲吧？"言耶的自信开始急速萎缩，下一刻他又突然神采飞扬起来，"啊，刀城言耶是我的真名。写小说的'东城雅哉'是笔名啦。"

情况显示，女子的警戒心似乎因这番解释而略有松动了。

"是作家老师？"

女子确认似的问道，言耶急忙接话："没错。之前我不在家，真是非常抱歉。你的事我已经听房东说了。好了，请这边走。"

即便如此，女子踏入别栋时仍显得迟疑不定。毕竟是年轻女子单独进入第一印象不佳的男人的房间，情有可原。

女子的目光兴致勃勃地投向堆积在书架和榻榻米上的书籍以及摊在书桌上的原稿纸，言耶三番五次请她坐下，她才拘谨地坐上了褥垫。随后，言耶将最新一期的《书斋的尸体》、《宝石》旧刊和祖父江偲的名片排放在她的面前。《宝石》旧刊登有该杂志的有奖征稿的一等奖作品——言耶的处女作《百目鬼家的百怪》。

两人再次相对而坐，之间却洋溢着某种紧张感，仿佛是在开相亲会。视线甫一相接，女子便害羞似的低下头去，使得这氛围愈加

169

浓厚。

"啊，我、我去给你泡茶。"言耶如坐针毡，正欲起身。

"我、我去……"女子抢先了一步。只是她不知茶叶在哪儿，无形中便得听言耶指示。不过，从结果上来看，这是一件好事。二人自此开始了交谈，室内的尴尬气氛略有几分缓和。

"不好意思，那我喝了。"言耶拿起对方为自己泡好茶的茶杯，啜饮了一口。明明就是平日里喝的廉价茶叶，此刻却觉得格外美味。

言耶直抒感想后，女子立刻露出笑脸，轻施了一礼："啊，那就好。"

"原谅我迟迟未向你寒暄。"随后她突然脸色一肃，"我是怪想舍的祖父江偲。这次在老师外出时前来拜访，失礼至极。刚才的失敬之举也请你多多原谅。我在门外呼叫过，可无人应答。老师外出时，房东曾亲切地接待过我。所以我想她肯定在家，只是人在里处没听到，便转到后门……"

"结果被我突然一叫，你吓得蹦起来了。"言耶插话道。

"我可没做那么丢脸的事。"

对方的断然回应让言耶慌了神。言耶想，莫非是说了多余的话让她生气了。不过，见对方脸上露出淘气包似的笑容，言耶又不知不觉地松了口气。

此后二人相谈甚欢，仿佛之前互相感受到的紧张气氛从未存在过。只是，前半段主要是言耶在说。从如何爱读《书斋的尸体》讲起，继而回顾自己以往的作品。到了后半段，女子告知《书斋的尸体》今后的特辑内容，最终竟谈到了长篇连载的约稿事宜，令言耶又惊又喜。

《盛夏怪谈特辑》的短篇约稿变成了长篇连载！

关于工作的讨论告一段落后，女子再次频频打量着言耶："说起来，老师还真是喜欢恐怖故事呢。"

"嗯，算是吧。"言耶喜滋滋地点点头，又害臊起来，"刚才我就很在意了，你能不能别叫我老师啊？"

"啊？"女子愣住了，随后突然像是着了慌，"可是，作家们不都是被称为'老师'吗？还是说，我又说了什么失礼的话吗？"

见对方开始惶惑不安，这次轮到言耶焦虑了。

"不不，作家确实是被称为'老师'，但也不用对我这种末学后进这么称呼……"

"什么呀，您是在谦虚啊。"女子显出安心的模样，但又立刻低头道歉，想来是意识到自己一不小心出语轻佻了，"对不起，是我出言不逊了。"

不过，当她抬起头，与言耶视线相交时，二人几乎同时笑了起来。

"一旦离了小说的话题，互相之间又奇妙地拘束起来了。"

"是的。我终究还是个新手，非常抱歉。"

"哎呀你看，这个措辞就已经拘谨起来了。"

见对方似乎又要道歉，言耶急忙岔开话题："你说我'还真是喜欢恐怖故事'时，莫非接下来是想说什么吗？却被我打断了。"

"啊，没错。确实有一个老师可能会喜欢的话题。"

女子热情洋溢地讲述了与小小泥偶相关的令人毛骨悚然的事。

相传仅是拥有这泥偶就能招来莫大的好运，但同时又会带来深重的灾难。

二

刀城言耶为前往武藏茶乡，坐上了拥挤的火车。就连他自己也没想到，这天内他就要去拜访那颇有来头的泥偶的持有者了。事情发展到这一步，自然是有原因的。

"我听到了一件恐怖的事，祖父江小姐可能会喜欢……"

据她所言，提这话的是怪想舍会计部一个叫原口的男人。原口年纪轻轻，却酷爱古董，此事也是听与他交好的古董店"骨子堂"的老板说的。

"有一个泥偶的古董，叫'魔偶'，写成魔鬼的'魔'加泥偶的'偶'。不过，关于泥偶长什么样子、是大是小等，却是众说纷纭，没个准数。完全搞不懂哪个才是真的。各种流言唯一的共同点是底部刻着奇妙的纹样。行业内的人懂的自然懂，反正我是怕灾厄的人，不想跟这种东西沾边。"骨子堂老板声明过后，又说，"感兴趣的话，你还是早点去拜访为好。因为我偶然听到传言，说人家准备近期转手那魔偶。有那么一个不吉祥的称呼，就算很来钱，我也不想做这种东西的生意。当然，干我们这一行的，想去看一眼的心思还是有的。"

说归说，其本人似乎不打算真的去看。

"只是，听说现在的持有者相当乖僻，一般人上门的话，基本会吃闭门羹。不过，如果是你可能不要紧。你和你公司不是出侦探小说的吗，据说对方也非常喜欢这类故事。所以，要是拿几本这样的书当见面礼，他肯定乐意见你一面，没准还能让你见识一下魔偶呢。"

情况如此，于是她对言耶说"老师正是合适的人选"，末了还加了一句"也许能在那里捕捉到几个创作素材"。言耶不禁感佩：不愧是做编辑的人哪。

顺带一提，关于传说中的一部分魔偶持有者的遭遇，骨子堂老板的叙述如下。彼时魔偶之事尚未在业界传开，因此标价并不太高。

某中年男子此前赌博从未赢过，此后却连续四次赚到大钱。不料，后来他在上班的工厂干活，手被夹进机器，一下子失去了四根手指。

某新婚女子在年末集市上抽奖，抽中了豪华衣橱。刚使用没几天，明明没有地震，衣橱却突然翻倒，将她压在下面，导致第一个孩子流产了。

某世家的家主得以毫不费力地获取上等古董，正自欣喜物以类聚之际，仓库内发生了原因不明的火灾，此前的藏品被悉数焚毁，只有魔偶没被烧掉。

某原贵族的遗孀，女儿中仅长女一人错过了婚期，后来却喜得几乎绝无可能的良缘。不料，在结婚喜宴上，众人惨遭食物中毒，不知为何只有新娘那边的亲戚和来宾死了数人。

每个事例乍一看都是所谓的"福祸交织"。但事实上，相比魔偶带来的"福"，此后降临的"祸"明显更为强烈。"祸"完全吞没了"福"，不仅将其消弭得无影无踪，还留下了深重的灾难。也许魔偶就是这样一种东西。

然而，尽管已流传下这些故事，追求魔偶的人却络绎不绝。据说这也是因为一部分持有人遭遇的灾祸，较之得到的某种利益并不算严重。

相比魔偶带来的灾厄，那些人的贼运更为亨通。

不知从何时起，有人开始煞有介事地传播这些流言。如此一来，甭管是在哪个世界，总有人会觉得"我正是那个例外"。说穿了，就是那种只身游戏于世间之惊涛骇浪，将财富纳入囊中的胆大妄为之辈。特别是战败后，有此倾向的持有者很多。然而，几乎所有人都因魔偶的灾厄吃尽苦头，或破产，或身负重伤，或下落不明。其中自然也有丢了性命的。

"所以，现在连我们也不会明着做，完全就是幕后交易。只有那种好事之徒才会去求购那种东西。"最后骨子堂老板如此总结道。

言耶听着这些事，渐渐陷入了沉思。对方似乎也注意到了，讲完魔偶的轶事后，她立刻问道："你怎么了？"

"知道会带来这么大的灾难，为何还不断有人去追求魔偶呢……"

"所以说嘛，不就是因为世上有很多人过于自信，认为只有自己不会有事吗——换句话说，很多人就是这么的贪心不足。"

"嗯，我想是有这样的人。但按理来说，魔偶的灾厄广为人知后，人应该越来越少才对吧。就以那骨子堂老板的话来看，压根儿感觉不到这样的倾向，你认为呢？"

"还真的是。"她歪着头附和道，随后突然呼吸一滞，以充满着无限期待的声音说，"难不成老师想到了个中缘由？"

"虽然我不太懂考古学……"声明过后，言耶说，"泥偶的

'偶'字有配偶、伙伴、同伙之意。"

"哦？这么说是两个一组的？"

"对。是指两个并排放在一起的成双成对的状态。"

"还有一个……"言耶的观点似乎给她带来了强烈的冲击，"假如可以擅自命名的话，另一个应该是写成'真偶'，'真'是真实的'真'。觉得发音相同很麻烦的话，就叫成'しんぐう'[1]吧。"

"如果真的存在这个真偶……"

"其功能也许是消除魔偶带来的灾祸。"

"因为它们原本是两个一组的……是吗？"

"虽然为数极少，但有人知道这项事实。所以追求魔偶的人才会不断出现。他们在试图得到魔偶的同时，背地里还在寻找真偶。"

"老师，你好厉害！"她的脸色顿时一亮，随后胡言乱语道，"这样的机会实在难得，现在我们就去上门叨扰吧！"

言耶也在想"要不去瞧瞧吧"，对此建议十分动心。对方似乎敏锐地觉察到了他的心思，随即说道："事不宜迟，如果不早点去，现在的持有者把魔偶转让出去了，可能就看不着了。不不，是肯定看不着了。好在听说对方喜欢侦探小说，只要老师登门拜访说一句'请让我看一眼'就行，绝对没问题的。"

言耶颇为起劲。正如她所言，言耶也觉得此等良机并不多见。然而，当他得知对方的住址时，突然生出了不好的预感。

"听说持有人是宝龟家的户主，在武藏茶乡也算是名门。"

---

1 "真"在日语里可读作"ま"，也可读作"しん"。而魔偶的"魔"也读作"ま"。——译者注

学生时代言耶曾在前辈阿武隈川乌的撺掇下，前往同一地区的箕作家观看较为特殊的宅地神。当时他撞上了与过去和现在的两个孩子有关的两桩不可思议的失踪案，遭了不少罪。

当然，不管怎么说，言耶遭受灾难的原因都在于阿武隈川乌的言行，而这回并没有这个令人棘手的前辈。况且又不是去造访箕作家。想来宝龟家与之毫不相干，不过是安家在同一个地方罢了，大好的机会怎可白白错失。此外，这次的陪同者是祖父江偲，此女看来才貌双全，说成"取代阿武隈川乌与自己同行"都是对她的不恭。所以完全不用担心。如此这般，言耶改变了主意。

与言耶的学生时代不同，列车的运载状况已有了很大改善。战中也好，战后不久也好，拖欠配发给国民的粮食是司空见惯之事。因此，人人都涌向农村求购粮食，带着衣服等物品与农家交换米或蔬菜。去时携带的物品，归来时化为了粮食。所以，当时的火车又被称为"采购列车"，乘坐率惊人。其拥挤程度简直令人难以置信，以至于"像洗芋头一样"之类的比方都算是文雅的。这种情况如今已稍有缓和。

话虽如此，言耶始终无法静下心来，也不知是武藏茶乡这个地名毕竟让他感觉不祥，还是因为对魔偶怀有莫大的恐惧。

从武藏茶乡站下车、出站，记忆中的荞麦面馆映入了他的眼帘。被阿武隈川乌强行请了一顿盖浇饭加荞麦面的苦涩回忆，涌上了言耶的心头，他条件反射似的叹了口气。

"老师，你已经累了吗？"

言耶连纠正误会的气力也没有，只是催她赶路。幸好迈步的方向与箕作家正相反。

从车站徒步不到二十分钟，勾勒出宝龟家广阔地基的围墙便进入了视野。箕作家建有高大的长屋门，相比之下，这边的门意外地朴素。不过，门以及向左右延伸的围墙顶端都嵌有尖头铁棒，在春日午后的阳光下闪闪发光，模样看上去颇为扭曲。从房屋的构造也能看出这是富贵人家，但未免防范过度了。

在这样的乡下，有必要这么戒备森严吗？

言耶暗自纳闷之际，身边的人摁响了门柱上的门铃。片刻后，门内传来了一个中年女人的声音。对方连条门缝也不开，以生硬的语气问道："是谁？有什么事？"

"我是祖父江偲，在一个名叫怪想舍的出版社做编辑。今天我把作家刀城言耶老师带来了。此次登门是想询问能否让我们瞻仰魔偶。"

如此这般，她说动了女人，并将最新一期的《书斋的尸体》、登有言耶处女作的《宝石》和名片递进稍稍开启的门缝。顺带一提，这些全都是从言耶的房间带来的。

言耶钦佩她的百折不挠，很快门内就传出了女人回来的动静。

"恕我刚才失礼了，请进。"

女人的此番应对与先前大相径庭，门被大大地敞开。

踏入宝龟家宅内的那一刻，言耶略感意外。从门延伸至房屋玄关的踏脚石之间的距离比预想的短很多。根据在正门外所见到的围墙长度，光是前院就应该相当宽广。然而，事实上没走几步就到了玄关。这么看来，是房屋所占的面积颇为庞大吗？

这个疑问不久会顺其自然地得到化解，但之前还有考验在等着言耶。

二人被请进一个设施齐全的客厅。几乎未做等待，宝龟家的户主幹侍郎就出现了。这位身材瘦小的老者乍一看会让人想起"乖僻"一词。他目光锐利，宛如在瞪视二人。还没客套几句，幹侍郎突然搬出了战前侦探小说的话题。

"祖父江编辑，你怎么看？"而且，起初幹侍郎将炮火集中在她的身上，似要考较其作为编辑的才能。他不断抛出作品名，像是在说"每一部你都该读过才是"。

"呃，这个作品嘛……"

她答得驴唇不对马嘴，令身旁的言耶提心吊胆。再这样下去，谁知道什么时候对方就会吼一句"送客"，把他们赶出家门呢。幹侍郎的眼神里明显流露出的鄙夷之色，即为明证。言耶看得清楚，随着她一次次冒失的应答，那鄙夷之色越发浓厚了。

这下糟了！

此念一起，言耶开始从旁插话，只见对方立刻两眼放光。与此同时，交谈也不断深入到更为专业的领域。结果，不知不觉中二人畅谈起了侦探小说。

过了一段时间，幹侍郎面露心满意足的表情，硬是让拘谨的言耶坐到先前自己背对着的壁龛前，命刚才应门的小个子女人——她是这里的用人，幹侍郎叫她"阿里"——准备茶点，可谓态度大变。

"哎呀，老师明明还年轻，却已读过这么多书，而且还有很深的理解。真是令人佩服。"

幹侍郎对"请别叫我老师"的诉求置之不理，满意地看了看谦逊的言耶，对另一个人展开了严厉批评："相比之下，你身为编辑，就算是新手，对各种作品也未免太无知了。你须要拼命学习！"

"是，我会铭记在心，从头学起。"

即使内心怒火中烧，也绝不露一丝情绪在脸上，她反倒一边微笑一边恭敬地低下了头。

"老师也喜欢志怪小说，程度与侦探小说相当。所以我们这次前来叨扰，是想询问能否瞻仰宝龟先生所藏的魔偶。"

"真有两下子啊。"言耶正暗自佩服时，她已间不容发地将话题引向了来访的目的。这一招更是令言耶赞叹不已。

"喔，是这样啊。哎呀，我们谈得兴起，完全忘了这个事。我当然会带你们去看，不过在此之前，我先做一点介绍吧。"

说着，斡侍郎在前头带路，将二人引入走廊深处的一间更为宽敞的客厅。进入极尽奢华的和室前，言耶终于意识到了其他来客的存在，看来他们因自己的来访，被斡侍郎晾到了现在。进而，在能够望见和室内部时，言耶还没来得及将壁龛的挂画和多宝格上的壶收入眼底，便已发现并非一人而是四人在室内等候。不仅如此，其中一个人令言耶深感意外。

"哎呀，老师，这可真是巧遇啊。"

"小、小间井刑警……"

大学毕业没多久，言耶便被卷入了两桩案子，一件是可怕的"妖服"带来的神代町白砂坂的砂村家二重杀人案，一件是发生在节织村内的富士见村、与难以理解的"巫死"思想相关的失踪案。以此为开端，之后小间井也不断给他带来各种诡异的案子。如今这位刑警竟然就在四人之中。

"你……你为什么会在这里？"

见言耶只顾发呆，小间井似乎立刻觉察到了什么，他面露微笑，说道："我明白了。老师听说了魔偶的传言，一好奇就赶过来了。"

"没……没错。那刑警先生你呢？"

一刹那，小间井的脸上没了笑容。

"最近有个人称'色物团'的盗窃团伙危害社会。我们完全不清楚他们的情况，比如有几个人，是什么来历。不过，地下行业盛传这个团伙的头领叫'大判'，有三个手下，分别叫'砚''珊瑚'和'瓷器'。据说可能是每个名字都能让人联想到各自的固有颜色，所以起了个'色物团'的名字。这些家伙专做闯空门的勾当，主要以古董为目标，但手法有些奇特。这种人一般都会穿些不起眼的衣服，可他们却打扮成正经上班族的模样，就算被附近的人看到了，基本也不会受到怀疑。"

"啊……"

言耶当即叫出声来，自然是因为想起了宿舍房东的话。原本他以为房东又在夸大其词，所以只是半信半疑，现在看来像是真的。

见小间井似有所疑，言耶讲述了绢枝给他的提醒。

"你的房东嘛，就算色物团的人来了，看来也不用担心。"刑警笑着回应道，随即表情又恢复了严肃，"我们得到情报，从数月前开始这个色物团就盯上了某件古董。而且还是非常特别的有一些问题的古董。"

"是这里的魔偶吗？"

见言耶大为兴奋，小间井朝他点点头，苦笑道："所以我找宝龟先生讨论各种应对闯空门的对策，结果来访者一个接着一个，先是吾良君、中濑先生、寅勇先生，最后连老师你也来了。"

"不愧是侦探作家老师啊！"斡侍郎发出了欣喜的声音，"连刑警先生都认识，而且还在我家相遇了，真是有趣。那么，刑警先生确实会请老师来破解疑难案件，是吗？"

对方若是曲矢刑警，必会怒喝道："开什么玩笑！谁会找外行办事啊！"但小间井不同。

"是的。在警方不擅长的不可能犯罪领域，老师给予了我们很多帮助。"

"什么样的案子都能解决吗？"

"好像越不可思议他就越能发挥力量。"

两人的对话令言耶坐立不安，他慌忙否认道："没……没那回事。"

"谁说的，这不是事实吗？"

"在砂村家的二重杀人案之前，东神代町和神代新町发生了连环强盗杀人案。这个案子还没破。"

"那个我可不记得拜托过你。最重要的是，那桩案子的凶手的确还没逮到，但也不存在什么谜团吧？"

"可是，现场的宅子里没能找到罪犯出入的痕迹。罪犯用了什么手法，这是一个谜。"

"关于这一点，我们已经有眉目了。"

"啊？那就请你告诉我。"言耶吃了一惊。

"给你个提示，就是色物团。"小间井满不在乎地说。

"啊！也就是说，因为打扮得很正经，所以能不让人起疑地进入房间吗？"

"以我们的推测，恐怕是这样。不过，我并不是指色物团的哪个人是那桩案子的凶手。他们一次也没做过强盗杀人的勾当。"

"你们二位参与的案子里，有哪些侦探小说式的特别出挑的谜呢？"小间井与言耶交谈之际，干侍郎乐呵呵地插了一句。

"老爷子，抱歉打断了你的话……"这时，又有一个半老男人愁眉苦脸地插话道，"不能现在就让我们看一眼那魔偶吗？"

此人身着由金丝织成花纹的和服，长得肥肥胖胖。

"哦哦，对啊。"干侍郎突然放低了声调，"这位是中濑先生，古董店'骨子堂'的老板。大约是在两个月前开始出入我家的。"

干侍郎略显厌烦地做了介绍，言耶听到店名后大为吃惊。向怪想舍会计部的原口讲述魔偶传闻的是某古董店的老板，其店名正是"骨子堂"。

"祖父江女士……"言耶下意识地呼叫起来，随后又改变了主意。因为他想到，可能还是别在此处提起这个话题为好。她并未做出什么反应，想必也是因为意识到了却佯装不知。

因为这事确实有点奇妙。

据原口所言，中濑应该说过这样的话：有那么一个不吉祥的称呼，就算很来钱，我也不想做这种东西的生意。然而，如今他为什么会在宝龟家呢？莫非是因为"干我们这一行的，想去看一眼的心思还是有的"，才上门来的？可是，他真会为此而做到这个地步吗？

言耶正觉得可疑时，第三个男人说出了令人意外的话："舅父的卍堂是完全开放的，任何人都可以随时进去。虽然我每次来这里都会提醒舅父'这也太疏于防范了'。"

三

这个三十五岁上下的男人似乎是斡侍郎的亲戚，体形却与骨子堂的中濑十分相似，以至于让人觉得是他俩之间有血缘关系吧。

"这是我的外甥寅勇。"

进而，从介绍的口吻可以感觉出，身为舅父的斡侍郎至少不怎么疼爱寅勇。

"不会连收藏魔偶的地方也没上锁吧？"中濑张大了嘴，露出数颗金牙，脸上一副难以置信的样子。

寅勇见状，似乎颇觉有趣："这个我倒是不清楚，但我觉得恐怕是没锁……"

"这是怎么回事？"中濑一脸惊愕，倏然望向斡侍郎。

然而，斡侍郎本人显得毫不在意，他优哉游哉地看着言耶："老师见过我家的正门和围墙后，您觉得这里容易被人侵入吗？"

"不，正相反。"

听了言耶的回答，中濑立刻说道："我的想法也和作家老师一样。可是以前我应该也说过，卍堂没有门、内部的橱柜又不上锁，这个怎么说也太不谨慎了。而且，那个魔偶跟其他古董不同……"

言耶猜想话里出现的"卍堂"应该是一座仓房式的建筑，保存或陈列着宝龟干侍郎的藏品。果真如此的话，他也觉得，不上锁，甚至连门也没有确实难以理解。

这时，干侍郎突然开始讲述稀奇古怪的"古董气流说"。

"真正有价值的物品都在好好地活着。这里所说的价值，当然不是金钱上的，而是指它们是如假包换的真品。"

说实话，对此言耶连一半都没能理解，干侍郎的观点可归纳如下：真正的古董是活着的，所以一直在散发气体。而他本人收集的全是真品。将它们聚集一处，那些气体就会传至家中各处。怀着这样的想法所建造的，便是那卍堂。

保存藏品的大堂呈正方形，其四面的外壁向四方各伸展出一条"く"字形的通道。若从正上方俯瞰，便成了一个"卍"形，因此被取名为"卍堂"。这座形状奇特的建筑竟然就在里院。

难怪正门与玄关离得那么近。

言耶恍然大悟。为了让里院尽可能大，以便在其中心放上卍堂，所以才特地不去建造前院。换言之，宝龟家的设计最初就是以干侍郎的藏品为第一考虑因素。

于是，言耶脑中浮出了一个让他颇为在意的问题。不，想必客厅里的每个人都抱有相同的疑问吧。

"我自觉对古董气流说有了自己的理解……"

"果然了不起啊。"

干侍郎颇为欣喜，纯真地微笑着。而言耶此后的提问更令那笑容扩展到了整张脸。

"但这么一来，如何处置魔偶岂非成了一桩难事？听说那泥偶不光能召唤好运，还会带来巨大的灾难。让这种古董的气从卍堂流转出去，真的没问题吗？"

"是的，不必担心。"

"这么说，卍堂内是有什么机关吗？"

然而，幹侍郎笑容满面，不做任何回答。

"我很想前往卍堂一观。"言耶强烈地请求道。

"造访我家的人听了古董气流说后，相比那卍堂都更想去见识一下魔偶。老师您果然与众不同啊。"幹侍郎频频点头，一副不胜感慨的样子。

"我对魔偶当然也大有兴趣。这个背景复杂的魔偶，究竟是什么来历呢？"言耶的问题直指核心。

"啊，这个嘛……详细情况我一概不知。"幹侍郎满怀歉意似的答道，"身为专家的骨子堂老板都不知道魔偶的来历呢。"

见中濑默默点头，言耶深感遗憾："如果是相传会造成灾厄的木雕或石刻，古往今来有形形色色的传说，但与泥偶相关的逸事，恕我孤陋寡闻，还从未听说过。"

幹侍郎面带兴奋之色："所谓古往今来的传说，都有哪些？可以的话，能否告知一二？"

言耶当即就想听从对方的提议。

"我说老师……"

然而，身旁的人捅了捅言耶的胳膊。就在他劲头受挫之际——

"祖父江编辑因为工作的关系，应该也知道很多这样的传说吧。"

被幹侍郎这么一讽刺，她立刻安静下来。

不过，其余人等——刑警小间井、骨子堂老板中濑、幹侍郎的外甥寅勇以及第四个人（貌似只有十来岁、身材瘦小的青年），表情虽各有差异，但每个人脸上都写着"请你行行好吧"。

不，只有那个至今一言未发、面黄肌瘦的青年，似乎不怎么关心。说起来，在言耶等人进入和室时，他曾以估价似的目光打量过言耶。只是，一旦知道新加入的一男一女姓甚名谁后，便好像突然失去了兴趣。

"请恕我失礼，这位是？"言耶出于好奇询问道。

"啊啊，忘了介绍了。"

幹侍郎露出满是慈爱的表情，与介绍外甥寅勇时判若两人。

"他是我亡友的孙子，名叫吾良。受好友临终所托，我收养了他。"

虽然做了一番解释，却没有说明此人为何在宝龟家逗留的详情。仅观其病弱的样子，想来是有些隐情的。

"现在所有人都介绍过了。"

幹侍郎的话中含着希望言耶快些讲述的催促之意，于是言耶开口道："当年曲亭马琴办兔园会，召集文人让他们只讲奇谈故事，现在我一下子能想到的与秋月家有关的石像，就出自其中。"

言耶所说的故事如下。

江户时代，高锅藩的秋月家出过上杉鹰山等名人，其上屋敷[1]坐落于麻布。该宅邸与虾蟇虾蟆池相接，池畔安置着三尺上下的寒山拾得之石。

1　上屋敷：江户时代地位较高的大名（诸侯）和上层武士日常居住的宅邸。——译者注

中国唐代时期，某寺有两位风狂僧人，即寒山与拾得，但他们是否真实存在尚未得到确认，终究只是传说中的人物。"风狂"一词多用作褒义，乃是将"违背佛门清规的破戒行为"反视作"已抵达大彻大悟之境界"。在日本，禅宗的一休宗纯亦被称为风狂僧人。

寒山或因在岩洞起居、咏诗之故，其石像执笔和卷纸；拾得或因尽心尽力于寺庙的清扫与炊事之故，其石像手持扫帚。顺带一提，以此二人为题材的小说有森鸥外的《寒山拾得》和井伏鳟二的《寒山拾得》。对作家来说，他们可能确实是非常有意思的对象。但是，蝦蟇池畔的寒山拾得石像并不止于此。

某日夜晚，从寒山拾得石像处传来了极为怪异的声音。

"卖鲲鱼喽，卖鲲鱼喽。"

此刻当然不是真有鱼商在做生意。而且，声音明显来自石像。

于是宿卫武士大感可疑，拔刀砍去，竟突发高烧病倒了。翌日清晨，宅内之人检视石像，果真发现了刀痕。

据说从此以后，每当秋月家将有异变发生，寒山拾得石像都会在夜晚泣而告之，仿佛刀伤在隐隐作痛一般。

"麻布另有与石相关的奇异传说。它们被称为'麻布的异石'，不过其中最为古怪的还得是这寒山拾得石像。"

"我也有几件石佛的古董。我确实觉得，从它们体内感受到的气与其他物品不同。"言耶讲述的故事似乎颇合干侍郎的心意。

"毕竟自古以来就有人说'石头充满着妖异之气'。"

"喔，是不是有什么传说啊？"

"那个……老师，我们还是快点……"

一个声音正欲强行插入，但又招来了干侍郎的挖苦："喔，祖父江编辑好像也有故事要讲啊。"

"不不，那个……"她支支吾吾起来，话到嘴边又咽了回去。

言耶显得有些惊讶，待二人对话结束后，他又兴冲冲地讲述了面妖的故事。

过去伊豆的山中有产石之地。某日午后，石工们正在休憩，来了一位美丽的女子。

"不间断地工作，一定累了吧。我来为你们按摩。"

女子说着，开始揉捏一个石工的肩。石工浑身舒坦，很快就打起了瞌睡。女子为第二个石工按摩，结果他也睡着了。如此这般，数人在女子的手底下快速地酣然睡去。

剩下的最后一人见状，心道："此女必是妖精。"逃离了现场。途中他遇到猎户，说了那女子的事，猎户说："当是狐或狸。"

二人前往采石场，女子正要离去，且一见他俩便开始逃跑。于是猎户射出两颗铁弹，却只听得如碎石飞散一般的声音。

赶至先前女子所在之地，只见四处散乱着坚石的碎片，哪儿都不见人影。

"想必那女子是石气凝结而化成的妖怪。"

二人说着，检视仍在熟睡的石工们的身体，发现每个人的后背都有像是被石头擦伤的痕迹，且并非入睡，而是昏迷。于是他们将众人送回家，请医生诊治，这才终于康复。

据说在那以后，采石场也屡有妖异之物出没。

"喔！"干侍郎钦佩之余，显得大为欣喜，"是说石气凝结，化作了那女子？"

"树石皆有精灵栖息——这种想法在国外也很常见，但'气'的概念则感觉是来自中国。气聚集后化为人，前来按摩，实在是相当有趣。但若是听之任之，没准会再也醒不过来而死去。"

"嗯，其实是挺可怕的一个故事。"

"说到可怕……"

"老师，可以等一下吗？"又是她当即试图阻止言耶继续往下说，但言耶只是"嗯"了一声点点头，顺势开始讲述与木佛有关的怪谈。而干侍郎自然也是紧咬话题不放。

从此时起，一个又一个人离开了和室。卍堂可自由出入，所以众人便打算自己去看那魔偶。想来干侍郎也意识到了这一点，但并没有说什么，似乎打算任由他们各行其是。

不久，客厅里便只剩下了宝龟干侍郎和刀城言耶二人。言耶不仅讲述诡异故事，还时不时地对不可思议的现象加以合理的解释。干侍郎似乎极为欣赏这种带着推理意味的行为。于是，故事一个接着一个，永远也讲不完了。

突然，两人隐隐听到了类似叫喊的声音，交谈被打断了。

"刚才的声音是？"

"听起来像惊叫……"

两人对视了一眼，干侍郎低语道："像是女人的声音啊。"

"啊……"言耶一起身，便要冲出和室，"去……去卍堂该怎么……"

没等他说完，干侍郎也迅速反应过来了。

　　"这边走。"

　　从和室走到内走廊，进入另一个房间，横穿而过后来到面向里院的外走廊，眼前便是卍堂。

　　"请使用这边的鞋子。"

　　在外走廊靠近里院一侧的紧要处，都安置着脱鞋石板，上面摆着数双鞋子。看来不必回玄关穿鞋，也可以从这里前往卍堂。

　　然而，言耶却呆立在外走廊上，频频打量卍堂。

　　那卍堂位于里院的中央，从四方的外墙伸出"く"字形的通道，在弯角部分各有一个像是被添加出来的凸起。从某种角度看，又像是一间小屋。"く"字形的通道，从大堂到小屋的部分较短，从小屋到没有门的出入口则颇为漫长。光是这外观就已显出奇异来，而正方形的卍堂面对"口"字形的外走廊，竟被造成了"◇"形，也不知是不是故意为之。或许正是因此，越发给人扭曲的感受。

　　……有什么地方错位了。

　　想必这终究只是错觉，但言耶陷入了这样的感觉。

　　"老师，您怎么了？"干侍郎站在最近的一条通道的出入口前，回过头来。

　　"对……对不起。"

　　言耶慌忙蹬上鞋子，一路小跑赶了过去。

　　"这里是朱雀门。"

　　说着，干侍郎率先进入了没有门的通道，于是言耶只好跟着，却又"啊"地叫出声来。

　　"原来四条通道是四神相应啊。"

玄武门（北）

青龙门（东）

白虎门（西）

朱雀门（南）

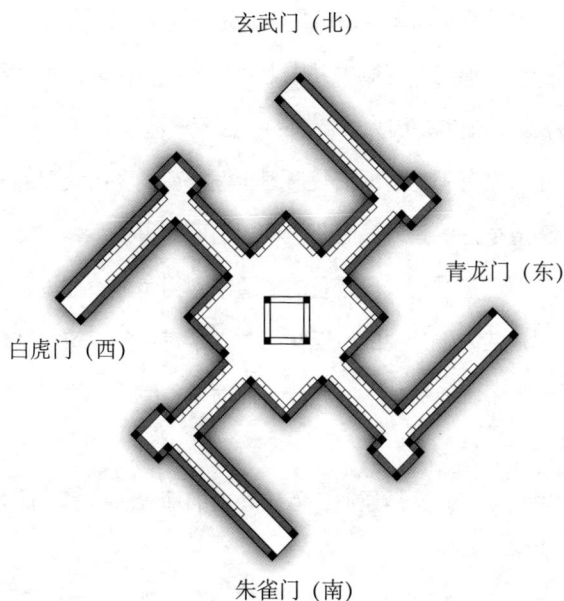

卍堂相对于外走廊的位置颇为奇妙——这个感觉是错误的。事实上，这是为了让通道的出入口正对东南西北。

所谓四神相应是亚洲地区特有的风水理念，指四个方向各有神灵守护，也即东青龙、西白虎、北玄武（以蛇为尾的龟，或是龟的长腿上有蛇盘桓）、南朱雀（神鸟）。日本的平城京和平安京就是根据这一理念建造都城的。

想来宝龟幹侍郎建造宝龟家时，一开始脑中便有了卍堂的存在。换言之，外走廊的"口"与卍堂的"◇"之间的位置关系确实是有意为之的。

言耶思考这些事的时候，通道途中开始出现摆放于左右的玻璃柜。出入口附近看不到橱柜，想必是因为怕被风雨侵蚀。

柜面嵌有玻璃门，但似乎并未上锁，谁都可以取出里面的古董。柜子上不装锁恐怕也是因为干侍郎的"古董气流说"。

通道左右设有采光用的细长形固定框格窗，夕阳淡弱的光线从窗外射入。通道很是昏暗，又因两侧有橱柜而变得狭小，言耶只能跟在干侍郎的后面。走过第一段较长的通道来到拐角处，那里有一片向外突出的空间，装饰于其中的凤凰挂画映入了言耶的眼帘。其色彩之艳丽，几乎一下子就能抓住人的眼球，然而朱雀绝非凤凰，看来只是做替代之用。

转过拐角，前方又是通道，但比之前的那段短得多。此外，从拐角处可一览部分大堂。

"是祖父江女士吗？"

那背影像是她，但几乎隐没在大堂内部。

"啊……"或许是注意到了背后的脚步声，她猛然转过头来。

"老师啊……"她发出带着哭腔的声音，与干侍郎一进一出沿通道返回，把头埋向了言耶的胸口。

"怎……怎么了？到底发生了什么……"

言耶惶惑不安之际，干侍郎率先进入了大堂。随后堂内突然回响起悲痛的呼喊。

"吾……吾良！"

言耶一边安抚紧搂着自己不放的她，也步入了大堂。

除了四条通道的入口处，大堂沿内壁摆满了玻璃柜。各个橱柜的上方均可见到采光用的格子窗，与通道里的不同，这里的似乎可以开闭。不过，插销都已落下，加之又在相当高的地方，除非使用梯子，否则手根本无法够到。此外，大堂中央坐落着正四方柱形的豪华玻璃柜，可以在其周围边打转边观赏堂内的展品。

如今，从言耶所在的位置看去，正四方柱形橱柜的另一侧，即北侧玄武门的通道中有一个身影，透过玻璃可辨认出是中濑；寅勇在左边，即西侧白虎门的通道里。不过，二人都只是呆呆地站着。

这是因为吾良正倒在正四方柱形橱柜的跟前。他横躺在地上，头对着朱雀门，脚朝着白虎门。

"这究竟是……"

在幹侍郎悲痛的叫喊声中，小间井单膝跪在一动不动的吾良身边，宛如尸检一般触摸着少年。

"我、我走到这里……冷不防发现吾、吾良先生，他、他、他死了……"

她强压着呜咽声诉说道，言耶默默地听着，此时幹侍郎好像嘀咕了些什么，但淹没在她的话语中，完全没能听清。不知为何，那一瞬间言耶总觉得自己漏听了一句极为重要的话。

四

"呃，您刚才说什么了？"

言耶立刻询问道，但幹侍郎没有开口。

他的视线再次投向倒在地上的吾良，连言耶也深切地感觉到他正在忍耐着不哭出来。因此，言耶怎么也无法再问出口，但也说不出一句安慰的话。

"祖父江女士，你没事吧？"言耶倒也不是为了转移方向。

她搂着言耶，身子不停地颤抖。言耶这一关怀，就听她"哇"的一声哭了出来。言耶轻抚其背加以宽慰，然而哭声完全停不下来。

此时，小间井望着形成鲜明对比的二人，站起身来。

"不要紧，还有呼吸。"他以坚定的口吻宣布了令人震惊的事实。

"啊？"

"真……真的吗？"

一时之间她显得有些精神错乱，看见身旁欣喜万分的干侍郎，似乎才终于理解了小间井话中的意思。

"……太……太好了！"

她长长地吐了一口气，立刻又把脸埋进言耶的胸口。

"我……我还以为……"随后她突然转向干侍郎，深深地低下头，"宝……宝龟先生，对不起！是我仓促之间搞错了，招来了这么大的……"

"哪里哪里，情有可原嘛。"干侍郎宽慰道，不过他的注意力完全在吾良身上。

"不过，随意搬动还是有点危险的吧。"小间井低语道。

"总之我去找人叫医生。"言耶回应过后，离开卍堂直奔正房，找到了被干侍郎唤作"阿里"的女人。不料，告知吾良的情况后，阿里惊慌失措，让她去联系宝龟家的固定医生便费了言耶不少工夫。

言耶回到卍堂时，离开原来位置的只有干侍郎一人。不过，所有人都沉默不语，一动不动。

小间井仍是单膝跪在吾良身边，幹侍郎则端坐在侧旁的地板上。骨子堂老板中濑相比倒地的吾良，似乎更无法抑制对堂内古董的关注。他透过在和室时没有戴上的边缘配以金色螺钿的眼镜，不住地环视四周，看那眼神好似在对堂内的物品进行估价。与古董商完全相反，寅勇则目不转睛地注视着吾良。

言耶安静地走上前去。

"啊，老师。"

"祖父江女士，你没事了吗？"

她是第一个注意到言耶的，所以言耶先慰问了她，然后再告知幹侍郎医生马上就到。

于是，现场的空气稍稍松弛下来。但堂内的氛围显然还是颇为凝重。明明看不见摸不着，却总觉得此处正飘荡着朦朦胧胧、如暗沉沉的雾霭一般的东西。

吾良倒在卍堂内。

根据这一事实可以推测出以下情况，不是吗？

——有人欲偷出魔偶，这时吾良来了，于是二人发生争执，罪犯打倒了被害人。

言耶认为：由于所有人都完全能得出这样的推论，并怀疑罪犯就在堂内，所以谁都说不出话来……

不久，阿里带着名叫坐间的医生来了，堂内的紧张气氛略有缓和。不过，阿里显得极为担心。

坐间对吾良诊断了一番，说道："头部撞到了某处，或是被什么东西打了，所以发生了脑震荡。"

"有生命危险吗？"幹侍郎忧心忡忡。

"没有。他应该很快就能醒过来。不过，在此之前须要保持绝对静养。"医生郑重地叮嘱道，但他又有些犹豫，"也不能一直让他就这么躺在堂内的地板上。"

幹侍郎与医生商量过后，命阿里让园丁准备细长的门板，打算将吾良轻轻地放在上面，抬进正房内。

拿来细长门板的园丁个子很高，和板一样长。在坐间的指示下，小间井和园丁抱起吾良，让他安稳地躺倒在门板上。接着刑警在头一侧，园丁在脚一侧，二人抬起门板开始搬运吾良。不料，他们很快就碰到了难题。在连人带板的状态下，无法通过通道途中的"〈"字形转角。

无奈之下，小间井和园丁只好把吾良搬下门板，抱着他通过。期间，在一旁紧跟的幹侍郎不知有多忐忑不安呢。言耶虽在稍远的地方，也能充分地感知到这一点。

言耶之所以不在幹侍郎近旁，是因为只有一人在大家开始搬运吾良时也丝毫没有离开卍堂的迹象。此人正是骨子堂老板中濑。寅勇倒是准备陪着吾良先出去，但因通道狭窄只起了添乱的作用，惹得幹侍郎大发雷霆。所以，他从堂内出来得稍晚尚属正常。但中濑不同。

"祖父江女士，我们走吧。"等抱起吾良的小间井和园丁以及幹侍郎的身影消失在拐角处后，言耶催促还有些发抖的她。

于是，寅勇立刻跟在他俩身后。只有中濑一人丝毫没有挪步的意思。

"骨子堂老板，你怎么了？我们可要走了。"

言耶回头招呼道，只见对方露出了一丝厌烦的表情。

"我马上就走。"中濑回以谄笑，却仍挺立在那里。而且他只是瞥了言耶一眼，此后便把目光投向堂内的各处。

寅勇消失在拐角的另一侧，早已不见人影。但中濑仍逗留堂中，言耶等二人则在较短的走廊里，这一幕显得很不自然。

"老……师……"

"喂、喂，祖父江女士？"

言耶稳稳地抱住把身子软软地倚向自己的她，依然保持伫立的状态，绝不让古董商离开自己的视野。

中濑将视线转回到二人身上后，重重地叹了口气，勉勉强强开始挪动脚步。即便如此，在离开大堂前以及步入短走廊后，仍三番五次停下来，环顾四周，以至于言耶也不得不每次陪着一起止步。

"喂，你们在干什么呀？"

这时小间井现身了。他多半是因为发现三人没有回正房，所以来探探情况。不过，看出气氛有异后，他似乎立刻察觉到了实情。

"宝龟先生想让你们去刚才的那间客厅。"小间井传话时，眼睛显然只盯着中濑一人。

四人从卍堂出来，回到先前的和室，幹侍郎和寅勇二人已等在那里。舅父与外甥之间互不吭声，气氛极为尴尬。

"在这种时候提要求真是不好意思，能否安排让祖父江女士去别处休息一会儿呢？"

在言耶的请求下，幹侍郎当即召唤阿里，命她在附近的小和室里铺上被褥。之后的事都托付给阿里打点后，言耶等人回到了原来的客厅。

待所有人落座后，幹侍郎不紧不慢地转达了医生的诊断结果。

"根据坐间医生的说法，吾良没有性命之忧。只是恐怕要到晚上才能苏醒。然后，即使恢复了意识，也可能会暂时失忆。"

此时言耶迅速对众人进行了观察，每个人都脸色平静，并无显著的变化。

"有阿里陪着，我们尽可放心。吾良和她很亲，阿里肯定能让他康复起来。只要吾良身子好了，我们就能知道卍堂里发生了什么。只是，这个可能要花点时间，但我又不能把大家强留到那一天。"

所有人都对幹侍郎的这番话起了反应。尤其是言耶和小间井。但前者一言不发，后者则立刻用诘问的语气说道："宝龟先生，难不成你不打算报警？"

幹侍郎毫不露怯，缓缓点头道："没准这只是事故。"

"调查是我们……"

"幸好吾良没什么事，我本人并不想把事情搞大。"

"可是……"

"好啦好啦。"见小间井微微向前探出身子，幹侍郎做出劝解似的手势，"话虽如此，我也不想就这么算了。假如吾良是在卍堂受到了某人的袭击，我自然是想给予罪犯相应的惩罚。"

"那个……"言耶举起一只手礼貌地请求发言，"恕我失礼求问一事，您之所以不想将事情搞大，其中是否也包含这样的内情，即害怕一旦警方介入，魔偶的存在就会为世人所知？"

众人骚动起来，唯有幹侍郎泰然自若。

"当然也有这方面的因素。"

"这个不能成为不报警的理由……"

"我自认也考虑到了刑警先生你的立场。"小间井话音未落，幹侍郎便快人快语地让对方闭了嘴。

小间井得到色物团的情报，造访宝龟家。然而，身为刑警的他明明在场，依然发生了或许是杀人未遂的案子。站在他的立场上，如今的状况无疑是非常糟糕的。

"可是您又说，要给予罪犯相应的惩罚。"听了言耶的确认，幹侍郎点了点头，"为此不还是需要联络警方吗？"

对言耶的下一句问话，幹侍郎则连连摇头："我想请小间井刑警和刀城老师作为侦探调查此案，而不是通知警方。"

这句话简直让人怀疑自己的耳朵。

"简直是乱来。"

"您、您说什么……"

小间井和言耶大加反对，而幹侍郎虽然姿态放得低、言辞又恭敬，却坚决不肯让步。

"其实我们不必当什么侦探，只要吾良君恢复意识，不就能马上知道罪犯是谁了吗？"言耶委婉地提议道。

"等吾良苏醒，就得到晚上了。把大家强留到那时我也于心不安啊。"

"你的意思是不放我们回去，直到查明凶手？"

对中濑的疑问，幹侍郎明确地给出了回答："没错。不过，警方恐怕也会这么处理，不是吗？"

"大家的身份全都清清楚楚、明明白白，还要做这么失礼的……"

骨子堂老板反驳到一半，只听小间井慢吞吞地说："不，罪犯确实有逃亡的可能。"

"不过，罪犯基本是不可能逃走的。"幹侍郎随即把话说死，引得客厅内一阵骚动。

"为……为什么？"

言耶询问之下，宝龟家的主人一脸严肃地说道："现在正门前有我家人高马大的厨师看守。此人不光厨艺了得，当着刑警先生的面说这个可能不太好，过去还有些案底，打架也有把子力气。所以，罪犯基本不可能从这里逃跑。"

"这也太蛮横……"

中濑提出抗议，寅勇也欲开口响应，但最终什么也没说。

"这个家除了宝龟幹侍郎先生和吾良君，只有给我们带路的阿里女士、刚才的园丁先生，和目前正在看门的厨师这三个人吗？"

言耶确认之下，幹侍郎略显惊讶地点了点头。

见此情景，小间井突然改变了主意："对啊，如果能和侦探作家老师合作，没准就能在吾良君苏醒前破案了。"

"等……等一下，刑警先生……"

中濑条件反射式似的正欲吐露不满，小间井对此置若罔闻："如今在这宅子里的人，数量极为有限。只要查清是谁、什么时候去了那卍堂，或许就能将案子解决了。不管怎样，我们都须要听取相关人员的证词。既然如此，由我们来做这个事也可以，不是吗？"

"正如你所言！"强烈赞成的只有幹侍郎一人，但小间井毕竟是刑警，没有人能对他的话提出反对意见。

言耶始终认为应该报警，但也觉得如此下去不会有任何进展。事已至此，为了尽早收拾残局，也许是需要和小间井一起查案。就在他踌躇之际——

"好吧，那就开工吧。"或许是早早察知了言耶内心的变化，小间井当即展开了讯问，"宝龟先生和老师谈得火热的时候，谁、何时、是第几个离开这和室的？我们姑且先弄清这一点吧。"

"第一个是我。"中濑说着望向刑警，先前的反对态度已荡然无存。想必他也改变了主意，觉得既已如此不如配合调查，好尽早回家。

"作家老师开讲后，我就经常看表，时间肯定是四点零六分没错。"

"你确实是第一个。"小间井表示认可。

紧接着，寅勇答道："第二个是我，大约在骨子堂老板出去的三分钟后吧。"

"我想问二位……"言耶交互打量二人，"你们离席是因为想独自去参观卍堂吗？"

"因为你的话老也说不完。"中濑语气严厉地回答道。

"我也一样，不过……"而寅勇似乎略有不同，"我离开是因为骨子堂老板迟迟未归，然后才意识到他是去了卍堂，所以我想既然如此，我也去看看吧……"

换言之，他似乎是不愿让中濑率先发现魔偶。

"第三个是我，我应该是在寅勇先生离开和室的两分钟后。"小间井说道。随后，他看着言耶又问道："我后面是谁？"

不料言耶竟"啊"了一声，歪下了头。

"吾良君和祖父江女士，哪个在先呢？"他询问干侍郎，但宝龟家的主人也迷糊起来。

"不好说啊，似乎是祖父江编辑在先……"

"感觉吾良君比她更早离席……"

两人都说得含含糊糊，惊呆了其余三位。

"哎呀，都是因为老师的故事太有趣了，一不留神就听入迷了……"

"不不，是您太会听人讲话了，我也劲头上来了……"

进而两人还互相夸起对方来了，越发招致三人的不满。

"这种靠不住的作家真能当侦探吗？"

寅勇也对中濑的怀疑大点其头。

"可是，别看他这样，还真是个名侦探呢。"立刻予以维护的是小间井，然而他也没忘了给言耶送上一记回旋刀，"话虽如此，老师啊，你连相关人员的行动都掌握不清的话，可是很糟糕的。"

"你要这么说我也……我隐约记得中间阿里女士端来了新茶……"

"那时还没人离席。"

"再说了，我也没法事先知道……"

"会发生案子对吧？不过呢，就算能预测到，想来起劲地说着怪谈故事的老师也完全不会去关注人员的出入情况。"

听了小间井的指责，只有干侍郎微笑道："应该是吧。"其余二人则面露不屑的表情：这种家伙也能算侦探？

"呃，我去问一下祖父江女士。"言耶急匆匆地走出客厅，赶往她被安排睡下的和室。

"祖父江女士，你醒着吗？"

他安静地进入房间，在被褥旁端坐下来，低声呼唤。她缓缓地睁开了双眼。

"啊，老师……我好像一直在睡觉。"

"怎么样？感觉好多了吗？"

"……嗯。我觉得已经没问题了。"

说着她坐起身，一瞬间被子翻卷开来，露出了她的内衣。言耶惊得蹦了起来。看来服侍她睡下时，阿里脱掉了她的西装。和室角落的衣架上确有一袭时髦的紧身连衣裙。若是在平时言耶也许不会看漏，但现在对他提此要求未免过分了。

言耶跳起后，竟灵活地转身一百八十度，以背对被褥的状态着了地。

"哇，好身手啊。"

听她在背后拍手叫好，言耶条件反射似的向空无一人的前方躬了一躬。

"你能穿上衣……衣服吗？"

身后传来衣物摩擦的声音，言耶一边摆脱动辄涌上心头的香艳想象，一边讲述客厅内对众人讯问的结果。

"所以，第四个离开和室的人是谁啊？"

"嘻……"身来传来一声叹息，"果然老师一点也没注意到我给你打的暗号。"

“嗯？什么暗号？”

“我不是打手势告诉你‘我要去卍堂’了吗？然后老师还好好地点头来着，像是说‘嗯，我知道了’。”

言耶对此事毫无印象，但现在说实话可能会把事情搞复杂，于是他问道：“你是在小间井刑警离开和室多久后走的？”

“这个嘛……”

幸好她没再提打暗号的事，或许是因为正在努力地回忆时间。

“可能是一分钟后吧。”

“好早啊。”言耶不加掩饰地说出了自己的感想。

“那是。貌似都有三个人擅自到卍堂看魔偶去了，老师还光顾着慢悠悠地讲怪谈故事，都没完没了了，我能不着急吗。”

这下可给自己惹上大麻烦了。

“后来吾良君是……”

“他是什么时候离开和室的，只有老师和宝龟先生知道……”她停顿片刻后，又说，“但你们二位完全没有印象，所以你才要跑来问我，是吧？”

她已换好衣服，边说边在言耶身旁端坐下来，以郑重的表情和语气问道：“对了老师，你很有信心解决这个案子吧？”

“啊？我当然没那个信心。”

她面露困惑之色，望着断然否定的言耶，说出了让人心惊的话：“可是就算要逃……”

“也可以考虑吧。”

言耶小心翼翼地表示赞同，不料——

"你在说什么呀？"明明是她自己用的"逃"字，现在却忠告起言耶来，"这样的话，不是会有损老师身为名侦探的声誉吗？"

"我说你啊，原本我就连侦探也……"

"现在只能下定决心，返回大家所在的地方了。"

在她的催促下，言耶回到了客厅。

五

回到客厅后，言耶与小间井一起继续展开讯问，并把相关人员的行动加以整理，写在日常随身携带的大学笔记本上。其内容如下：

十六点零六分	骨子堂老板中濑离开客厅，从玄武门（北侧）进入卍堂。
十六点零九分左右	宝龟寅勇离开客厅，从白虎门（西侧）进入卍堂。
十六点十一分左右	小间井刑警离开客厅，从青龙门（东侧）进入卍堂。
十六点十二分左右	祖父江偲离开客厅，从朱雀门（南侧）进入卍堂。
具体时间不详	吾良离开客厅，进入卍堂。从何处进入不详。

言耶朗声读了一遍，向四人确认无误后，说道："如此看来，你们四位正好分成四个方向，从各自的出入口进了卍堂，这是巧

合吗？"

小间井接过言耶的话头，向骨子堂老板提问："中濑先生，从这里走到外走廊后，最近的出入口是朱雀门。然而，你选择了最远的玄武门。为什么？"

"为了能早点看到魔偶啊。"中濑答道，脸上的笑容似乎透着傲慢。

"这话是什么意思？"

面对言耶的疑问，中濑显得扬扬得意："魔偶和普通的古董不同，是一种非常棘手的东西。但正因为如此，收藏家才想收为己有。这种心态我想宝龟家的老爷子也是有的。鉴于老爷子的古董气流说和卍堂的功能，你们难道觉得它会和其他重要的物品摆放在一起吗？"

"也就是说，倘若在卍堂的中心——堂内陈列那魔偶，魔偶的气恐怕会流散到宝龟家的每个角落。原本这当然是没有问题的，但只有这个泥偶必须做例外处理。是这样吗？"

"喔，不愧是当作家的老师啊。"中濑似乎由衷地感到了佩服。

"所以，骨子堂老板猜测魔偶没有被放在堂内。到这里为止我已经理解了，那么你为什么要选择玄武门呢？"

"魔偶是棘手之物没错，但对老爷子来说它有着其他古董无可比拟的价值，这也是事实。也就是说，其实内心是想摆放在堂内的，但又不能这么做。由此可知，下一个候补陈列场所，只可能是主人实际展示心爱之物的玄武门通道。"

"是这样吗？"为核实这一点，言耶将目光投向干侍郎。

"除去今天的这一次，骨子堂老板只进过两次卍堂吧？"宝龟家的主人一脸惊讶地望着中濑。

"是的。虽然那两次我并没有看完所有的物品……"

"不愧是干这一行的，竟能看穿玄武门通道的奥秘。"

"承蒙夸奖，愧不敢当。至于老爷子为什么在那通道上陈列次一级的心爱之物，我也自认明白其中的原委。"

之前中濑一直向宝龟家的主人干侍郎示以极尽礼节的态度，但此时则隐约显出傲慢之色。

"那么，是什么原因呢？"干侍郎本人却毫不在意，似乎单纯地对中濑的话产生了兴趣。

"老爷子的名字里有个吉祥的'龟'字。而玄武不也是龟吗？"

"原来如此，我没有意识到这一点。"

"不过，有一点我不能理解……"

中濑少有地支吾起来。干侍郎面露"你不说我也明白"的表情，却不知为何还是问了。

"是哪一点？请尽管说。"

"那就恕我失礼了……首先，玄武门的通道里确实有非常出色的物品。但是，在这些物品之间时不时地能看到并不适合放在一起的东西。好似在故意制造强弱之分。这一点始终让我摸不着头脑。"

"是为了平衡。"干侍郎理所当然似的回答道。然而，不光是中濑，其他人也都在发愣。"出色的古董往往充斥着强大的气。所以，如果过度集中在玄武门的通道里，卍堂的气流平衡就会被打破。为了调整气流，我特地放进了好多几乎不中意的物品。"

"原来如此。受教了。"中濑恭敬地低下头，"说到难以理解，其实还有一点。我总觉得玄武门的通道里没有那魔偶……"

中濑以探询的目光偷眼观看干侍郎，其本人却佯装不知。

"可能只是我看漏了，但怎么也无法理解的是，我根本找不到用来存放那魔偶的特别的箱子或橱柜。按照古董气流说的理论，光是展示在通道内，气就会流入正房，不是吗？就算不向四面八方流转，也会往一个方向……"

中濑说到一半，突然像是呼吸一滞，闭上了嘴。随后他冷不防地咧嘴一笑。案发前，他曾就魔偶的处置方式问干侍郎："这么说，卍堂内是有什么机关吗？"看这笑容，似乎终于明白了其中的奥妙。

"这种事以后再说！"

言耶应小间井的抱怨，开始向寅勇发问："你选择白虎门也是出于类似的理由吗？"

"啊？你知道？"寅勇吃惊似的圆睁双目。

"你的名字和白虎门里都有一个表示'虎'的字。"

"……没错，是这样。"

"这算是一种讨吉祥吗？"

见寅勇默默点头，言耶转向面露苦笑的小间井，问道："小间井刑警为何要从青龙门进去呢？"

"最初我打算去最近的朱雀门。去之前，我望了青龙门和白虎门一眼，发现后者的采光用的窗户上映出一个走路的人影，所以就过去看了看情况。顺便我也瞅了一眼玄武门的通道，那里也有人影。结果我就顺时针地围着卍堂转了一圈，自然而然地选择了再次出现的青龙门。"

尽管小间井语焉不详，但言耶认为，他多半是为了探查二人的行踪，才靠近各个通道的。简而言之，刑警怀疑他们会利用这绝好的机会，偷窃古董。

"原来如此。刑警先生是担心我们一时动了邪念啊。"

"啊？"

中濑立刻猜到了刑警的用意，寅勇则大为吃惊。

"那么，祖父江女士呢？"

赶在他俩责问小间井之前，言耶火速向下一位抛出问题。

"我从这里出来，想直奔里院，结果有条外走廊，站在上面能看到卍堂。脱鞋石板上有鞋，所以我借用后，从最近的通道……"她的脸上显出一副窘态。

"那个是朱雀门。我和宝龟先生也是从那里进去的。也就是说，四个人走了四条通道真的只是偶然。"

听了言耶的话，小间井轻轻点头："接下来要问的是各位进入通道后的行动。中濑先生，你是什么情况？"

"一开始我当然是只顾着找魔偶。但找着找着，又被别的古董吸引过去了……毕竟玄武门的通道里摆满了老爷子的心爱之物，虽说是次一级的。一不留神我也起了想做生意的劲头。"

"照这么看来，你走到拐角处也相应地花了不少时间吧。"

"听到这位小姐凄厉的惊叫声时，我还没转过拐角。"

"堂内有无争斗声？"

"现在回想起来，好像是有那样的动静……只是，我因为职业的关系，一旦进了卍堂这样的地方，就会浑然忘我。"

"听到她的惊叫后，你跑进了堂内？"

"是的。结果看到吾良君倒在玻璃柜的另一侧，刑警先生在一旁，女编辑在朱雀门的通道里。"

小间井把目光投向下一个人寅勇问道："你是什么情况？"

"我和骨子堂老板差不多……"

"堂内的声音呢？"

"听到了很轻微的声音。"

"那时你在哪里？"

"在拐角跟前。然后我就听到了吓人的惊叫声……我虽然心里害怕，但还是过去看了，情形就跟骨子堂老板说的那样。"

"小间井刑警，你呢？"言耶催问道。

"我自然是对魔偶很感兴趣，但没有这两位那么热衷，所以在通道里走得较为缓慢。一开始是从大堂方向传来'哐'的一声响，接着感到了像是有人倒地的动静，还是来自前方。我刚稍稍加快脚步，就听到了她撕心裂肺的惊叫声。于是我奔跑起来，转过拐角，正要冲进堂内，就看见吾良君倒在大堂中央的玻璃柜旁。"

"当时其余三人在哪里？"

"祖父江女士在朱雀门通道进大堂的入口处——稍稍往通道内回缩的地方，呆呆地站着。吾良差不多就倒在她的正前方，所以也算情有可原吧。我发现吾良君和她之后，没多久中濑先生就从玄武门的通道出来了。寅勇先生更在他之后。"

"祖父江女士呢？"

言耶以体贴的口吻问道，不料其本人倒意外地显得很坚强。

"我也抱着和刑警先生差不多的心态在通道上走。凤凰的挂画让我不由得停下脚步看入了迷，但最后还是我最早到达了大堂跟前，想必是因为我走路的速度比较快。"

"堂内的声音呢？"

"进小屋观赏装饰在里面的挂画时……就像刑警先生说的那样，我确实听到了两次声音。"

"然后你做了什么？"

"我心想那是什么声音啊，就出了小屋。结果……"

"看到吾良君倒在地上了？"

"确实，一出小屋我就看到了，但不知道那是吾良君……不，说起来，我压根儿就没意识到是人倒在了地上，就是一种'那是什么……'的感觉。走近一看才明白过来，接着就自然而然地发出了惊叫……"她用双手捂住双颊，"现在听了大家的讲述，当时我好像发出了相当刺耳的尖叫声……"

"这也正常。"安慰过后，言耶继续问话，"祖父江女士进入堂内的时候……"

"不不，我没有进堂内……"

"这么说，你只是从朱雀门的通道往里看，而左右两侧的白虎门和青龙门完全不在你的视野范围内？"

听言耶的语气显得颇为遗憾，她满怀歉意地答道："是的。对面的玄武门也因为被中央的玻璃柜挡着，没法看得一清二楚，而且我也没那个闲心往那边看。"

"这也是没办法的事啦。"言耶附和一声后，继续说道，"而吾良君是最后一个离席的。我们不清楚他是从哪条通道进入堂内的。"

"他去卍堂毕竟是因为担心魔偶被盗吧？"

小间井确认之下，幹侍郎面露苦涩的表情："吾良理解我的古董气流说，但……很久以前他就对卍堂的开放式状态有所担忧。"

"然而，宝龟先生却和一个奇奇怪怪的作家聊得起劲。其间一个又一个人溜出客厅，擅自往卍堂跑。他觉得这也未免太疏于防范了，便也去了卍堂。到达里院后，他可能和我一样，通过采光用的窗户窥探了四条通道，并从其中的一条进入。应该是这样吧。"

听着刑警的总结，言耶的脑中浮现出一个解答：先于吾良进入那条通道的人，极可能就是罪犯。在那狭窄的通道里，想不被先行者发觉而超越到前头，基本是不可能的。不过，言耶并未说出口。客厅里鸦雀无声，看来不必特地指出，所有人都已察觉到了这一点。

"对目前为止的证词，侦探作家老师有何高见？"沉默持续了片刻后，小间井突然催促言耶展开推理。

"在此之前，可以的话，我想请宝龟先生带我一览卍堂的内部……"言耶说着，将目光投向刑警和幹侍郎。

"也是。"

"这个嘛，随时都可以。"

两人均表示认可。不过，问题在于这次该带什么人去卍堂。

"小间井刑警也跟我们一起去吗？"

"那是当然。"小间井绷着脸答道。

紧接着——

"我……我也要陪你去。"

"祖父江女士也去？"

言耶有些意外，随即才后知后觉地想到，一旦自己和刑警、幹侍郎去了卍堂，她就得和中濑、寅勇留在客厅里。所以她才要求一起去的吧。

这个可就难办了。

如果带着她一起去，则不免担心其间中濑和寅勇会做出什么举动。言耶正自烦恼时，小间井似乎已迅速把握了情况。

"人数太多也不好办啊。好吧，我和她留下，老师和宝龟先生去就是了。"他做出了决定。

言耶和幹侍郎走出客厅，和先前一样穿过走廊和另一间和室，来到里院。脱鞋石板也没有变化，果然朱雀门的通道是最近的。

"要从别的通道进去吗？"幹侍郎想得颇为周到。

"不用，和刚才一样就行。"言耶直接选择了朱雀门的通道，随后他也不看左右的玻璃柜，开始提问，"四条通道的展示品是不是各有特征？比如，其实是按古董的种类分的。"

"并没有什么特征。正如骨子堂老板所言，玄武门的通道内确实有很多我的心爱之物。不过，就像我提到的平衡问题那样，没什么价值的物品也摆了不少。"

"也就是说，想根据四条通道的陈列倾向去推理魔偶的位置，基本是不可能的？"

幹侍郎颇为满意似的点了点头，但言耶的下一个问题立刻又令他面露不快之色。

"对了，除了家主您，进入卍堂次数最多的毕竟还是您的外甥寅勇先生吧？"

交谈间，二人转过通道的拐角——饰有凤凰挂画、形同小屋的空间，又穿过较短的通道，顷刻间就来到了堂内。

"很久以前我就跟寅勇的母亲——我的妹妹关系不好，然后现在几乎已不再往来……"

"可您的外甥却经常这样上门来。"

干侍郎的脸色越发显得不悦。

"寅勇差不多就是他母亲的提线木偶。我无妻无子，遗产自会转给妹妹。但是，我们兄妹不和，所以妹妹怕我另立遗嘱，将遗产全部捐给某处。特别是在我收留吾良之后，她好像急得坐立不安，觉得我早晚会把吾良收为养子。现在我只说一句，这个的可能性呢，是挺大的。于是她就派寅勇来讨好我。唉，这事说来丢人，总之就是这么个情况。"

"对不起，问得这么深入……"

言耶道歉的同时，感觉自己终于理解了，为何当时寅勇会异样地注视着倒在地上的吾良。

"要不要简单地带您看一遍堂内？"

"我想先转一转四条通道。接下来我们去白虎门看看吧。"言耶婉言拒绝了干侍郎的提议。

走完较短的通道，现出拐角处的小屋时，言耶朝里看了一眼，瞬间浑身一紧。

因为那里有一头虎。它的前脚赫然搭在一棵粗壮的树上，半起着身子。这当然只是标本，但貌似将要蹿上树去的模样，可谓气势十足。小孩子看到了，绝对会哭出来。

"如您所见，很遗憾这只是普通的虎。但白虎的标本可不是能轻易弄到手的。"

幹侍郎苦笑起来，言耶附和了几句，继续问道："您是怎么和骨子堂老板结识的？"

"大约在两个月前，他拿着与我相交甚厚的古董商的介绍信登门造访，所以我带他去看了卍堂。"

"当时您已经得到魔偶了吗？"

听了言耶的询问，幹侍郎抿嘴一笑："是的，已经得到了。但是，我什么也没对骨子堂老板说。"

"对方也不知此事？"

"看起来是的。一个月后，他又抱着谈生意的目的来了，于是我买了两三件小玩意。然后就是这次了，是冲着魔偶来的。"

"骨子堂老板想买魔偶？"

"我们还没谈到这个事，不过人家也是生意人嘛，不好说完全没那个意思。"

幹侍郎自然不知怪想舍会计部的原口从骨子堂老板处听到的话。言耶有些犹豫，但最终还是告诉了对方。

"哦？是这样啊。"

然而，幹侍郎并未生气，反倒觉得很有趣似的。不过，他否认了自己过些日子要将魔偶转手出去的传言。

"除了魔偶，最近您购得的物品里，有没有真的可能会被人盯上的东西呢？"

"每一件都是很有价值的东西，所以对您的这个问题，我只能回答一句'是'。不过，说到能跟魔偶匹敌的东西，那是完全没有的。"

二人走出白虎门、进入里院，从玄武门向堂内进发，接着又通过青龙门再次回到里院，从最初的朱雀门重新进入堂内。

玄武门的小屋里置有巨大的水槽，里面养着龟。水槽内分为两个区域，"底部铺满细小沙砾和石子的水滨"和"硬土的陆地"。看似舒适的空间对龟来说，恐怕是一个逼仄的世界。青龙门的小屋里放着中华传统舞龙会上常见的仿龙制品，由伸缩自如的蛇纹管制成。

嘴上鼓吹古董气流说，可在四神相应方面却意外地马虎啊——这是言耶参观完四个小屋后的真实感想。他再次认识到，卍堂的罕见构造本身恐怕才是最重要的。

"关于刚才骨子堂老板所说的话……"

"为了抑制魔偶带来的影响，堂内应该有某种机关——您是指他的这个观点吗？"

正四方柱形的玻璃柜坐镇于大堂中央，此时二人就站在那旁边。

"从魔偶的特性来看，很难想象它会被陈列在堂内。所以骨子堂老板推测，魔偶是在集中展示主人的次一级心爱之物的玄武门通道内。然而，他不但没有找到貌似是魔偶的物品，也没发现那关键的机关，因而产生了难以理解的疑问。"

"看他刚才的模样，似乎是猜到了。"

"骨子堂老板应该是在怀疑有虎标本的那个小屋。"

"哦？何以见得？"

幹侍郎不为所动，反倒显出很想知道理由的样子。

"各件古董所持有的气是从堂内流过各条通道、经由里院传向正房的。这时，气可能也会流入那小屋，但应该不会再从那里出来了——想必骨子堂老板就是这么想的。"

"非常有意思的考察。"幹侍郎确实是单纯地觉得有趣。

"那么老师是怎么想的呢？"因此，他似乎也有心要征求言耶的意见。

"现在我想优先处理吾良君的案子。"

言耶如此作答后，幹侍郎立刻面露愧色："明明是我请求老师和刑警先生查案的，真是让您见笑了。"

"对您来说吾良君和卍堂都很重要，所以这也是情有可原的。"言耶显出不在意的样子，"您不觉得只有这个部位，色调看上去和其他的不一样吗？"

言耶所指的是构成那橱柜的四根柱子之一，这根柱子正对着白虎门。

"啊啊，确实……以前应该没有这样一块色泽暗淡的地方。这么说，吾良的头是撞在这里的？"

"这个还需听取小间井刑警的意见，不过从吾良君倒下的地方和当时身体所处的位置来看，我觉得可能性很大。"

"如果是事实的话，究竟……"

言耶一边俯首查看周边的地板，一边说："这里看上去不存在任何容易滑倒的地方。所以，吾良君与罪犯厮打时头撞到了这根柱子的解释，可能是比较妥当的。"

"也就是说，并不是罪犯要杀害他……"

"我们大概很难证明罪犯是否有杀意。"

"发生这样的冲突是因为罪犯翻找魔偶时被吾良发觉了……"

"从种种情况来看，这么想是理所当然的。"

"那孩子很瘦，体重也轻，想必是像猫一样悄无声息地从身后逼近了罪犯。"

"罪犯发现后吃了一惊，当场和他厮打起来。这个解释很合理啊。"言耶从上到下打量眼前的玻璃柜，"不好意思，刚才我还说要以吾良君的案子为先……莫非魔偶被陈列在这里？"

一瞬间，斡侍郎眸光大盛，比初次见面时盯视言耶等人的眼神更为锐利。

"老师的侦探才能货真价实啊。"

"不不，哪里……"

"您完全没必要谦虚。只是，您明明知道魔偶的不祥传说和我的古董气流说，且精彩地推理出了骨子堂老板的猜测，却又认为魔偶被陈列在这里。这是为什么呢？我怎么也无法理解。"

于是，言耶讲述了关于存在"真偶"的推理，说道："最初我认为这里只有魔偶。但是聆听了您的古董气流说，进了这卍堂后，我的脑中渐渐起了疑念——莫非您已经得到真偶了。我想，正因为如此，您才对陈列魔偶一事显出了绝对的自信。"

"我真是太佩服老师了。"斡侍郎面露极为认真的表情，恭敬地鞠了一躬。

"您曾在倒地的吾良君身旁嘀咕了一句。那话似乎是无意中说出口的，但想来是因为您已确认魔偶安然无恙。您的心思虽然在吾良君身上，但又下意识地关心魔偶的情况，结果得以确认它没有被盗走。于是我自然也会想到，能做到这一点不正是因为魔偶就在眼前吗？"

"比起我来，可能老师和吾良更谈得来。"

"等他康复了，我很想和他多聊聊。"

"对了，您起的'真偶'这个名字也不错。"

面对满脸微笑的幹侍郎，言耶反倒露出困惑的表情："我大言不惭地做出了一个解释，可对于最关键的问题——哪一个是魔偶，光是这么看我还是给不出答案。"

这是因为正四方柱形的玻璃柜里陈列的泥偶有八对之多。另外七对必是特意放置其中以隐藏魔偶和真偶的。由于卍堂完全对外开放，所以姑且还是实施了一些防范措施吧。

"对了，听说魔偶的底下刻有奇妙的纹样，这是真的吗？"

"是真的。非常阴森，说是奇妙，倒不如说是一种异样的感觉，您要看看吗？"

若是在平时，言耶自然会接受引诱。但此时他罕见地犹豫起来。连他自己也不知是何原因。

"……我想等吾良君的案子了结后再看。"情急之下他找了这么一个借口。虽然听起来很有道理，但言耶自己也意识到这是应付场面的话。

幹侍郎面露讶异之色，但马上予以了理解："说的也是啊。"

二人回到客厅后，言耶讲述了在卍堂内的见闻和所有的交谈内容。提到真偶时，四人都流露出吃惊之色。骨子堂老板中濑和寅勇尤显得极为懊恼。

"我倒不是想去看魔偶……"小间井说着站起身来，"那柱子上的痕迹还是须要确认一下。"

到底是刑警，他急匆匆地离开了客厅。

众人等待小间井回来，在此期间中濑请求参观魔偶，幹侍郎答说等言耶和刑警破案后，可以让他看个够。

至于那位小间井，不过是去卍堂走一趟而已，花的时间却特别长。

当然，其原因在他现身于客厅的一瞬间就揭晓了。

"老师的推测恐怕是正确的。首先，我检查了那根柱子。然后，因为坐间医生还在，我又请他一同前往。医生的意见也和老师一致。我也是。"

言耶点了点头："最后一个离开客厅的是吾良君。而他进入卍堂时，恰巧有四个人已分别走进了四条通道。通道的窗是做死的，堂内的窗都从内侧落了插销。换言之，案发当时卍堂处于一种密室状态。这意味着罪犯就在四人之中。"

六

"我也是嫌疑人吗？"小间井的口吻中含着几分兴致勃勃的味道。

"我、我、我也是……"

听到这悲壮的语声，言耶慌了神。

"祖父江女士，请你镇静。在这种情况下，毫无例外都必须对等地怀疑在场的每一个人。而且，如果我不这样按顺序思考，就无法进行推理。"

"知……知道了。"

虽说怎么看也不像信服的样子，但她表现得十分刚强，拜其所赐，言耶得以松了一口气。

"首先，我想列举各位在堂内的行动。"言耶将目光落向大学笔记本，"骨子堂老板第一个离开客厅，与第二个离开的寅勇先生之间有三分钟的时间差，所以应该能比任何人更早地进入堂内。"

"我都说了……"

中濑怒气冲冲地想要抗议，言耶举起一只手制止了他："但是，骨子堂老板走的是最远的玄武门通道。又因职业的关系，对通道左右陈列的古董很感兴趣、看入了迷，所以前进得相当缓慢——我认为这个情况也是非常可信的。"

"呃……你能理解就好……"

一时之间怒容迅速地从中濑脸上消失了，但这也没能维持多久。

"不过，说起来，中濑先生这次造访宝龟家的理由很值得探讨。"

随后，言耶说出了从怪想舍会计部的原口处听到的事。

"我不认识那个男的！"中濑涨红着脸否认道。

"就算不记得原口先生了，可你曾对一个顾客说过，你对魔偶有兴趣，但不想扯上关系。这事怎么说？"

"我绝对没说过！"

"这么说，骨子堂老板也对魔偶抱有莫大的关心？"

眼看成了不打自招的局面，中濑一时无言以对。

"我很平常地请求老爷子让我参观魔偶，来这里时并没有隐瞒自己对魔偶的兴趣。"不过，随后他又态度突变，反驳道。其实言耶也很清楚，中濑说的是事实。

"嗯，这个没错。"他姑且予以认可，"但话虽如此，对第三者说不想跟魔偶扯上关系，却又如此这般造访宝龟家，还是很让人起疑。"

"我都说了，我没说过这个话！"中濑情绪激昂，一边大声怒吼，一边半站起身。

"好啦好啦，骨子堂老板，你快坐下。姑且先听老师把话讲完吧。"

中濑阴沉着脸坐了回去。看来在主人干侍郎的劝解下，他也只能不作声了。

"此前骨子堂老板进过两次卍堂。通过这两次，他可能已大致了解什么地方放着什么物品。不管怎么说，他毕竟是专家嘛。因此，事实上他并未花多少时间就穿过了通道，然后进入堂内，注意到了前两次没见过的泥偶。中濑先生认为这应该就是魔偶，便想取出来，这时吾良君来了。他选择玄武门是因为从里院认出了通道内的骨子堂老板。"

"你的意思是吾良君从一开始就在怀疑我？"

"应该是的。"

眼看中濑又要发怒，言耶毫不在意，继续说道："第二个离开的是寅勇先生。你进入卍堂比骨子堂老板晚三分钟，你自称在通道里的所作所为与中濑先生的差不多。"

自己的名字刚被提及，寅勇的身子便僵硬起来。他默默地点了点头。

"然而，听到祖父江女士的惊叫声时，骨子堂老板都还未抵达拐角，你却已经到了拐角的跟前。换言之，你在通道内行进所花的时间没有中濑先生长。这是为什么呢？"

"你、你这么问我也……"

"而且，你是在通道拐角的跟前听到惊叫声的，却最后一个在堂内现身。为什么？"

"这……这没什么理由好讲……"

"你并非古董专家，但可自由出入宝龟家，这一点也适用于卍堂。"

"可……可是，魔偶的事我是今天才知道的。骨子堂老板来了以后我才……"

寅勇似乎在暗中责怪舅父对外甥都不曾吐露已得到魔偶的事，而干侍郎本人则一脸坦然。

"你和骨子堂老板所处的条件几乎一样，不是吗？"

"谁……谁说的！"

"而且，吾良君的头撞到的那根柱子正对着白虎门。"

"……你……你这是在找碴儿！"

"假如吾良君一直提防的人其实是你，假如他从里院看到你在白虎门，然后进了那通道……"

"之后能想象到的情节就和中濑先生的一样了。"听了小间井的发言，寅勇猛烈地摇头，相反言耶则点了点头，"第三个离开的是小间井刑警。"

"喔，轮到我了吗？"刑警还是那么乐呵。

"刑警先生透过采光用的窗,先后认出寅勇先生和骨子堂老板,最终在卍堂外转了四分之三圈,从青龙门进去了。这些行为里没有任何不自然的地方,但终究只是其本人的说法。"

"没准我是在撒谎哦。"小间井果然喜滋滋地回应道。

"不过,假如是撒谎,那他为什么要选择青龙门呢,应该有理由才是。但我完全看不出来。毕竟朱雀门才是最近的。因此我觉得,'认出寅勇先生和骨子堂老板,沿卍堂的外围绕圈'的说辞还是很可信的。"

"什么呀,这就洗清嫌疑啦?"

言耶丝毫不理会小间井的贫嘴:"第四个离开的是祖父江女士……"

此话刚出口,她便露出了泫然欲泣的表情。

"……老师,你好过分。"

"竟然怀疑自己的责编,简直是人神共愤啊。"小间井也立马蹚起了浑水。

此人的性格是渐渐向曲矢刑警靠拢了吗……言耶内心担忧,表面则摆出无视的姿态。

"在四人当中,我感觉她的行为是最自然的。最后一个离开客厅,又是从最近的朱雀口进入卍堂。由于缺乏古董的知识,她没在通道内驻足,直接奔向了堂内。于是她就成了四人中——当然,罪犯得另当别论——最先抵达堂内的。"

言耶说这番话时,她的表情开始恢复到泫然欲泣之前的状态。

"不能因为是自己的责编就大加偏袒吧?"中濑立刻挖苦道。

"我没有。我只是在客观地讨论大家的行为。"言耶淡然回应后不再多辩，而是继续推进话题，"接下来是动机问题。这次我们不妨倒过来，先从祖父江女士开始。"

"好的，请。"见形势对自己有利，她也积极起来了。

"说起来，这次我和她之所以登门叨扰……"言耶讲述了此前的来龙去脉后，继续说道："因此事而登门造访的祖父江女士突然变身为小偷——这么想实在是太勉强了。"

"也不能断然否定'真就被魔偶所蛊惑'的可能吧？"中濑追究道。

"没……没错！"

出人意料的是，言耶竟然表示赞同。这使她发出了悲痛的声音。

"老……老师，你干吗要认可啊！"

"不不，那毕竟是魔偶啊。这种可能应该是完全存在的。不过，祖父江女士没见过那魔偶。岂止如此，在哪里、是什么样的泥偶，这些信息她一概不知，所以绝无可能受到魔偶的诱惑。"见她再次显出泫然欲泣的样子，言耶如此说道，脸上的表情像是在说"你无须担心"。

"……太好了。"

言耶耳中听着她放下心来的呼气声，嘴上继续说道："第二个是小间井刑警，正是因为得到了色物团的情报，他才会来宝龟家提醒主人注意防范。很难想象这样的人会摇身一变，成为小偷。"

"世上也是有黑警的。"

小间井对中濑的讽刺显得很不高兴，但对言耶还是保持着戏弄的态度。

"这种良民的意见也得听听哦。"

"谨记在心。第三个是寅勇先生，从动机的层面来看，同样的话似乎也可用在他的身上。"

"这怎么可能？"中濑说，"今天才认识他的作家、编辑和刑警恐怕都已经知道了，老爷子和外甥之间处得不好。既然如此我们完全可以认为，他是想趁此机会偷出舅父珍藏的魔偶，这不奇怪吧？"

看这意思，中濑像是在对言耶说：即使我对小间井的攻击可以算作玩笑，你的这句话我也不能置若罔闻。

"哎呀，老爷子，我说了不中听的话……"指手画脚了一通后，或许是意识到此话终究不妥，他立刻向干侍郎低头谢罪。

然而，干侍郎只是大大方方地点了点头，也没有生气。

另一边的寅勇则满脸通红，似乎想对中濑提起抗议，却又被对方的气势所压倒，插不进嘴。进而，或许是舅父丝毫不加反驳的态度令他大受打击，眼见着那张赤红的脸变得煞白。

"确实，舅甥之间好像有诸多问题……"言耶承认之余又说道，"但话虽如此，偷走魔偶也无助于解决任何问题。一旦知道罪犯是外甥，两人的关系只会更加恶化。就算偷窃是为了高价转卖，可寅勇先生并无渠道。送到古董店的话会发生什么，骨子堂老板应该是最清楚的吧。"

"自会有人不加查问，开心地买下来。"中濑断言道。

"话虽如此，一个外行很难找到这样的买家吧？"

"也是。"言耶询问之下，他还是别别扭扭地承认了。

"也就是说，寅勇先生也没有动机？"小间井确认道。

"不过……这也只是关于偷窃魔偶的动机。"言耶的措辞意味深长。

"什么意思？"

"也许我们一直对卍堂的案子抱有错误的认识。我们认为吾良君是受了魔偶盗窃未遂的牵连，但事实并非如此。"

"你说什么？"

"如果那是杀害吾良君的未遂事件，又当如何？宝龟先生无妻无子，他的遗产是一个足够充分的动机。"

小间井的视线猛然从言耶跃向寅勇。不，如今所有人都在凝视他。由此寅勇的脸色越发变得苍白，简直到了可怕的程度。

"寅勇先生在卍堂内偶遇吾良君。这时，恶魔的低语回荡在他的耳边——如果在这里弄死吾良君，大家不就会以为是觊觎魔偶的罪犯干的吗？自己没有偷出魔偶的动机。也许有人觉得不是完全没有，但极其微弱是肯定的。于是，他一时冲动实施了犯罪。此后他想逃走，但是如果只有他一人离开卍堂，反而引人注目。所以他在白虎门的通道里静观其变，后来听到了祖父江女士的惊叫。但是，马上出现的话不免招人怀疑。他等了一会儿，听到有人从其他通道出来的动静。这下他觉得应该没问题了，便回了堂内。因为有此过程，所以他明明在通道拐角的跟前，却是最后一个现身的。"

"不……不是的！"

寅勇发出声嘶力竭的喊叫后，只见幹侍郎明确地摇了摇头："恕我失礼，老师，您的推理是错误的。"

227

对这句话最感吃惊的可能是寅勇本人。他张口结舌，精神恍惚地凝视着舅父。

"果然如此啊。"不料，言耶竟承认了。此时众人的反应中更是充满了惊异。

"喂喂，你就这么干脆地否决了自己的推理？"

"作家之流自以为是，扮侦探查案，自然就会变成这样。"

"老师，你不要紧吧？"

"啊？也就是说，我……我不是罪犯？"

只有幹侍郎什么也没说。

"能否请宝龟先生告知您确信寅勇先生不是罪犯的理由吗？"

在言耶的郑重请求下，幹侍郎脸上微微露出窘态，说道："很遗憾——这么说可能不太好——我的外甥没那个胆量。要是他有'我去把外面混进来的吾良撵走'的气魄，倒也或许是件好事。不过，反正说这个也没用。"

"虽然我提出了寅勇先生罪犯说，但脑中也起了疑念——他在离堂内最近的地方却迟迟不现身，其实是出于胆小怕事的性格吧。所以，刚才能听到其舅父宝龟先生的意见，对我帮助很大。"

"我说你……"

小间井刚要提出质疑，言耶却像什么事也没发生一样，继续推进话题："第四个是骨子堂老板……"

不料说到一半，中濑便强行插话道："你想咋呼些啥，我清楚得很。"

"啊，那就请你代劳吧。"

言耶微微低下头，对方则板着一张脸："既然我是做古董生意的，自然可以倒卖魔偶。所以，如果是我的话，动机完全成立。所以，骨子堂的中濑毫无疑问就是罪犯。这就是你要说的鬼话吧？"

"对此你可有反对意见？"

"当然有。我们这门生意，最讲究的就是信用，这个你也应该能理解吧？找到魔偶的买家可能是很容易，我也有自信能卖出高价。但是呢，我也没傻到明明知道这一时的赚头会让过去积累起来的信用轰然倒塌，还去做那种蠢事。"

"嗯，正如你所言。"

"啊？"中濑嘴里发出泄了气似的声音，"你完……完全认可我的说辞？"

"是的。我也觉得每一句话都很合情合理。"

"是……是吗？这么说，我也不是罪犯……"

"原本是这样。"言耶接下来的话令中濑目瞪口呆，"可是，如果古董生意其实只是个幌子，又当如何？"

"那他的真实身份是？"

小间井询问之下，言耶答道："色物团的头领，大判先生。"

"嘶……"有人倒吸了一口气，但不知道是谁。

"所谓大判，可能是'大判小判[1]'之意。然后，根据这个团伙的名称，可以推断出他应该很喜欢金色。中濑先生所穿和服的纹样里织入了金丝，眼镜的边缘配有金色螺钿，从他嘴里还能看到好几颗

1　大判是大金币之意，小判是小金币之意。——译者注

金牙。"

"说……说什么蠢话……"

中濑似乎想放声怒吼，却几乎说不出话来，此后也只是嘴巴一张一合。

"原来是色物团的大判啊。"小间井向中濑投以锐利的目光。

"不过……"

然而，当言耶嘟囔了这么一声后，刑警眼中的神采又立刻暗淡下来了。

"我说老师，你不会又想说自己的推理是错的吧？"

"这个嘛，我再次斟酌了之前的种种推理，后知后觉地发现……此处出现了一个极为关键的问题。"

"什么问题？"小间井发问后，突然慌张起来，"不，等一下。我先问你，关于骨子堂的中濑先生是色物团的大判这个推理，是对是错？"

"是这样吗？"言耶竟向本人确认。

"当然不是！说什么蠢话呢！"中濑怒斥道。不过，他的语气透着极度的惊讶，而非先前的激愤之情。

"好吧，这个事就算过去了。你说的问题是什么？"

在小间井的催促下，言耶摆出一本正经的样子说道："是吾良君倒下的地方。"

"不就是那个玻璃柜的旁边吗？老师、我和坐间医生都推测他是一头撞上了橱柜的一根柱子，所以人倒在那旁边不是很正常吗？"

"那我问你，吾良君为什么会在玻璃柜旁和罪犯发生冲突？"

"因为罪犯在那里搜寻魔偶啊。"

"那么，罪犯为什么能事先知道要找的魔偶被陈列在那玻璃柜里呢？"

"这个嘛……"小间井说到一半，不再作声。

"进过好几次卍堂的寅勇先生、古董专家骨子堂老板都没有机会察知魔偶的所在。至于今天首次造访宝龟家的小间井刑警和祖父江女士，就更不可能知道了。"

"那是当然。"

"然而，罪犯却清楚地知道魔偶在哪儿，不是吗？所以罪犯进入通道后，以堂内的玻璃柜为目标直奔而去。四人离开客厅的时间和在各自通道内的行动——对这两项加以考察后，我只能认为，罪犯几乎没有时间在通道内磨磨蹭蹭。"

"等一下。"小间井做出沉思的模样，"吾良君一直怀疑罪犯是不是要偷走魔偶。"

"我想他并没有确信到那个程度。但是，他对罪犯知道魔偶的所在这件事肯定很不放心。所以，从采光用的窗户认出那人的一瞬间，吾良君便追过去、进入了通道。"

"罪犯究竟是谁？"

面对表情严肃的小间井，言耶答道："是你。"

七

客厅内安静得可怕。而且，除了言耶，其他人都没去看小间井。

众人的视线游移不定，仿佛一不小心看到了就会有灾难降临似的。

"喔，那你说，我为什么能知道魔偶的所在？"

"靠的是刑警先生的职务之便。"

小间井回之以沉默，于是言耶继续说道："你登门拜访，与宝龟先生会面，是为了告知色物团觊觎魔偶的消息，请他做好充分的戒备。"

"没错。"

"小间井刑警对我说过，你和宝龟先生讨论了闯空门的对策。但是，要探讨具体的对策，就需要知道魔偶在哪儿、正处于什么状态。由此我意识到了，只有刑警先生事先就从宝龟先生那里听说了魔偶的所在。"

"我知道魔偶在哪儿的事，吾良君又是怎么察觉到的呢？"

"你们二位讨论闯空门的对策时，来访者络绎不绝。其中第一个就是吾良君。换言之，他可能是在进入客厅前听到了你们二人的对话。"

"他也是在那个时候知道魔偶在哪里的吗？"

"在卍堂的正四方柱形玻璃柜前，我就魔偶的所在向宝龟先生做了一番解释，当时宝龟先生说我和吾良君可能更谈得来。因为吾良君通过和我一样的思路，查明了魔偶的所在，难道不是吗？"

后半句是向干侍郎的确认之语，干侍郎明确地点了点头。

"老师果然是名侦探，看得很准。"小间井送上赞美之词后，说道，"可是，老师不是说过吗？我正是因为得到了色物团的情报，才前来提醒宝龟先生注意防范的，很难想象这样的人会摇身一变，成为小偷。"

"如果是正经的普通警察，自然可以这么说。"

"我不是？"

"骨子堂老板说过，世上也有黑警……"

"喔，那我做过什么坏事呢？"

言耶迎着小间井闪烁出阴冷光芒的眸子，狠狠地盯视着他："东神代町和神代新町发生的连环强盗杀人案，凶手就是你小间井刑警吧？"

"……"

对方哑口无言之际，言耶继续说道："在那桩案子里，凶手如何能不被人怀疑地出入现场，成了一个谜。在介入砂村家的二重杀人案时，我已听说小间井刑警的老家就在东神代町。换言之，凶手是被害人所在区域的老熟人，且又是警察，因此完全可以不受任何怀疑地进入各家的宅子。"

"原来如此。"

"请恕我言语冒犯，初次见面时，小间井刑警绝对不像一个经济宽裕的人。"

"这个倒也没错。"

"然而，解决了砂村家的二重杀人案后，刑警先生抽起了洋烟，还说要自掏腰包请我吃饭。"

"也就是说，避过风头后，我开始使用抢劫得来的钱了。"

"是的。然后，在富士见村的失踪案里，侵入村内、人称'折纸男'的强盗杀人犯准备逃往富士见山时，刑警先生情急之下开了枪。"

"确实是这样……"

"我从某人那里听得清清楚楚、明明白白，刑警先生曾对相关人员说，也不能舍弃那'折纸男'就是连环强盗杀人案之凶手的可能性。"

"我们确实也有这样的怀疑。"

"因此，刑警先生在富士见村抓人时企图击毙'折纸男'，一旦得手，就可以把东神代町和神代新町的案子推到那人的头上。"

"真是实打实的黑警啊。"

"但是在同事的阻拦下，你失败了。"

"就只差了一点点啊。"

"你承认自己的罪行了？"

面对言耶的问话，小间井丝毫没有焦躁的样子："如果我真的知道魔偶的所在，那么当老师和宝龟先生从卍堂回来、提起那真偶的话题时，我和其他三位一样吃惊岂不是很奇怪？"

"这个是你演戏……"

"你要说我演戏，我也没法反驳。可是，看到我这样演戏，宝龟先生不会起疑心吗——明明这个刑警知道……如此一来，宝龟先生肯定会觉得我行为诡异吧。然后，应该也会把自己的疑惑告诉老师。"

"真是这样吗？"言耶望向干侍郎，似乎想问些什么。

见此情景，小间井说道："不不，在确认这个之前，你问一下宝龟先生不就行了。就问'你是否把魔偶的所在告诉了刑警'。"

"关于这个，老师，就在我要告诉刑警的时候，吾良进来了。"干侍郎怀着歉意对言耶说，"吾良是个聪明的孩子，可能已经知道魔偶的所在。但我也不想因此就在刑警先生以外的人在场时，提起魔偶的话题。而且，吾良之后没过多久，骨子堂老板就到了，所以我就更加没法开口了。"

"是这样啊。"言耶应道，随后他立刻向小间井谢罪，"哎呀，真是太对不起了，说了失礼的话。"

小间井本人并无生气的样子，反倒兴趣盎然地看着言耶。

言耶的心情好像因此而彻底陷入了低谷，不过看他的样子，已然进入了沉思默想的状态。投向这位作家的目光里充斥着鄙夷、困惑、担忧、坦荡、期待等各种情感，但似乎未能让其本人感受到一丝一毫，他完全不以为意。

"四人在四条通道内……"

不久，众人听到了言耶的咕哝声。

"因此，可以认为案发当时的卍堂处于一种密室状态。"

然而，言耶本人似乎没有意识到自己在说话。

"所以，我认为罪犯在四人之中。"

所有人都竖着耳朵听他说话。

"但是，四人都不知道魔偶在哪里。"

低语仍在继续。

"然而，案发地点是在那玻璃柜的前面，这是为什么呢？"

话到此处，言耶一一打量所有人的脸，说道："不，假如真凶确实知道魔偶的所在……假如卍堂不是密室，什么也不是的话……"

"什么意思？"小间井心痒难忍似的问道，"真凶到底是谁？"

"是阿里。"

与指认小间井是罪犯时不一样的寂静，笼罩了客厅。

"是那个女佣……"

"阿里素来与吾良君交好，又很疼爱他，所以也从他那里得知了魔偶的所在。不过，她并无偷盗之意。但是，今天陆续有人来见宝龟先生，且都以魔偶为目标。因此，她也不得不对魔偶有所在意。回过神来时，众人已齐聚客厅，而且感觉接下来作家会长篇大论说个不停。此时她突然鬼迷心窍，觉得如果现在去卍堂，就可以不受任何打扰地搜寻魔偶。于是她进了卍堂。可惜其他人也陆续到来，比她预想得要早。焦急之际，吾良君出现了。然后，两人情急之下发生了冲突。之所以会这样，肯定是因为她突然感到背后有人靠近，惊吓过度了。所以，她完全没有杀意。从这个意义上来说，更接近事故……"

"等一下，等一下。"小间井慌忙拦住言耶的话头，"吾良君是从哪里进去的？无论他选择哪条通道，应该都会被先入者发觉啊。可是谁都没看到他。"

"宝龟先生说过，吾良君人很瘦，体重也轻，想必是像猫一样悄无声息地从身后逼近了正在寻找魔偶的罪犯。而祖父江女士在朱雀门通道的小屋子里观看凤凰挂画时，身后发生了同样的事。"

"刚才我也说了，那时我进到了小屋里面。"她再次作证，补强了言耶的推理。

"到这里我都明白了。"小间井认可的同时，又摆出"接下来才是重点"的架势，"可是啊，阿里和吾良君互相推搡时，四条通道里已经各有一人了呀。这么一来，她还怎么逃得出卍堂？"

"阿里也很快意识到了这一点。她急速开动脑筋，听天由命地赌了一把。"

"怎么个赌法？"

"一路小跑奔到了青龙门通道的小屋。"

"就是我进去的那条通道？"

"没错。小间井刑警转过通道的拐角，是在听到祖父江女士惊叫之后。因此，阿里能够进入那小屋而不被刑警先生发现……"

"就算是这样，我从小屋前经过的时候，也绝对能发现她啊。"

"光进小屋当然不行。但是，如果躲进用伸缩自如的蛇纹管做成的仿龙制品里，基本上就不会被人发现了。"

"这个毕竟是会看漏的。"小间井露出懊恼的表情后，又说，"但是，如果这样的推理可行，那么园丁和厨师也得怀疑。"他一边说一边看向幹侍郎，"我记得你说过，厨师以前有过案底。"

"是……是这样，但他早就痛改前非了。"

"话虽如此，他听了魔偶的事，未必不会故态复萌。如果他有闯空门的前科，就更有充分的理由怀疑他了。"

幹侍郎慌忙摇头："不不，那个人肯定不会做这种事。"

"就算是雇主作证，光凭这个……"

此时言耶插了进来："可是刑警先生，不管是园丁还是厨师，都很难想象他们能钻进蛇纹管的龙里。"

"因为一个是细长条，一个是大胖墩吧。但阿里身材瘦小。"

"祖父江女士，你这措辞可……"

言耶正要责备她言辞不当，突然又默不作声了。

"老师，你怎么了？"

然而，言耶完全不予理会，口中反复念叨着"高个子和魁梧汉"。

"如果是我用词不当，我现在就道歉。"说着她低下了头。然而，言耶的样子还是很古怪，似乎心不在焉。

"你在搞什么？怎么了？"小间井也关切地问道，但言耶依然毫无反应，"喂喂，你这张脸就像是看到了幽灵啊。"

"……也许是这样。"

言耶终于回应了。他的语声显得极为虚弱，以至于闻者无不感到背后直冒寒气。

"你要挺住！"

在干侍郎强有力的呼唤下，言耶像是猛然醒过了神。

"我终于明白了。"

"明白什么？"

面对小间井的问话，言耶答道："卍堂案的真凶。"

"什……什……什么？！"

震惊的不只是刑警，客厅里的所有人都圆睁双目。

"难道不是阿里吗？"

"不，不是她。"

"那到底是谁？"

"是祖父江偲女士。"

此时，客厅内鸦雀无声，安静得使人误以为自己正在空无一人的深山幽谷之中。那是一种令人恐惧的寂静。

片刻后，言耶在这样的状况下开了口："现在我才意识到，就算阿里突然鬼迷心窍，就算她受到了吾良君的质问，基本也不会发展到冲突的地步。"

"我也是这么想的。"斡侍郎当即表示赞同。

"而且，万一发展到这一步，结果吾良君摔倒了，她也不会想着逃走，而是会救治他，不是吗？"

"我也觉得是这样。"斡侍郎再次表示赞同。

"'阿里罪犯说'的错误姑且放一边……"此时小间井插了进来，"你这个'祖父江罪犯说'究竟是从哪里来的？"

"她在卍堂见过宝龟家的园丁，自然知道他是高个子。但是，厨师身材魁梧，她是怎么知道的？"

"这个嘛，老师，因为我见过啊。"她即刻回答道。

"在哪儿见过？"

"去卍堂的途中。"

"即便这是事实，你又如何知道他是厨师呢？"

"啊？"

"宝龟家有宝龟斡侍郎先生、吾良君、用人阿里、园丁和厨师，共计五人，这个确实没错。但是，斡侍郎先生说起此事时，你正在另一间和室里休息。换言之，就算你在去卍堂的途中真的遇到了一个身材魁梧的人，应该也无法断定他就是厨师。因为你不清楚这家有几个用人，说起来，就连有没有雇用厨师你都不可能知道。"

"我搞错了。见到厨师是在……"

"不可能是在你进另一间和室休息的时候。我去那里的时候，你不是说一直在睡觉吗？"

"既然如此，她是怎么知道的？"

面对小间井的疑问，言耶复述了与她在另一间和室里的对话——从被问到是否有信心破案，言耶回答说没有开始。

"当时你说了半句'可是就算要逃……'。你的意思应该是'可是就算要逃，又有这样那样的阻碍，很难逃走'。换句话说就是，'可是就算要逃，有那么一个壮汉在外看门，很难逃走'。"

"原来她从正在休息的和室里偷偷跑出来了。"

"这本身当然是为了逃跑，不过我认为，在此之前她肯定偷听了我们在客厅里的对话，所以才知道厨师是个彪形大汉。"

"可是，她应该不知道魔偶在卍堂的哪里吧？"

"是的。不过她完全有可能推理出来。"

"怎么推理的？"

言耶告知自己曾在宿舍别栋对她提过真偶的事，随后说道："她脑中存有这样一个假说，又听了宝龟先生的古董气流说，想来不难推测出魔偶和真偶在卍堂中心。"

"老师也是这么推理出来的。"

听了干侍郎的话，中濑依然显得很困惑："女编辑可能确实很可疑。但刚才作家老师不是说，她和刑警先生一样没有动机吗？阿里的话，说她一时鬼迷心窍，理由还算充分，可是对带着作家登门拜访的编辑来说，这个动机就有点弱了吧？"

"因为被魔偶蛊惑了……"寅勇低语道。

"在见到那魔偶之前，不会这样。"中濑断然否定后，再次询问言耶，"即便如此，你还要说是鬼迷心窍吗？"

"不，从一开始她就打算偷出魔偶。"

"再怎么说，这也太奇怪了吧？"

面对小间井的追问，言耶显得心中有愧："如果她真是祖父江偲小姐的话……"

或许是因为一时语塞，中濑和小间井都微微张着嘴。幹侍郎和寅勇则大惊失色。

然而，那女子却用明澈的眸子直视着言耶。

"我真是大意了，本该更早发现的。"

"那我究竟是什么人呢？"她单刀直入地问。

言耶答道："这终究只是我的推测，你应该是色物团的珊瑚吧。"

"什么？"

小间井当即起了反应，但言耶不予理会："把红色珊瑚磨成粉，会变成泛着黄色的粉色。人们把这种颜色称为珊瑚色，而你的衣服和包不正是珊瑚色的吗？"

"老师看到骨子堂老板的和服、眼镜、牙齿上的金色，将他指认为色物团的大判，这段推理不是完美地落空了吗？"

"哎呀，真是丢脸。"与这句话正相反，言耶丝毫没有显出羞愧的样子，"房东说过，近来一些闯空门的小偷装扮得像个绅士，此话不假。不过，在我住宿的地方出现的人是一副上班女孩的打扮，而非绅士。你在屋外叫门，但家中无人应答。于是你转到屋后，然后被我发现了。我误以为你就是在我外出时来访的怪想舍编辑祖父江偲小姐。倒也不是想找借口，我自己都觉得这个误会是情有可原的，只是后面的事就很丢人了。"

"什么事？"

　　"我情急之下自报家门，说自己是刀城言耶。由于你反应呆滞，我又说出了自己的笔名东城雅哉。可是，拜访作家的编辑一般会不知道这个作家的真名吗？退一万步讲，就算是这样，可这是刀城言耶和东城雅哉[1]啊，编辑应该能马上察觉到吧？"

　　"是这样吗？"

　　见她一副漫不经心的样子，言耶显得更懊恼了："迎你进门后，我把刊登出道作的《宝石》杂志、最新一期的《书斋的尸体》和祖父江偲的名片，恭敬地并排放在你的眼前。向第一次见面的作家约稿，却不把最重要的杂志拿来，仔细想想是很奇怪的。然而，我甚至把从房东那里听说你来过的事都告诉你了。材料准备得如此齐全，就算是小孩也该明白我把你错认成谁了吧。"

　　"而且，老师自己把工作的事说出来了。"

　　"那个里面也有线索。一个新手编辑上门来约短篇的稿，就算聊得再投机，也不可能只凭自己的判断就自作主张地约长篇连载的稿子。"

　　"原来是这样啊。"

　　"总之，最初你打算利用我的误会，蒙混过关。或是考虑趁我不备偷走一点东西。"

　　"虽然你这么说，可我在那屋里没怎么看到值钱的东西。藏书里可能有卖得出高价的，但我没有这方面的知识。"

　　此处，小间井插话道："喂喂，这么说，你承认自己是色物团的

1　刀城言耶读作"とうじょうげんや"，东城雅哉读作"とうじょうまさや"，仅有两个音节不同。——译者注

珊瑚了？"

女子装出一本正经的样子说道："因为现在你只要联系怪想舍，确认一下祖父江偲小姐的所在，就能马上知道了嘛。这么大的宅子，肯定有电话吧？"

她向幹侍郎确认过后，做手势催促言耶往下说，仿佛二人的对话并未中断过。

"那时你脑中灵光一闪，想到没准能利用我偷出你们色物团也在觊觎的魔偶。于是你为了引起我的兴趣，捏造了怪想舍会计部的原口这一架空人物，以'从他那里听到'的方式，提起了魔偶的话题。"

"所……所以我就说嘛，我根本不认识那个原口。"

中濑怒气冲冲，言耶向他道了声歉，继续说道："我彻底掉进了你的陷阱。持有人想转手卖出魔偶当然也是谎话，这一点我已向宝龟先生核实过了。想来你是估算到了，不这么说的话，我是不会挪步的。如此这般，我被带进了宝龟家。你隔着门把从我屋里拿走的《宝石》《书斋的尸体》和名片交给了前来应门的阿里。交出那两本杂志还算说得过去，可名片就明显透着奇异了。在那种场合下，递出新的名片才是自然之举。但是，你做不到。因为你不是祖父江偲小姐。"

"我还有其他失误吗？"

"还这么神闲气定啊。"小间井惊愕不已，发起火来，但并没有去打扰言耶。

"在一开始被带入的和室里，我们与宝龟先生谈论侦探小说时，你暴露你的无知。无论如何我都应该在那时就注意到的。"

"确实是呢。"幹侍郎插了一句，但话中丝毫感觉不出对言耶有责怪之意。

"卍堂里究竟发生了什么？"小间井问出了他最在意的事。

"如有错误，请你指正。"言耶如此请求女子后，说道，"我和宝龟先生聊得起劲时，开始有人离开客厅前往卍堂。你心中焦急，但身为我的责任编辑，不好马上离席。你继骨子堂老板、寅勇先生、小间井刑警后，终于也出了客厅。当时你已推测出魔偶在哪里，因此选择了朱雀门通道，以最短距离向堂内进发。同样的话也可以用在吾良君身上。他并非在怀疑谁，只是想尽早见到魔偶。因此，你俩自然是比其他三人更早地抵达了卍堂的中心。你在那里翻查玻璃柜的行为被吾良君逮个正着，于是冲突发生了。而其他三人还未转过通道的拐角。见吾良君倒地的同时，你察觉到了当时堂内的情况，便急中生智，选择了把自己扮成发现人的策略。"

"通常发现人都会受到怀疑，但她有老师的责编这个幌子。我觉得这方法不赖啊。"小间井佩服不已。

"刑警先生检视吾良君，说还有呼吸时，你看起来有些精神错乱。这自然是因为你以为吾良君已经死了。进而，吾良君一旦得救，自己的罪行就暴露了。所以，你装作身体欠佳的样子，设法让自己能在别的房间休息，然后瞅准时机逃走。"

"然而，门外有高大的厨师看守。"

"以上就是我对卍堂案的最终解释。"说着，言耶牢牢地盯视着女子，"与吾良君起冲突时，你应该没有杀意。既然如此，你何不老老实实地承认一切，为过去的行为赎罪呢？"

八

刀城言耶拿起八月期的《书斋的尸体》，满面春风。应怪想舍的初次约稿而创作的志怪短篇小说《彼物栖身之家》，被刊登在这一期的《盛夏怪谈特辑》上。即便没有刊登自己的作品，可眼前毕竟有这么一本收录有国内外大量志怪小说的杂志，也难怪他心情舒畅。更何况，里面还有自己的短篇吧，偷偷地乐个不停也是情有可原的……

"老师，收起你那笑容，太瘆人了。"与言耶相对而坐的真祖父江偲抱怨道。顺带一提，此处是言耶租住的鸿池家的别栋。

"别说这种失礼的话好吗？"言耶回嘴道，脸上笑容依旧。

"说到瘆人，《彼物栖身之家》的那个'彼物'真的好讨厌，你干吗要写那么可怕的东西啊？"

"这叫什么话，'因为是《盛夏怪谈特辑》，所以想请你写一个令人毛骨悚然的恐怖故事'，这话难道不是祖父江小姐你说的吗？"

"话是这么说，可也得有个限度啊。虽然恐怖但又能读得有趣，归根结底是要能当作娱乐来欣赏——这才叫小说，不是吗？然而，老师的作品实在太恐怖了……而且，还是从头恐怖到底。希望你也能为我这个柔弱可爱、被迫读这种东西的编辑想一想嘛。"

"实在没想到有人会抱怨我写的志怪小说太恐怖。这世界算是完了。"

"你的反应只针对这个？也请好好提一提'柔弱可爱'这四个字。"

"没营养的话就别说了吧。"

如此这般，没营养的对话持续了一段时间。

"关于宝龟家卍堂的案子，你真的不打算写吗？"

这项约稿本已暂时搁置，如今偲又旧事重提，使得言耶脸上露出了为难的表情。

"正如我最初拒绝的那样，就算要写，也要等热度过去以后啊。"

"也有一句老话说得好，打铁要趁热。"偲说着，突然像是想起了什么，"那个罪犯珊瑚会以杀人罪被起诉吗？"

"不，我想不会。不过，她在色物团那边还有几桩过去的案子在身，服刑大概是免不了的。不过，她还年轻，完全可以从头再来。"

"那是，毕竟是能扮成我模样的美女。"

"因为还年轻嘛。"

"她和人家一样都是美女，这个要素绝对有利于她改过自新。"

"因为年轻啦。"

"老师！"

赶在她狂风暴雨般的回应到来之前，言耶慌忙扯开了话题。

"再说了，卍堂案后，宝龟家那边还发生了地震。"

"啊，是那个让人头皮发麻的……"

偲的表述一点也不夸张。因为从小间井处得知地震的事情时，他自己也陷入了类似的感觉。

"卍堂和正房恰好只塌了一半，真是太可怕了。"

"那个……"

无须偲把话说全，言耶已然明白，于是他说道："嗯，真偶和魔偶是并排陈列的，虽然我没去核实，但想必是对着魔偶那一头的卍堂

246

和正房恰好只倒了半边。"

"总不会因为写成了小说而造成什么灾厄……"

现在吓唬吓唬偲，让卍堂案的约稿计划作废——言耶一度被这诱惑所支配，但立刻又觉得此等行为甚是可耻，便改变了主意。

"不，这个应该不会。"

"既然如此，老师……"

"不不，你等一下。事实上我是想，我应该在我的读者充分了解了刚才的那些差异时，再写那个卍堂案。"

"啊？什么差异？"

"一边是美女，另一边是……"

"你想找人家掐架是吧？"

"不不，不是的。"言耶自然是连忙摇头，"玩笑话先放一些。"

"什么呀，原来是开玩笑啊。"

见偲顿时又高兴起来，言耶松了口气。

"比如说，如果今后要把我涉入的案子小说化，每次我都会让一个叫祖父江偲的怪想舍编辑作为常备人物登场。这样的话，读者就会知道，她说话带着关西口音，一兴奋就会把自己说成'人家'而不是'我'。其中也包括我，即刀城言耶称呼她为'祖父江小姐'这一事实。拙作的读者在掌握这些信息的基础上，再去读将卍堂案写成小说的作品，会发生什么情况呢？"

"珊瑚假扮的祖父江偲完全没有关西腔，在情绪激动的场合下也依然称自己是'我'。而老师始终叫她'祖父江女士'……"偲的脸上顿时绽放出笑容，"刚才老师说的可都是伏线啊。"

这正是编辑期待作家能写出有趣的作品时露出的微笑。

"不过，有几点注意事项绝不能忘了。"

"有哪些呢？"

"如果创作时采用第一人称'我'，那么在纯叙述文中将珊瑚写成'祖父江偲'就没有任何问题。因为'我'本人完全相信她是'祖父江偲'。但是，采用第三人称时，对话里可以，在纯叙述文里则严禁写成'祖父江偲'。"

"无论什么时候都不能例外？"

"写真正的祖父江偲时，当然没问题。另外，即便是第三人称，只要描写的是视点人物刀城言耶的心理活动，由于我误以为珊瑚是祖父江偲，所以也没问题。但是，在别的第三人称的纯叙述文里，明显写的是珊瑚却记作'祖父江偲'，则是绝对不允许的。因为这是作者对读者的欺瞒行为。"

"听起来好难的样子，老师何不采用第一人称来写卍堂案？"

"这么写固然轻松，但也很无趣，不是吗？"

"老师，你是受虐狂吗？"

"你恐怕是有施虐狂的血统……"

"所以我和老师才会这么投缘啊。"

"……"

"老师？"见言耶毫无反应，偲发出了低沉而恐怖的声音，于是言耶只好再次宣告："你想说什么呀？总之，因为有这样的隐情，写卍堂的案子还要等很久才行。"

他以为这么一说，暂时就不会再被这件事烦扰……

"那我也不能不鼓足干劲了。"

偲的话里危机四伏，言耶虽不明所以，仍是心里一惊，身子紧绷起来。

"祖父江小姐为什么要鼓足干劲？"

"那是当然，身为责编，我必须好好准备能将老师卷入其中的案子，不是吗？"

"这……这个没必要。"

"等来等去，案子可不会自己上门来。而且，就算老师被卷进去了，我不在场的话，就没意义了。"

"祖父江小姐作为我的责任编辑，只是稍微登场亮个相……"

"这样的话，读者的记忆里根本就留不下什么。"

"可……可是……"

"今后人家会不断找出可以让老师发挥侦探才能的案子，您就放宽心吧。"

"不不，我实在是没这个打算……"

故此，就算不愿意，刀城言耶也不得不在祖父江偲携来的奇异案件中扮演侦探角色了。

如椅人躺坐之物

一

荒川有一家由镇工厂改造而成的作坊，名叫"人间工房"，作坊里有一位制作"人间家具"的工匠——祖父江偲听闻此传言，是在寒风凛冽的一月下旬。

她是战后成立的新兴出版社"怪想舍"的编辑。该社创办的侦探小说专刊《书斋的尸体》大获成功，拜其所赐，出版社规模虽小，但发展势头极为迅猛。杂志还求得了江川兰子等知名作家的连载，在业界也相当引人注目。

偲在《书斋的尸体》这边既是作家刀城言耶（笔名东城雅哉）的责任编辑，同时也参与了一项与众不同的企划，名曰"异界探访"。此时她正在为下一期的报道发愁。

这个栏目需要编辑采访除作家以外的各行业人士，并写成报道。当然，并不说是除作家以外谁都可以，其筛选条件是采访对象的职业要含有某种侦探小说式的趣味。探寻作家以外之人的世界——出于这层含义，栏目被安上了"异界探访"这个夸张的名字。

此前报道的人物里有警视厅鉴识科的职员、大学附属医院法医学教室的教授、电影行业的特摄技术员、兴信所所长、国铁职员、建筑公司的设计师，等等。从去年开始范围大大扩张，延伸到了人体标本制作师、刺青师、毒蛇捕猎名家、鸟兽标本制作师等行业。

如果说过去的连载是以侦探小说所具备的理性和知性为焦点挑选对象，那么最近的探访可能就比较偏向怪奇性了。将能想到的采访对象都访过一遍后，自然就只能将目光投向其周边行业了。

在此状况下，祖父江偲为下一期"异界探访"选择的对象是家具匠锁谷钢三郎。

钢三郎是木材商"锁谷木材"家的三子，家境富裕，上有两个哥哥和三胞胎的姐姐，乃如假包换的幺儿。许是这个缘故，从小娇生惯养，加之与生俱来的认生性格，彻底成了一个窝里横的主。

话虽如此，只要不发脾气不胡闹，他还是一个很好相处的孩子。甚至给点木片，他都能不知厌倦地玩个不停。幼年他拿这些当积木，到了明白如何操作刀具的时候，便立刻感知到了雕刻的快乐。最初钢三郎只是乱刻一气，不久便开始制作版画，很快又转为雕像。就读旧制初中时，他开始以自己雕刻的各种雕像为零件，组装出奇异的椅子、书桌、书架等家具。

日本战败后，其父钢藏打算立三子钢三郎为锁谷木材的继承人，取代战死的长子和次子。不料，钢三郎态度强硬，说要把家业让给姐夫们，自己则想开一家制造家具的作坊。

三胞胎姐姐的丈夫们是亲兄弟三个。长女配照吉，次女配照次，三女配照三，三人均为入赘婿，就职于锁谷木材。

于是，钢藏决定留任，仍做社长，将照吉、照次、照三分别捧上副社长、专务、常务的位置，以培养三个女婿。另一方面他又投入资金，买下位于荒川郊外的砂濠町的工厂，并加以改装，使钢三郎拥有了他所期盼的家具制造作坊。

钢三郎将这栋由住所、工作间和仓库构成的建筑命名为"人间工房"。只因他所制造的家具均为对人体的变形，并按用途被赋予了特有的名称。

不妨略举数例。

按照人坐在扶手椅上摊开四肢的模样制成的单人扶手椅——椅人。

将四脚着地者的头插入另一四脚着地者的臀部的洞孔，如此这般串起数人制成的长椅——长椅人。

单个侏儒举起一块板制成的桌子——桌人。

四个侏儒各执木板的一角制成的桌子——四脚桌人。

三个孩子骑着脖子叠起，六只手伸往不同方向的衣帽架——柱人。

以直立孕妇的双乳、大肚皮、肥臀为抽屉的衣橱——橱人。

做成肥硕男人直立的样子，在其脸部、胸部、腹部、上臂、大腿处挖出空洞的书架——书人。

总之，尽是些造型奇特的东西。

而钢三郎最为执着而煞费苦心的，是如何保留人体的鲜活性。不过他认为，即使完全留存住人体的模样，若不能发挥家具的作用，也是毫无意义的。

比如，按一个全裸者坐入椅中的模样制造椅人时，倘若只有膝盖下弯折起来的两条腿，人一坐上去就会向后翻倒。这就好比一张椅子只有前腿，如此一来别说坐了，往地上放都放不稳当。所以就得采取迫不得已的方法，不得不从臀部延伸出像尾巴一样的第三条腿。

相比椅人的腿，更让他烦恼的是臀部坐着的部分。椅人若是女性，就没问题。只要按双腿并拢而坐的样子制作就行。使用者可以坐在女人的膝上。

但如果是男性，情况就不同了。坐入椅中敞开的两腿之间空无一物，没法就这么把屁股搁上去。于是，只能又不情不愿地在两腿间嵌入一块板，勉强对付过去。

钢三郎最讨厌补丁——他把这类行为表述为补丁。只是，他更无意制造没有用处的家具。他力求在不损害人体形态的基础上，打造用途各异的家具。为解决这一矛盾，钢三郎逐渐走上人体改造之路，或许是一件极为自然的事。

椅人男性版的改良品已经完成，极为诡异：第三条腿一开始就做得像猴子尾巴，肥大的阴囊则如幕布一般绷于两腿之间。

钢三郎的这种风格始终得不到旁人的理解。这恐怕是因为他既不以追求人体造型的艺术品为目标，也不制造活用人体结构、重视实用性的家具。

果不其然，钢三郎的作品销量不佳，大多都被闲置在仓库里，顶多是慕名而来的好事之徒会买一些。

但是，要生活下去就得有钱。原材料基本可以靠锁谷木材提供，但一部分也得向其他商家购买，所以仍然需要经费。因此，钢三郎每月都从父亲钢藏那里领取一笔资金。在外人看来他貌似已自食其力，实则还在啃父母的老。

照三素日里便对此事大为恼火。照吉和照次心里似乎也不是滋味，但不曾表露出来。最关键的是，副社长和专务的工作又繁忙又有趣，事实上他们似乎无暇顾及小舅子的问题。

相比大哥和二哥，老三欠缺管理才能，不是当常务的料。不过钢藏对照三也寄予厚望，与对照吉和照次一样，严格要求他身为锁谷木材的常务，做出与其地位相符的业绩。

倘若钢藏不对这个女婿抱有过高的期望，并解除其常务之职，把他安排到能发挥个人能力的部门，没准事态还能有所改变。又或者如果照三离开岳父的公司、另谋他职，则很可能不会发生任何事。

然而，对双方来说都极为不幸的状态持续了很久。其结果，照三把满腔郁愤都撒向了钢三郎。他晃晃悠悠跑到人间工房，靠一张擅长说刻薄话的嘴，死乞白赖地招惹小舅子，想来是自说自话地对同为三子却处境迥异的状况感到了愤怒。

但钢三郎不予理睬。照三上门他也接待，但从来不受姐夫的挑衅。他只是默默地致力于制造人间家具。直到有一天照三针对他的作品，说出了带有批判意味的话……

人间家具匠锁谷钢三郎只有一个弟子，名叫折田健吾。其实过去也有好几个怪人希望做他的弟子。钢三郎递过木片和凿子等工具，要他们雕自己喜欢的东西，结果无一人能通过考核，入他的法眼。

折田健吾的祖父乃信越知名的木器匠。父亲和他本人也继承了祖父的手艺。尽管健吾还在学艺，却已渐渐得到同行的赞誉。大家都说，从他用七叶树制成的木钵上，能触摸到与其祖父的作品相同的手感。

不料，某日健吾来到荒川镇，在顺道前往的旧工具店里见到奇妙的椅子后，大受震撼。

"人间椅子……"

他不由自主地念叨出那短篇小说的名字。在旧制初中时代，健吾曾偷偷向友人借阅江户川乱步的作品集，里面就有这篇小说。而事实上，他也只能用这种方式来表述那张椅子。

不过，乱步的《人间椅子》讲述的是一个椅匠钻入椅中的奇想故事，作品中出现的是一张表面覆有皮革的大扶手椅，而健吾看到的椅子不同，是按一个可爱少女坐在扶手椅上的模样制成的。从这层意义而言，它比乱步的"人间椅子"更胜一筹。这个才叫人间椅子。

只此一眼，健吾便对那张椅子着了迷。许是在小山村长大的缘故，十八岁之前他从未对女性产生过恋慕之情，如今则立刻拜倒在了椅子少女脚下。

"嗯，究竟是喜欢上了做成椅子模样的少女呢，还是眷恋于做成了少女模样的椅子呢……"连他自己也说不清楚。

只是，此后健吾的行动迅如闪电。他从旧工具店店主那里打听出锁谷钢三郎的情况，顶着可能被祖父和父亲扫地出门的处罚，独自进京。在两眼一抹黑的东京，他直奔位于砂濠町吾妻大道的人间工房。然后又成功通过钢三郎的考核，当日便在砂濠町寻得住所，第二天就去工房干活了。

自健吾拜师后，人间工房的业务量开始增加。工房引起了某国外好事者的关注，以此为契机，有了来自欧美的订单。锁谷钢三郎在日本仍被视作奇人、怪人，在国外却被誉为艺术家，迅速赢得了肯定。

上述信息不光来自于祖父江偲为编撰"异界探访"而进行的事先调查，一部分还得自她造访人间工房后所做的追加采访——此事已超

257

越《书斋的尸体》的业务范围。

至今为止，祖父江偲依然对此地念念不忘，其原因是她造访人间工房那日，遭遇了不可能发生的人类消失事件。

二

这一日狂风大作，寒气刺骨，祖父江偲携摄影师来到荒川郊外的砂濠町，造访了位于吾妻大道的人间工房。准确地说，他们是下午四点抵达的。

不只是采访，还要拍照，所以她本想到得更早。无奈电话沟通时钢三郎最初给出的时间是下午六点。他说早上八点到傍晚六点要干活，希望能安排在工作结束之后。偲好说歹说才得以提前到四点，自然是绝对不能迟到的。

人间工房位于吾妻大道最深处的左侧。道路尽头是一堵木板墙，墙后横亘着隅田川。因此，会有风"嗖嗖"地从半朽的木板的缝隙吹进来。总之很冷。

偲自然是想尽快进入工房取暖。

"不好意思……"与内心想法背道而驰，偲出言谨慎，颇不符合她一贯以来的性格，"我是编辑祖父江偲，来自怪想舍《书斋的尸体》。"

对开式的磨砂玻璃门上大大地写着"人间工房"四个字。偲低着头，战战兢兢地将其打开。

玻璃门后便是宽敞的土间，铺于地面的草席上散乱地摆放着木材和各类工具。虽然只有两个火盆用于取暖，但与户外相比，可谓暖如天堂。看来从玄关门口开始就是制造家具的工作间了。

那里有两个男人。其中一人身材魁梧，面无表情地坐在小圆椅上，目不转睛地望着虚空。此人恐怕就是锁谷钢三郎。不过，他纹丝不动，可能是没注意到偲等人的来访。

"今天还请您多多关照。"偲留意着椅子上的男人，喃喃自语似的寒暄道。之所以如此，是因为仅凭几次电话她就切身地明白了一件事：即便工作只是稍受干扰，钢三郎也会勃然大怒。此刻他肯定是在思考什么。

"辛苦您了。"直接坐在草席上的年轻男子站起身，朝偲行了一礼。

随后，男子望向那貌似钢三郎的男人，一边窥探其表情，一边平静地招呼道："师父，采访您的人来了。"

"……"

"师父，是事先约好的杂志采访。"

"……"

"师父，现在已经四点了。"

"嗯？"

此时钢三郎才终于回过神似的，频频打量站在近旁的偲和与她同行的摄影师。

"啊，是那个采访啊。"

他露出颇为困扰的表情，使得偲心里咯噔了一下。

"你们稍微等一下。"

钢三郎从圆椅上起身，背对玄关，消失在右侧的一道门后。

"前些日子为我们转接电话的人就是您吧。您是锁谷老师的弟子吗？"

偲询问留在这里的年轻男子，对方自报家门，称自己是折田健吾。于是，偲又立刻问道："老师情绪如何？"

"我觉得尚属平常。刚才师父肯定是在思考家具的设计，所以连你们二位都没注意到。不过不要紧，师父厌恶的是被突然来访打断工作。祖父江小姐是事先预约，所以不会有任何问题。"

"听您这么一说，我就放心了。"

"师父沉默寡言，但应该会认真地回答你们的问题。只是，有些话可能不该……由我来说。"

"什么话？但说无妨。"

采访在即时能听到与人间家具匠有关的注意事项，是再好不过的。

"还是不要轻易批评师父的作品为好……当然，谁都有批评的自由……"

健吾还想做些解释，偲拦住了他的话头，当即答道："我明白了。"

"我一点儿也不想对你们的采访方式指手画脚……"许是偲应得爽快，反倒令健吾不安起来，他频频致歉。

"哪里，承蒙告知，我感谢还来不及呢。"

"真……真的吗？"

健吾脸上仍残留着少年的气息，偲见他放下心来的样子，不由得会心一笑。

"当然。作家也是如此，被称为艺术家的人群里，总会有几个脾气古怪的人……"

偲蹬鼻子上脸，举了几个具体的例子。健吾听得极为专心，想必是平常身边只有一个寡言少语的师父，所以与旁人交谈使他产生了一种新鲜感。

"还有一个专攻民俗学的怪奇小说家，这位老师啊……"

偲越发得意忘形，正要说起刀城言耶的事。

"请。"右侧的门开了，钢三郎露出脸来。

"啊……来了。"

偲慌忙向健吾行过一礼，催着摄影师一起进入房间。

这间屋子似乎是事务所兼会客室，里处有办公桌、文件柜和书架，跟前则摆放着会客用的桌椅。事务所空间内的办公桌和橱柜造型普通，会客用家具配备的都是四脚桌人和椅人。

偲客随主便，坐上了椅人。钢三郎从办公桌后拿来一把平平无奇的圆椅，坐了上去。看来其本人并无使用人间家具的习惯。

钢三郎点燃了火炉，但室内冰冷异常。偲披上先前脱下的大衣，立刻进入了采访环节。从生平简介到决心制作人间家具的契机，偲一边谨慎地察言观色，一边展开询问。

钢三郎绝非和蔼可亲之人，但回答了全部问题。对在其身边走动拍照的摄影师，他时而显现怒容，但也不曾抱怨，似乎一直在忍耐。

也许是他意外地配合采访工作，使得偲终于麻痹大意了。于是，一个想提但一度断定还是不提为妙的问题，一不留神就出了口。

"关于坊间口耳相传的奇怪流言，您是怎么看的？"

"所谓的流言是？"

糟了……意识到这一点时，已经晚了。

"到底是什么流言？"

看这情形，是没法糊弄过去了。

"说是……那个……老师制作的家具动了……"

"哦？比如说？"

"比如……一到早上，橱人的朝向就完全变了……"

"……"

"比如……半夜里偶然瞄了一眼，发现四脚桌人的某个侏儒撤了手，没去撑那桌板……"

"……"

"比如……坐在椅人上打盹，突然从背后被紧紧抱住，然后吓得一蹦三尺高……"

"……"

"比如……屋里有人间家具时，偶尔会产生一种被其凝视的感觉……"

"……"

趁着钢三郎还没生气，偲接连不断地讲述了事先调查时听到的坊间传闻。事实上，此次采访她最想问的就是其本人对这些传闻的感想。

话虽如此，一旦得罪了钢三郎，被拒绝采访，可就鸡飞蛋打一场空了。因此先前偲一直自我约束，但事已至此也就破罐子破摔了。她下定了决心。

"关于这些传闻，老师有何想法？"

眼看对方就要怒吼"混账！你是想愚弄我的作品吗！"，偲已做好心理准备。

"很荣幸啊。"

这反应完全出乎意料，偲大为震惊。

"传出这种流言，您不生气吗？"

"为什么要生气？"对方一脸严肃地答道，令偲无言以对。

"这说明我的人间家具就是那么的栩栩如生，不是吗？"

钢三郎第一次露出欢笑似的表情，此前的沉默寡言恍若假象，他以热切的口吻滔滔不绝地说开了。

"所谓人间家具，正如其称呼所示，是家具，同时又是对人体的表现。它追求的是人体所具有的美丑。但既然是家具，忽视其各自的用途也是不能容忍的。此外，我们必须对人体加以变形。是人体的雕像，同时也是家具——如何在这矛盾的夹缝中抽取两者的优点制成作品，才是人间家具的本质。追本溯源的结果，使我开始尝试人体的畸形化。乍一看，这似乎与我的'活用人体之本身'的主张背道而驰。但是……"

一席话持续了将近十分钟。许是因为得以高谈阔论自己的人间家具论，此后钢三郎显得心情舒畅。拜其所赐，偲提出想拍摄仓库存放的主要作品和钢三郎在工作间的身姿时，他也一口答应了。

仓库比事务所兼会客室更阴冷。拍摄完作品，偲回到了工作间。虽说那里只有两个火盆，但相比之下还算是暖和的。她安下心来，就拍摄钢三郎个人照片的事宜，与摄影师交换意见。

就在这时，玄关的门突然大开，进来了一个身穿西装的年轻男子。紧接着，此人措辞极为粗鲁地对钢三郎说："我们常务还在这儿吧？"

"元村先生，你要问常务先生的话，他中午就走了。"

回答的人是健吾，但这个被称为元村的年轻男子只盯着钢三郎。

"应该还在这儿。我们必须马上回公司，请你告诉他我接他来了。"

"呃，我都说了，常务先生……"

健吾还想做些解释，元村朝他摇摇头："常务要是走了，应该会直接回公司。现在他没回公司，因为人还在这里。"

"他确实是回去了。"

"没有，他就是没回去。"

健吾和元村纠缠不清之际，钢三郎已迅速进入工作状态。

这个叫元村的男人可能是急脾气，对钢三郎的态度似乎大为恼火。他一言不发，突然冲出了工房。

健吾满脸惊愕，偲一边留意着钢三郎的样子，一边问道："这是怎么回事？"

"锁谷木材的常务先生是师父最小的——说是最小，其实是三胞胎——姐姐的丈夫，时不时地来我们工房。不过，今天上午他来得很早，所以中午的时候应该已经回去了。"健吾告知详情，目光则仍在窥探钢三郎的神色。

"这么问可能有些僭越，他们二位的关系不太好是吗？"

从元村和健吾的语气中，偲感觉到了什么。钢三郎已忘我地投入工作，即使稍微深入地谈几句，想来也不会被他听到。

"这个嘛……"

话虽如此，健吾还是支支吾吾的。想必他是觉得，身为弟子不该多嘴多舌。

就在这时，刚才跑出工房的元村又回来了。

"常务果然是在这里还没走。"

"啊？"健吾面露诧异之色。

"大道拐角处的理发店店主、对面香烟店的老婆子、开在路中段的菜铺的女老板，今天早上八点都看到常务了。"听元村的口气，像是在说"你少装蒜"。

"看到他走在作坊前的吾妻大道，朝我们工房来了？"健吾确认道。

"那是当然。"元村的语声中含着不快，"但是呢，谁都没见他出来。"

"这个是因为大家都在干自己的活……"

"常务拐进大道往这里来的时候，他们三个可是都看到了，偏偏回去的时候全都看漏了，这可能吗？"

"也不能说完全不可能……"

元村无视健吾的回应，逼向独自置身事外的钢三郎，语出惊人："常务人在哪儿？难不成是你施加暴力后，就把人搁下不管了？"

"这怎么可能……"健吾刚要抗议，却又瞥了钢三郎一眼。这一切偲都看在眼里。看他的模样，似乎是和元村抱有相同的疑念。

"前不久常务批评你那些叫什么人间家具的'艺术作品'时，你勃然大怒，差点就要动粗了，不是吗？"

健吾默不作声，助长了元村的气焰。

"当时的情况我听常务仔细讲过。万一真出了这样的事，不管你是什么身份，我们都会报警……"

"我懒得打这种人。"钢三郎头也没抬，冷不防啐道。

"你……你说什么？"

元村又逼近了一步，却也没能让钢三郎停下手上的工作。

"这种有眼无珠的人，我才不会在意他的批评。"

"可是，前不久……"

"没错，我是生气了。所以，今天早上我没理他。"

"那常务一直待到中午岂不是很奇怪？"

"他说想检查账本，我就随他去了。"

"请听我说一句。"这时偲举起一只手，主动担起了调解人的角色。这当然是因为如此下去将有碍采访工作。不过，偲从这场风波中嗅出了刑事案件的味道，才是最重要的原因。

偲向元村递上名片，对今日的采访做了一番解释。随后，她介入钢三郎、健吾和元村之间，整理完三人的说辞后，弄清了以下事实。

今晨八点左右，锁谷木材的常务照三来到人间工房。据说平时他总在工作时间过来，但这样就无法与钢三郎深入交谈，所以选择了如此早的时间段。当时钢三郎和健吾已经在工作间了。

这数月来，照三来访的目的一成不变。一是重新讨论锁谷木材对人间工房的融资；二是把低于其他商家的原材料报价拉回到应有的市场价。当然，融资与报价事宜均基于锁谷木材的社长——钢三郎之父的判断，并无照三置喙的余地。然而，他好像实在是看不惯人间工房，总想着把它和锁谷木材切割开来。

这事办得不顺利。前些日子照三发表了一通鄙薄人间家具的言论，差点儿被钢三郎打。今晨在事务所内说要检查木材采购的账本，肯定也是想着能否找出营私舞弊的地方，以声讨钢三郎。

两人当即吵了起来，钢三郎撇下姐夫，一个人出了事务所兼会客室。因此，钢三郎只搭理了照三五分钟。

如此这般，整个上午都是钢三郎和健吾二人在工作间，照三独自一人窝在事务所兼会客室里。据健吾所言，室内时而会传出"哗啦哗啦"翻阅账本似的声音。

很快到了中午，健吾和平日一样准备去邻町的荞麦面店订外卖，问师父是否需要给照三也捎上一份。这时钢三郎才想起姐夫还没回去。于是，他决定让健吾先去荞麦面店，趁此期间赶紧将照三轰走。

顺带一提，去邻町的荞麦面店，来回需要走二十分钟。健吾说他几乎一整天都待在作坊里，外出订午餐算是一种很好的放松活动。不过，今天健吾在吾妻大道上没走多久就遇上荞麦面店的外卖员，当场订好了午餐。所以，五分钟后他就回了工房。

照三应该是在这段时间内回去的。然而，根据元村打听到的情况可知，大道两侧的居民无一人见到他的身影。其中必须特别予以重视的，还得是理发店店主和香烟店老婆子的证词。两家店正好位于大道出入口的两个街角上。

吾妻大道并不长，是一条规模虽小但应有尽有的商业街。其中人间工房占地面积较大，又因制造的是人间家具这类特别的东西，不管从哪方面来说都是镇上居民瞩目的对象。因此，进出作坊的人似乎总能自然而然地被镇上居民观测到。

大道的尽头是木板墙，墙后是隅田川。照三从人间工房出来后，只能沿着大道返回。元村已查明，照三并未中途进过哪家店。

换言之，有一点已非常清楚：如今只能认为，照三在吾妻大道上突然消失了。

如此这般，偲整理了今晨至中午人间工房内各人员的活动情况。

下一个瞬间，元村再次说道："前提是……常务真的离开了这里。"

这似乎是他一开始就抱有的疑念。

"你什么意思？"健吾回应道。可能是见钢三郎一直不作声，他想替师父说句话吧。

"就是字面上的意思。你去荞麦面店的时候，这个人和常务之间发生了纠纷。"

所谓"这个人"，自然是指钢三郎。

"当时常务肯定是被打了。这个人看常务瘫倒在那里，觉得要糟，就把人暂时搬进仓库，等过后再处理……"

"这不可能。"健吾断然否定，"今天我出去再回来，前后只有五分钟。短短五分钟内师父要跟常务先生吵架、对他动手，怎么想都是不可能的吧？最关键的是，我回来时师父已经在工作间了。"

"那就是下午……"

"这也不可能。从我回来到祖父江小姐四点来访为止，师父只在去住宅上厕所的时候，离开过工作间一次。而且很快就回来了。"

人间工房的工作间左侧是住宅，右侧是事务所兼会客室。这三座建筑的背后全是仓库。人可经由工作间或事务所兼会客室进入仓库，但从住宅那里是走不通的。

"那就是常务还在那里……"

元村望向事务所兼会客室，于是这次轮到偲来反驳了。

"直到刚才为止我们都在采访，那个房间真的没人。"

"那你说，常务到底去哪儿了？"

土间内回荡起元村的激昂语声，随后又静谧下来……

"检查一下不就好了吗？"钢三郎嘀咕了一句。

"你的意思是，我可以在作坊里到处看看？"

"嗯。但不能碰那些作品。"

"明白了。那就让我检查一下吧。"

二人交谈之际，偲一直注视着他们，这时就听钢三郎说道："你也跟着一起去。"想来是他断定有第三者介入此事为好。

钢三郎和摄影师留在工作间，偲、健吾、元村三人先是去了事务所兼会客室。

环视了整个房间后，元村似乎也立刻看出，这里没有任何可以藏人的空间。因此，他也只是马虎地瞧了瞧事务所办公桌的底下，保险起见又查看了保管账本的橱柜和书架。

健吾大概没怎么来过这里，他以略显好奇的目光打量着室内，贴心地站在墙角处，不去打扰另外二人。

偲和元村一样也检查了一遍室内，随后关注起书架来。顺带一提，书架上放的尽是涉及人体的医学专著和与木材相关的专业书籍。不过只有一本与众不同，那就是江户川乱步的《屋顶的散步者》，由春阳堂出版。毫无疑问，这是因为书里收录了《人间椅子》。

偲正望着书架，这时元村开了口。

"这里已经查够了。问题是仓库。"他让健吾打开位于事务所深处那一侧的拉门。

"我先进去。"

说着元村消失在门后，随即里面就传来了一个声音："问题果然出在这里！"

他语带兴奋，如获至宝一般。

"怎么回事？"

偲也急忙进入仓库，只见元村气喘吁吁，挺立在紧挨着拉门的地方。

空荡荡的广阔空间如冰柜一般寒冷，弥漫着淡淡的洋漆味，钢三郎的人间家具上面覆盖着褪色的床单，连绵不绝铺满了三分之二的空间，被整齐地排放在仓库内，蔚为壮观。

除去那一堆堆床单，室内只有一个橱架，再无任何家具。橱架位于拉门对面的墙角，上面摆放着各种工具和涂料等。这里真的只是仓库。

此前偲按作品种类请钢三郎掀起几处的床单，让摄影师拍了照。所有销量不佳但仍在不停制作的人间家具为床单所覆盖，被存放在仓库里。偲觉得这景象本身比单张照片更像一幅画。从床单隆起的形状可知应该是椅人最多，这种视觉性的妙趣真是难以言喻。它能在凹版照片上营造出强烈的感染力，偲单纯地为此感到喜悦。

然而，元村的兴趣似乎不在于此。

"你们看！"他望着追过来的偲和健吾，再次语出惊人，"那家伙肯定是将常务的尸体藏在某条床单下了。"

"怎么可能……"偲当即反驳，话到一半又咽了回去。鉴于钢三郎与照三的恶劣关系，以及照三未离开人间工房的疑点，她觉得这种想法倒也不可轻视。

话虽如此，元村动手挨个掀开床单的行为，还是令偲吃了一惊。

"住手！"健吾忍不住阻拦，但元村丝毫不予理会。两人互相推搡，偲慌忙上前制止。

"你们二位吵吵闹闹，算是怎么回事？"

"可是，你不也觉得这里可疑吗？"

听元村这么一问，偲稍有迟疑，但还是点了点头。

耳中听得健吾呼吸一滞，元村仿佛赢得了一场大胜，他继续说道："果然任谁看了，都会这么想吧。那家伙块头大，又有力气；常务倒是感觉人瘦瘦的，还不到中等身材。那家伙扛起常务搬到这里来，还不是小菜一碟……"

"但……但是！"健吾叫道，"师父没那个时间。"

"折田先生去荞麦面店的这五分钟里，钢三郎先生应该没法把常务先生从对面的房间搬到这里，然后再藏起来吧？"偲附和道。

"你的意思是，完全没可能？"元村以怀疑的语气问道。

"就算勉强可以做到，也只能藏在仓库出入口的附近，也就是元村先生你现在掀床单的这一块地方。"

"……"

见元村陷入沉思，偲发动了新一轮攻势："而且，刚才我突然想象了一下……不管常务先生现在处境如何，想来都已失去了人身自由。"

"嗯，恐怕是的。"

"这样的话，光盖上床单是很难把常务先生隐藏起来的吧？"

"这个嘛……"元村好像也明白了偲的言外之意。

"光是粗略地瞧一眼，也能根据各自的形状看出床单下盖着的是椅人、长椅人、桌人、四脚桌人、柱人、橱人以及书人中的某一个。也就是说，光用床单盖住常务先生的话，一眼就能被人发现。因为只有这一堆跟其他地方的不同。"

"……"

"而且，床单的边缘都没能贴着地，可以看到一点作品的底部。所以，自然也不能把常务先生塞在长椅人或四脚桌人的底下。可要把人按坐在椅人上的话，又会因为只有那里鼓出了一块，也会马上被人发现。"

"那……那就是……"元村咆哮道，"他把常务绑在柱人、橱人或书人上了。总之就是绑在了直立家具上。"

"我们已证明时间不够。"

"……"

"最重要的是，这么一来会多出常务先生身体的那部分宽度，而且还会露出脚来，不是吗？"

"……"

"总之，有两点已经非常清楚。一是钢三郎先生没那个时间，二是事务所兼会客室和仓库里也找不到能隐藏常务先生的地方。"

"……"

一度沉默的元村开了口："这倒是真的。不过，常务没有离开这里，而那家伙又很可疑。这两点也是很清楚的吧？"

偲觉得对方言之有理，但并未表示赞同，而是环视了一番仓库。因为她忘记了窗户的存在。不过，所有的窗户都很脏，其周围的墙壁也是如此。如果有人从窗口出入过，绝对会留下痕迹。

"看来常务先生也不是从窗户出去或被人带出去的。"

元村对偲的见解毫无反应，仍不死心地掀着床单。随后他突然转身就走，偲和健吾也紧跟其后。

元村回到工作间，说还想检查一下住宅。原以为钢三郎这次真的要生气了，不料他却爽快地应允了。检查结果显示，由起居室、卧室、厨房、厕所构成的住宅也不存在任何能隐藏照三的地方。

倘若吾妻大道商业街的人，以及元村、钢三郎、健吾都没有说谎，那就意味着锁谷照三是在一个无处可去的空间里突然消失了。

三

"虽说一看就知道是个奇人、怪人，但又才华横溢。对这种人老师你也会感兴趣的吧？"怪想舍编辑祖父江偲装出一副"我并无任何企图"的表情，极力以淡然的口吻说道，此后，她又补充了一句，"我没说错吧？"

被对方盯着脸这么一问，刀城言耶刚想说"当然感兴趣了"，又闭上了嘴。就在十几天前，他刚被偲的花言巧语所骗，被卷入了一桩大麻烦。现如今可能还是防着点为妙。

所谓的大麻烦，是指去年年底的元公爵千金杀人案，发生在著名的豪宅区株小路町。言耶好歹破了案，所以结果还行，要是兜不住的话，那个名叫深代的少女没准还在心惊胆战。

当然，言耶并无任何责任。但既已知晓案件的详情，就不能置之不理。试图尽力而为，这不也是人之常情吗。

案子解决后，偲听言耶讲述了个人感想，当即以微妙的措辞说道："老师这边与其说是人情，还不如说是禀性。"

"禀性？"

"对，侦探禀性。"

"我……我哪有这种东西。"

"恕我失礼了，还是改叫成'身为名侦探的知性趣味'更为贴切。"

"你听好了，我原本就不是什么侦探……"

言耶试图否认，偲向他大摇其头："你不是在学生时代就解决了好几桩奇案吗？老师在成为作家之前，就已经是侦探啦。"

"不不，我只是一个很普通的作家。"

"文坛人称'流浪作家''流浪志怪小说家'，更有一部分人说你是'反侦探'，你说你到底普通在哪里？"

刀城言耶向来痴迷怪异故事，尤其喜欢流传于日本各地的怪谈传说，从学生时代起便致力于搜集这些故事。不久，言耶利用收集来的素材开始创作志怪小说，从此一发不可收拾，以"东城雅哉"为笔名步入了文坛。不过，兼顾兴趣与实利的怪异故事收集活动则持续至今。因此，他经常东奔西走，回过神时，已被冠以"流浪作家"或

"流浪志怪小说家"的称号。

"而且呢，"祖父江偲继续反驳，"老师以前说过的吧，作家跟其他职业一样，并不是自己想成就能成的。只有在出版社或读者认可'这个人是作家'的那一刻，才算是成为作家了。"

"嗯，我确实这么说过……"

"我想侦探也是一样的。"

"啊？"

"不能因为破了几桩难案、奇案就自称名侦探，这可不行。反过来说，不管是谁，只要世间认可，那他就是名侦探。而老师正属于这种情况。"

"我觉得，肯定只有祖父江小姐你一个人是这么想的……"

"谁说的。事实上，不是经常有人通过各家出版社委托你调查奇奇怪怪的案子吗？"此时，偲突然换上一副茫然的表情，"不过，人家是通过合理的推理，快刀斩乱麻似的破解不可思议之谜，而老师跟他们不一样，这个倒是有点麻烦啊。"

"这就证明我不是名侦探。"

言耶迅速反击，但偲充耳不闻："老师认为，在彻底进行逻辑推理后仍有谜团挥之不去的话，有时也需要接受这种不合理性。我自认理解你的这个想法。"

事实上，刀城言耶被称为"反侦探"的原因就在于此。但知其所以然的人还很少。

"不过，还是……"话到一半，偲像是突然想起了什么，"对啦！因为还有这样的问题，今后的委托就统一发到怪想舍的我这里来

275

吧。这样老师也好做事，不是吗？"

言耶刚要问"好做什么事"，旋即打住。他担心这话题会越拖越长。

"啊！我想到了一个对老师的新称呼。"然而偲不管不顾，还在扯无关的话题，"'侦探作家'这个怎么样？是侦探又是作家，所以有个好处，就是能自己把自己破的案写成小说……对啊，老师已经这么干啦。"

"我说祖父江小姐……"

言耶也没辙了。哪有什么"已经这么干啦"。是她说想把那桩元公爵千金杀人案的始末写成短篇小说，刊登在下一期《书斋的尸体》上，然后赶鸭子上架，让言耶接受约稿。

为躲避接二连三的催稿，歇口气，言耶今天出门了。连日来的寒冷天气恍如梦境，虽是一月下旬，却少有的暖和。于是，他转完神保町的旧书店，打算在最喜欢的Erica咖啡馆一边品尝咖啡，一边浏览今天的收获——民俗学相关文献和欧美志怪小说集等，好好养精蓄锐。

不料，就在言耶坐入常坐的座位，点好咖啡，欢欣雀跃地思考该拿起哪本书时，就听到了一个熟悉的声音，一个过于阳光而神气的声音。

"刀城老师！"下一刻，祖父江偲已然坐到言耶的眼前，"老师，你也太见外了吧。来神保町的话，就不能向我打声招呼吗？"

"不……我只是出来透透气，顺便逛逛这里。"

"那就更应该说一声啦。我要好好地慰劳老师……啊！刚才你是不是露出了一脸嫌弃的样子？"

"没……没有的事。"言耶慌忙摇头，但迎着偲怀疑的目光，他下意识地转开了脸。

"老师？"

"在……"

"稿子正在写吧？"

"当……当然……"

"我就说嘛。能这样跑神保町来悠闲地喝咖啡，肯定是完稿在即了。"

偲操着关西腔喋喋不休固然气势逼人，故意礼貌地使用标准语的口吻里也透着难以言喻的恐怖。

"老师在这里休整过后，就该一口气完稿了吧。看来今晚我就能得到令人欣喜的消息，人家心里好激动。"

祖父江偲一旦自称"人家"，准没好事。因为这表明她要么已开始得意忘形，要么就是在因为什么生气。

"不、不，还没到那个……"

"哎呀，怎么会呢？您都跑这儿休息来了。"

面对偲的步步紧逼，言耶忍不住嘀咕道："可是我一点儿也没法悠闲，也没品尝咖啡……"

"你在说什么？"

"嗯？"

"你的意思是，没能悠闲地品尝咖啡是人家的错？"

啊……反应过来时，已经晚了。祖父江偲的脸带着不自然的微笑，凑到了言耶的面前。

"你的意思是，因为我来了所以您就没法放松了，对吧？"

"不……不是的。你误会了。"言耶无论如何都想回避这个话题，"我说……祖父江小姐，你为什么会在这里？是和哪个作家有约吧？那你大可不必管我……"

"我只是来这里透透气。"

"啊？"

"年轻有为的美女编辑疲于向迟迟不动笔的作家催稿，为纾解内心的倦怠，向一杯咖啡寻求安乐，推开了咖啡店的门——差不多就是这么个感觉吧。"

"年轻有为的美女编辑在哪里？"

言耶东张西望，环视店内。偲的脸更凑近了一些，不自然的微笑进一步加深了。

"老师，我可要提前截稿日期、增加约稿的页数了。"

"我只是开了个小小的玩笑啦。"

"一点都不好笑。"

"嗯……"

言耶煞有介事地低下头，心里谋划着怎么逃过一劫。也就是在这个时候，偲说出了开头的那句话。

不过，感觉她不是单纯地想谈论奇人、怪人，多半背后另有企图。从目前为止的对话过程来看，总觉得偲出于对言耶略施惩戒的考虑，也会再找点麻烦事给他做。偲很能装模作样，但言耶毕竟也成长了。要是一不留神显露出兴趣，再被卷入案子可就麻烦了。

"奇人、怪人啊。可我喜欢的是地方上流传的怪异故事啊。"

言耶委婉地闪避，但偲不会就此退缩。

"有个很奇怪的工匠总是做些稀奇古怪的东西。"

"做的是什么？"言耶姑且一问。

"把书桌、椅子之类的家具……"

听了偲的说明，言耶对这个话题更没兴趣了。

"果然这话题不对我的胃口啊。"

"你能好好听我说完吗？"

"这个跟怪谈有关联吗？"

"倒也不是全然无关……"

"也就是说，是次要元素。"

"没错，但是……"

"那就算了。"言耶罕见地断然拒绝道。

"我说老师啊，这个事你要不听的话，绝对……"

即便如此偲还要坚持说下去，于是言耶决定祭出撒手锏。

"可是我没时间啊。你看，我还得给《书斋的尸体》写稿呢。"

"呃……"罕见的是，偲好像也无言以对了。

"而且呢，说到奇人、怪人，有黑哥就够了。"许是因为沉醉在斗嘴斗倒了祖父江偲的喜悦之中，言耶说出了一个禁忌的名字。

"是说那位伟大的市井民俗学者阿武隈川乌老师吗？"

言耶牢骚满腹、偲大加吹捧的阿武隈川乌，乃京都某大有来头的神社的继承人，因对日本各地的怪异传说、风俗、仪礼极感兴趣，常在全国范围内进行民俗采风活动，是一个民间民俗学者。

"嗯，比他更奇更怪的人应该是没多少了。"

"怎么说那也是乌大明神阁下嘛。"

此人算是刀城言耶在大学里的师兄，举止旁若无人，饭量极大，任意妄为，为人吝啬，信奉投机主义，严以律人宽以待己，厚颜无耻，傲慢任性，实乃性格乖张之徒。从学生时代起便屡屡捅娄子，而被迫给他擦屁股的总是言耶。

"就算被称为奇人、怪人吧，有的人除了那些奇奇怪怪的地方，倒是意外正经呢。可黑哥几乎所有地方都奇奇怪怪，真的是如假包换的奇人、怪人。"

"只有这样，才是我们的阿武隈川乌大师嘛。"

总之，这位阿武隈川乌酷爱捉弄学弟言耶，按其本人的话来讲，就是"这也是为了修行啊"，也不知是哪里来的歪理。对言耶来说，除了麻烦还是麻烦。即便如此两人也没断交，想来是因为阿武隈川乌还有一些不讨人厌的地方，且熟知全国各地的怪异故事。言耶也确实享受到了这张信息网带来的好处。不对，最大的原因还是阿武隈川乌死活不离开刀城言耶吧。

"我跟这位黑哥都交往到现在了，还要什么其他奇人、怪人啊。"

"可是老师，那个人可是与众不同的。"

"慢着，祖父江小姐，从刚才开始你就……呜哇！"

这时言耶突然被人从背后勒住脖子，不由大吃一惊。他急忙挣脱开来，回头一看，这不是阿武隈川乌吗！

"是……是你啊！你什么时候来的？"

毕竟饭量惊人，阿武隈川乌身高体胖。然而，他又有一项特殊技能，可以在需要的时候像猫一样悄无声息地移动。言耶暗地里想，这莫非是为了偷吃东西时不被人发现？

"天才的奇人、怪人是说谁呢？"说着，阿武隈川乌强行坐入言耶身旁的座位。由于身体肥胖，他足足占了两个普通成年男子的空间。

"我可没说过啊。"

说的是奇人、怪人，"天才"二字可从未出过口。

"你可是说了的，阿武隈川乌人品高尚，是一位才华横溢的天才民俗学者，只是稍微有一点奇人、怪人的气质。"

他是怎么把言耶和偲的对话听成这样的？实在是不可思议。不过，要是指出这一点，阿武隈川乌肯定会发火，所以言耶没吭声。

"把我这个从学生时代起就对你照顾有加的老前辈叫成奇人、怪人，简直是恩将仇报啊。"

"确实，我一直承蒙你的关照，可是……"

我被迫照顾你的时候更多啊，你怎么还颠倒黑白呢？然而，阿武隈川乌没让言耶说下去，自个儿先滔滔不绝地说开了。

"大体而言，奇人、怪人什么的，还是你比我像得多吧。光是听人提到一句自己不知道的怪物或妖怪，你就忘了自己姓啥，一个劲儿地瞎胡闹。只要没听到详细内容，就算说话的人自己就是怪物，你也绝对会缠着人家不放。不管三七二十一就是要打听，完全不顾场合和其他人是否方便。而且还老是一头栽进跟这种怪异故事相关的案子，要能力没能力，也不管会不会给周围的人造成麻烦，就摆出一副侦探的架势。罢了罢了，简直就是个疯子。你这么胡闹，知道我给你擦过多少次屁股吗？等你想敬孝的时候，你的这位伟大的老前辈可就不在啰。所以趁着我还没死，你也得好好珍惜我这个乌大明神……"

言耶对阿武隈川乌的喋喋不休无言以对，而他的身前则是苦苦忍笑的偲。

"祖父江小姐，"言耶悄声道，语声虽小却饱含着恨意，"你知道刚才黑哥就在我身后，是吧？"

"谁说的，我没注意到啊。"

"不要装蒜。"

"你吼我也没用，我真的不知道啊。"

"这么大一坨东西，你不可能看不见吧。"

"是吗？"

"当然了，这么大一坨……"

"这么大一坨是在说谁呢？"阿武隈川乌再次勒住言耶的脖子，随后将脸转向祖父江偲："那个家具匠的事有趣吗？"

"有趣，而且还相当奇异。"

"那就好。这个是温咖啡吧？"

"啊，黑哥，这杯是我的……"

阿武隈川乌无视言耶的抗议，一口气喝干言耶的咖啡后，又点了三杯。

"我马上就要回去了，不用给我点。"

"你傻啊，我干吗要把你的份也点上啊？"

"可你点了三杯……"

"一杯是小偲的，两杯是我的。"

言耶呆住了。不过，他觉得当务之急是赶快离开这里。

"好了，祖父江小姐，我肯定会在截稿日之前完稿，你不用担心。好了，黑哥再见……"

他寒暄过后站起身，不料阿武隈川乌坐在一旁岿然不动。这个大块头要是不让道，言耶就无法从靠墙一边的座位出去。然而，他完全没有挪窝的意思。

"黑哥你干吗？"

言耶提出抗议，阿武隈川乌却满不在乎。

"你还没听小偲把话讲完吧？"

"所以说嘛，前辈你一个人听她说就行……"

"你也要听。"

"我没兴趣。"

"没兴趣归没兴趣，你这个人我是知道的，不太会忘掉听到的东西，不是吗？"

言耶不解其意，面露莫名其妙的神色。

"只要你跟我一起听了，过后就算我觉得忘了详细内容，也尽可以找你确认。"阿武隈川乌又在掰扯这种自私自利的理由。

"到时候问问祖父江小姐不就好了吗？"

"你傻啊，她不正忙着搞编辑工作吗？"

"我……我写稿也很辛苦啊。"

"喔喔喔喔喔，明明就是个滞销货、蹩脚的三流文人，说什么写稿也很辛苦啊，大言不惭。"

阿武隈川乌说这话似乎是要向偲寻求认同，不料——

"刀城老师的作品很受欢迎的。"

被如此干脆地否定，阿武隈川乌立马脸上挂不住了。这男人还真是又单纯又好懂。

姑且不论祖父江偲本人是否有所察觉，她时不时地戏弄刀城言耶可谓爱情的另一种表现方式。但阿武隈川乌对此无法理解。他完全搞错了，以为偲和自己是同类，能从贬损言耶的行为中窥得快乐。

不过，如今二人利益一致，所以偲准备向阿武隈川乌施以援手。

"老师，好不容易黑哥也在，请你和他一起听我说吧。"

"祖父江小姐，你完全用错了'好不容易'这个副词。"

"您又说这种话……啊，正好咖啡来了。我把我的那份给您，好啦好啦，开心一点嘛，请坐下来。"

"可是……"

"啊啊，乱哄哄地吵啥呢！"阿武隈川乌在一旁吼叫。或许是不满言耶能被偲如此温柔对待，他开始前言不搭后语。

"就咖啡这点小事，堂堂一个大男人发什么牢骚！"

"我……我什么也……"

"前面不是刚喝过吗？"

"那个被黑哥……"

"而且还要女人让给你，你要点脸吧！"

"我说，还不是因为黑哥喝了我的咖啡……"

"吵死啦！我拿我的一半给你，成交！"听这说辞，不管言耶的那份、却给自己点了两杯咖啡的问题算是被搁置了。

"喂，也没个谢字？"进而他还强行要求道谢。

言耶也实在是疲倦了，但还是道了声谢。由于两人长年以来结下的不解之缘，加之言耶又是尊重年长者的性格，回过神时，他已然开始做小伏低。

"向前辈撒娇，也得有个分寸。"

"嗯……"

"世上可不全是我这种温柔体贴的人。"

"……"

"大家的咖啡钱都由你来，这个就不用我多说了吧。"

最后的致命一击令言耶放弃了抵抗。他醒悟了，赶紧听偲把话说完似乎才是最优选择。

"好了，祖父江小姐，那个非常奇怪的家具匠，到底是什么样的人？"

"此人名叫锁谷钢三郎。事情是这样的，为了给《书斋的尸体》的'异界探访'栏目供稿，就在两天前我去他的作坊——一个叫'人间工房'的地方——采访了他。"

"人间工房？"

直到刚才刀城言耶还兴味索然，此刻一下子来了精神。祖父江偲看在眼里，心中窃喜，开始讲述两天前采访时发生的事。

四

"这事确实很有意思啊。"祖父江偲说完后，刀城一脸郑重其事地低语道。

身旁的阿武隈川乌正在喝年糕豆馅汤。按他的说法，年糕豆馅汤算不得食物。

明明还没到三点，阿武隈川乌就吵着要吃晚饭。为了安抚他，三人转移阵地，来到了也提供快餐的"希尔豪斯"。阿武隈川乌一坐下，就把菜单上的食物一个个点过去。偲讲述人间工房发生的奇异消失剧期间，他的嘴就没停过。

"嗯哼嗯哼，还没尝过的有……"

阿武隈川乌以平时绝无可能看到的谦逊态度盯视着菜单。偲对他不予理会，只向言耶投以热切的目光。

"可不是吗。吾妻大道上有商业街的人看着，所以照三先生不可能已离开人间工房。但是，我们搜遍了工房内部也没找到他。他不可能自愿地从玄关以外的地方出去，而且也不存在这样的出入口。根据这个情况，再加上他和钢三郎先生之间的恶劣关系，怎么看人间家具匠都很可疑。可是，他完全没有时间对姐夫下手。就算他有可能一时头脑发热打了对方，杀了对方，也绝对没空进行善后处理。而且，工房内没有可以藏人的地方，你说这算不算密室状态下的人间蒸发呢？"

"确实是。"言耶一边点头一边想，这件事倒和大阪钟埼的长栋房区域发生的、与怪物"颜无"相关的孩童失踪案有点相似。想来是因为现场的地理状况比较接近。那桩案子是他学生时代从另一所大学的学长那里听说的。

当然，言耶不打算告诉偲。否则他又得被迫写一个新短篇。

"果然是吧。"偲对言耶的内心活动一概不知，显得兴高采烈。这大概是因为言耶爽快地承认了人间工房的这场风波具有刑事案件的性质。然而，这份开心因言耶的下一句话而灰飞烟灭。

"感谢你这个有趣的故事，我这就告辞了……"

"什么？什么什么？你要回去了吗？"

"嗯，我还有工作要做。"

"等……等一下。你不解谜了吗？照三先生到底去哪儿了？"

"这个问题与我无关。"

"说……说什么呢。不是还有跟人间家具有关的奇怪流言吗？"

"可流言不是停止了吗？再说了，照三先生的失踪与人间家具的怪异故事并无关联。"

"你的意思是，首小路町的那个案子是因为有怪异纠缠其中，你才接手的？"

株小路町在案发后令人惊恐地被称为"首小路町"。

"那次是祖父江小姐强行把我卷进去的，然后我又考虑到如果不解决那个案子，深代姑娘怕是会不得安宁。但这次不一样吧？"

"不不，怎么说呢……"偲茫然地望了会儿虚空，"不解开这个谜的话，我的心情是怎么也不会舒畅的。"

她泪光点点，以倾诉似的眼神凝视着言耶。

"嗯，还真是挺可怜的。"

偲的脸骤然一亮，但这也只在片刻之间，见言耶霍地起身要走，又立马暗淡下来了。

"你怎么能这样呢……"偲好像愣了一下神，紧接着她转而哀求阿武隈川乌："阿武隈川乌大师，乌大明神阁下，请你想办法拦住刀城老师吧。"

"这下你明白了吧。"阿武隈川乌貌似根本没听两人说话，却

287

好像已了然于胸。他喜滋滋地点点头，点好下一个菜后说道："这家伙啊，就是这么薄情。用着小偲公司里的经费，把好吃的东西吃了个遍，事到临头却想一走了之。"

"黑哥，我只喝了咖啡。"言耶抗议道。

"只喝了咖啡你是不服气还是怎么着？真是个馋痨坯。"

"这话别人说得，就你黑哥说不得。"

"喔，你这张嘴够能说的呀。"

"总而言之……"

不知何时言耶再次坐下，和阿武隈川乌斗起嘴来。见此光景，偲的感觉好极了。只是，两人毫无意义的对话没完没了，偲渐渐地失了耐心。

"不管是谁点了什么东西，都无所谓。你们能不能快点把话题扯回来，说说人间工房的案子啊？"

"对啊。"阿武隈川乌附和一声后，加点了几样小菜。身旁的言耶则是一脸疲惫。

"好了，刀城老师……"

偲正打算慢慢引入正题，阿武隈川乌却意外地插了进来。

"我跟这小子不一样，吃多少饭我就干多少事。所以嘛，你不用担心。"

"呃……"说实话，这番好意偲实在无福消受，但果决如她者也不敢对其本人说出口。

"可是，黑哥……"

暗中提醒对方是否有能力解谜，算是偲所能做到的极限了。只是，要求阿武隈川乌有点自知之明，这想法实在有欠考虑。

"怎么了？"

"没……没什么。那就让我们听听您的见解吧。"

"嗯呵。"阿武隈川乌煞有介事地咳嗽一声，"这案子简单得很。这都破不了的话，还怎么自称是阿武隈川乌的弟子啊。"他特地瞪了言耶一眼，"健吾去荞麦面店的时候，钢三郎进入事务所兼会客室，叫照三回去。但他们在那里起了纷争。结果，可能是钢三郎失手杀了照三。磨磨蹭蹭的话健吾就要回来了，所以钢三郎急忙做了些手脚，藏起了照三的尸体。"

"怎么藏的？"

"有一样东西是屋里有了也不奇怪的，可你们却没看到。然后，小偲你也没能意识到这一点。"

"什么东西？"

"衣帽架。"

"啊……"

"钢三郎拆下衣帽架上的所有横木，将照三的尸体绑在中央的柱子上，再搬进仓库。当然他是让柱子保持站立的状态，又盖上了床单。这么一来，由于只有照三身体的宽度，隔着床单看过去，就跟人间家具里的柱人、橱人或书人差不多，没法分辨出来。"

阿武隈川乌夸张地摆了个造型，像是在说"我这想法怎么样？"。

"我说黑哥，"偲客气地说道，"我好像解释过吧？钢三郎先生没那个时间。"

"啊？"

"健吾先生去订午餐通常要花二十分钟时间，但那天只用了五分钟。无论如何钢三郎先生都没时间做那些手脚。"

"说的也是啊。"

"再说了，就算能搞那些把戏，可衣帽架的底部是露在床单外面的，所以看到仓库内摆的那些作品时，元村先生、我或健吾先生里的某一个肯定会注意到。"

"嗯，没错。"阿武隈川乌大点其头，"你可能会得出的错误解释，我已经帮你踩坑了，接下来你就自己努力吧。"

借着这套自高自大的言论，阿武隈川乌突然将问题抛给了言耶。

"为什么要我来……"

"少废话！"

言耶姑且提出抗议，但被旁若无人的阿武隈川乌一声吼，似乎又放弃了。

"黑哥的推理乱七八糟，但有两点说对了。"言耶被逼无奈似的向偲开口道。

"哪两点？"

"钢三郎先生恐怕是对照三先生施加了暴力，并不幸将其杀害。"

"另一点呢？"

"这件案子的真相十分简单。"

"是吗？可是，健吾先生只离开了工房五分钟啊。"

"照三先生遇害是在早晨，而非中午。"

"啊？可是，健吾先生确实听到整个上午屋里都有翻阅账本的声音。"

"假如照三先生一直待到了中午，那么由于祖父江小姐等人拜访人间工房是在下午四点，按暖炉已关停四个小时来看，能够理解事务所兼会客室为什么会很冷。但是，冷到需要披上大衣还是很奇怪啊。"

"听你这么一说……可是，室内很冷又意味着什么呢？"

"意味着可以证明窗一直开着。"

"为什么要开窗？"

"那天风很大。于是钢三郎先生打开窗，让账本被自然地翻开，制造照三先生正在检查账本的假象。"

"啊……"

"也许是人间家具受到了污蔑，钢三郎先生情不自禁地拿什么打了照三先生。但是，由于打得不巧，照三先生死了。如果迟迟不回工作间，健吾先生会起疑心。钢三郎先生想，到了中午健吾先生会去荞麦面店，他可以趁这个机会进行善后处理。"

"不料，只有那天健吾先生仅离开了五分钟就回来了，而不是二十分钟，所以……"偲接过言耶的话头展开推理，却在此处就卡了壳，"不对啊，健吾先生回来时，钢三郎先生已经在工作间了……"

"最初钢三郎先生肯定是想在这二十分钟内处理照三先生的尸体，只是因为某件事没能做成。四点有采访，想来会用到事务所兼会客室，采访者也可能会提出参观仓库的请求。进而，我想钢三郎先生也考虑到了元村先生会在傍晚时分过来。"

"简直是穷途末路了。"

"嗯。不过讽刺的是，他发现那件事倒是可以用来解决上述的所有问题。"

"请告诉我，那件事是什么？"

"死后僵硬。"

"啊？"

"早上八点多杀害照三先生，然后一直等到了中午，所以尸体的上半身已发生死后僵硬现象。这么一来，无论怎么处理都很难办。于是钢三郎先生索性等到了下午四点，让死后僵硬遍布全身。人死亡四到五个小时后上半身会僵硬，七到八个小时后下半身会僵硬。"

"这个知识……"

"钢三郎先生对人体感兴趣，知道死后僵硬也不奇怪。而且，他手头好像还有参考图书。"

"可是，全身都僵硬了，不就更难办了吗？"

"如果尸体处于普通状态，你说的没错。但我想，照三先生死亡时大概是在椅人上。"

"啊……"

"保持着双臂搁在扶手上、两脚打开的样子。"

"……"

"钢三郎先生想到了一个法子，就是用尸体本身做成椅人，然后把它藏在仓库里的那些椅人家具中。"

"可是，这样会倒啊。"

"他利用了会客室里的圆椅。我猜凶器大概也是这个。你说过，你坐上椅人时，钢三郎先生特地从事务所搬来了一把圆椅。与其视之为平日里的习惯，还不如想成是因为会客用的圆椅已另作他用，这样更自然吧。由此，又能把尸体做成椅人，又能藏住凶器，实为一石二鸟之计。"

"……"

"据说所有销量不好但一直在做的人间家具，都被存放在库仓内。换言之，它们是钢三郎先生很久以前的作品。然而，你却说室内飘荡着洋漆的气味。这是因为钢三郎先生脱下尸体的鞋袜、在两只脚的前端涂抹伪装用的洋漆后，还没过多久。"

"当时，那里……"

那里藏着照三的尸体……偲想到这里，似乎不由得皱起了眉头，但紧接着她又提出了疑问："这样的话，圆椅的脚不会露在床单外面吗？"

"他可能是这么琢磨的，只要将尸体和仓库最里处的椅人调换位置，然后掀起床单的前半部分、特地露出两条腿，就不会有人发现这是一把圆椅。"

"事实上还真的谁都没能发现。"

"只脱下鞋袜即可，留着衣服也没问题。就算脱下衣服，也可以把它们挂到柱人上藏起来。"

"话虽如此……"偲的语气中含着战栗与惊愕，"他竟在我和摄影师等着的时候，做了那么大胆的事……"

"因为只有那个时候才有机会。我想钢三郎也是拼死一搏了。"

"可是，之前他竟敢把照三先生的尸体丢在会客室里，从早上八点一直放到下午四点。但凡健吾先生进来瞧一眼，不就全完蛋了吗？"

"你不是说了吗，健吾先生以好奇的目光打量着室内。这证明他平常几乎不进会客室。"

"啊，对啊。"偲理解了。"老师，非常感谢。"她微微一笑，倏然起身，"首小路町的案子完稿后，就请你马上着手写人间工房的这个案子吧，拜托啦！"

"啊？"

"关于截稿日期和篇幅，过后我再联系你。"

"不……不是吧……"

"啊，你是问刊登时期啊。就在《书斋的尸体》的下下期。"

"祖父江小姐，我不是要问这个……"

"好了，我失陪了。"

祖父江偲朝言耶等人施了一礼，火速付完账，一转眼就没了踪影。

"咦？小偲走了？"

阿武隈川乌从看了数遍的菜单前抬起头，发现偲已不在，脸上露出兴味索然的表情。

"好吧，就这样吧。喂，我会陪你吃晚饭的，快给我高兴起来！当然啦，是你请客。"

阿武隈川乌强行劝诱生无可恋的言耶，随后麻溜地走出了店门，丝毫不怀疑学弟会乖乖地跟上来。想必如今他正站在附近的餐馆前，思考晚饭该吃些什么。

"这叫什么事啊……"

唯有刀城言耶的喃喃自语和叹息声，缥缈地回荡在孤身只影的座席上方。